Editora
Charme

ESCRITORA DE ROMANCE E... *Virgem*

Meghan Quinn

Tradutora: Alline Salles

Copyright © 2015. The Virgin Romance Novelist by Meghan Quinn.
Direitos adquiridos por intermédio de
Bookcase Literary Agency e Brower Literary & Management.
Os direitos morais do autor foram declarados.
Copyright © 2019 por Editora Charme
Todos os direitos reservados.

Nenhuma parte desta publicação pode ser reproduzida, distribuída ou transmitida por qualquer forma ou por qualquer meio, incluindo fotocópia, gravação ou outros métodos eletrônicos ou mecânicos, sem a prévia autorização por escrito do editor, exceto no caso de breves citações em resenhas e alguns outros usos não comerciais permitidos pela lei de direitos autorais.

Este livro é um trabalho de ficção. Todos os nomes, personagens, locais e incidentes são produtos da imaginação das autoras.
Qualquer semelhança com pessoas reais, coisas, vivas ou mortas, locais ou eventos é mera coincidência.

1ª Edição 2019.

Produção Editorial: Editora Charme
Capa e diagramação: Veronica Goes
Tradução: Alline Salles
Revisão: Equipe Charme

FICHA CATALOGRÁFICA ELABORADA POR
Bibliotecária: Priscila Gomes Cruz CRB-8/8207

```
Q7v
                    Quinn, Meghan
      Virgem/Meghan Quinn; Tradutor: Alline Salles;
   Capa: Veronica Goes. – Campinas, SP : Editora Charme, 2019.
                       288 p.
           Título Original - The Virgin Romance Novelist.
                   ISBN 978-85-68056-93-6
         1. Ficção norte-americana 2.Romance Estrangeiro -
        I. Quinn, Meghan. II. Salles, Alline. III. Goes, Veronica.
                      IV. Título.
CDD - 813
CDU 821.111(73)3
```

www.loja.editoracharme.com.br

Capítulo Um
A roseira

Seu peito se elevava a uma velocidade alarmante conforme a mão áspera dele seguia para sua roseira macia, mas volumosa e densa...

— Roseira? O que você está escrevendo?

— Jesus! — gritei ao fechar com força a tela do meu laptop. — Henry, você não pode simplesmente chegar atrás de mim e começar a ler minhas histórias.

— Histórias? — ele perguntou, com a testa franzida. — Peito, roseira? Está escrevendo uma cena de sexo?

— Por quê? Estou. Estou sim — respondi, erguendo o queixo.

Ele cruzou os braços e disse:

— A que você está se referindo como roseira?

Sentindo o calor por sua pergunta começar a aparecer no meu rosto, virei a cadeira de costas para ele e empilhei minhas anotações para ficarem arrumadinhas. Roseira era um termo bem respeitável para usar quando queria me referir à área íntima de uma mulher; pelo menos, foi o que minha mãe me ensinou.

— Rosie, a que você estava se referindo?

Pigarreando e com o peito estufado, olhei nos olhos dele e falei:

— Não que seja da sua conta, mas eu estava me referindo ao jardim de grande prazer de uma mulher.

Observei Henry me analisar cuidadosamente com aqueles olhos azul-esverdeados que passaram os últimos seis anos estudando a mim e a minhas excentricidades. Ele foi meu primeiro amigo de verdade e me aceitou como sou desde o dia em que nos conhecemos: uma garota ingênua, protegida, que tinha sido ensinada em casa a vida toda, em seu primeiro dia de faculdade.

Finalmente, ele jogou a cabeça para trás e deu risada, me deixando imediatamente tensa. Embora fôssemos melhores amigos, eu tinha consciência da minha falta de "verborragia moderna".

— O que é tão engraçado? — perguntei, segurando o laptop apertado no peito.

— Rosie, por favor, me diga que você não chama a vagina de jardim de prazer.

— Henry! — eu o repreendi.

Isso provocou outra risada nele conforme envolveu os braços nos meus ombros e me levou para fora do meu quarto, no apartamento que compartilhávamos com nossa outra amiga, Delaney.

— Rosie, se não consegue falar vagina em voz alta, então não tem como conseguir escrever sobre pênis latejante e mamilos excitados.

O calor me inundou com a menção de pênis latejante, algo que eu nunca tinha vivenciado realmente. Os únicos pênis que eu já tinha visto foram cortesia do Tumblr e da pesquisa cautelosa no Google. Eu preferiria analisar um ao vivo porque, pelo que pude ver na internet e lia em outros romances, eles tinham uma mente própria, tensionando-se e se levantando quando excitados. Fiquei fascinada ao ver acontecer a verdadeira ereção. O que aconteceria se eu encostasse? Essa era uma pergunta que estava constantemente na minha cabeça.

Fui muito bem protegida por meus pais ao longo da vida. Fui ensinada em casa e passava muitos dias na praia ou lendo no meu quarto. Qualquer coisa escrita por Jane Austen era meu estilo de livro, até eu descobrir um dos romances eróticos da minha mãe no seu criado-mudo. Nós não conversávamos sobre sexo, nunca, então fiquei fascinada ao ler um livro sobre peitos e protuberâncias grandes. Não consegui evitar, fiquei viciada.

Desde então, leio livros de romance. Quando era jovem, lia apenas na biblioteca para nunca ser pega pela minha mãe, e conseguia me safar. Durante a faculdade, me concentrei nos estudos, então foi só quando me formei que comecei a ler de novo, alimentando a paixão por romance dentro de mim.

— Ei, está ouvindo o que estou dizendo? — Delaney, minha melhor amiga e colega de casa, perguntou ao olhar para mim com a mão em seu robe cobrindo o quadril e seu cabelo enrolado em uma toalha.

— Humm, não — falei, com um sorriso inocente. Quando Delaney apareceu?

— O que você estava dizendo?

Revirando os olhos, Delaney repetiu:

— Começou a escrever seu romance de novo?

A forma como Delaney disse romance com sua voz arrogante foi um pouco frustrante. Conheci Henry e Delaney no primeiro ano de faculdade, na orientação para calouros, e descobrimos que iríamos nos formar em Letras. Naqueles quatro anos, tivemos as mesmas aulas, os mesmos horários e a mesma casa. Nos mudamos para fora do *campus* depois do primeiro ano e, desde então, moramos em um pequeno apartamento de três quartos no Brooklyn.

Infelizmente para mim, as paredes são finas e o espaço é apertado, então acabo conhecendo cada pessoa que meus colegas de quarto trazem para casa em um nível íntimo. Henry era um galinha, nenhuma surpresa aí, dada sua pele bronzeada, olhos azul-esverdeados e cabelo castanho com um corte estiloso.

Delaney, por outro lado, teve alguns relacionamentos ao longo da faculdade, mas agora estava a sério com seu ficante mais recente, Derk. É, Derk. Nome horroroso, principalmente quando sai gritado pelos pulmões de Delaney conforme sua cabeceira bate na minha parede.

Agora que nos formamos, ainda moramos juntos, mas seguimos caminhos diferentes no mercado de trabalho. Henry arranjou um emprego em uma das melhores empresas de marketing, a Bentley Marketing, editando publicidades, e Delaney trabalha como escritora freelancer para a *Cosmopolitan*. Ela começou escrevendo artigos sobre qualquer coisa, desde cortes de cabelo para o verão até como estender seu número de orgasmos em uma noite. Eu tinha este salvo no meu laptop, para pesquisa.

Eu, bem, não tive tanta sorte quando o assunto era o mercado de trabalho e, infelizmente, tive uma proposta de trabalho na *Friendly Felines*, onde escrevo sobre os melhores e novos pegadores de cocô de gato.

Nossos escritórios ficam em Manhattan, mas no menor prédio de todos, onde minha chefe insiste em ter um bando de gatos não castrados e excitados que parecem estar com tesão todos os dias. Você já escutou um gato miar quando precisa de um pouco de atenção e está com tesão? É, parece que está morrendo. Tente escrever em um ambiente assim. Sou uma bola de pelo ambulante quando saio do trabalho.

Para impedir que eu acabasse sendo uma louca dos gatos que não se importa de comer trinta por cento de pelo de gato a cada refeição, resolvi escrever um romance. Sou a garota que vive nas fantasias de que o amor sempre prevalece e um herói está à espreita para montar em seu cavalo branco e te salvar. Dado meu amor pelo amor e minha capacidade de me perder na escrita, não pensei que seria tão difícil escrever meu primeiro romance, já que é meu gênero preferido, mas esqueci de um pequeno obstáculo nesse plano: eu ainda era virgem.

Respondendo à pergunta de Delaney, eu disse:

— Sim, comecei a escrever de novo. Senti que era hora de revisitar Fabio e Mayberry.

— Por favor, me diga que você não deu mesmo o nome de Fabio ao seu personagem. — Henry bufou, enquanto ia até a geladeira e pegava três cervejas.

— O que tem de errado com Fabio? — perguntei, meio ofendida. — Preciso te informar que Fabio foi um nome muito usado nos anos oitenta e noventa no gênero romance. Ele é o rei de todos os romances. Não se pode errar com um nome assim.

— Rosie, sabe que eu te amo, mas acho que precisa se afastar dos seus livros por algumas horas e perceber que não estamos mais nos anos oitenta e noventa. Estamos vivendo uma era de Christian Grey e Jett Colby, homens dominantes com estilo pervertido. Pare de ler essa merda de peito elevando e pense no aqui e agora — Delaney me repreendeu.

— Não tem nada de errado com peito elevando — defendi, pensando no que eu tinha acabado de escrever. O que peitos fariam no calor da paixão? Chacoalhariam? Chacoalhar me lembrava da minha tia Emily e sua salada de gelatina, não de dois humanos apaixonados esfregando o corpo um no outro.

— Claro que tem — Henry disse ao entregar a Delaney e a mim uma cerveja. — Quando estou com uma garota se contorcendo debaixo de mim, não fico pensando "nossa, olha para seu peito se elevando". Estou pensando "caralho, as tetas dela chacoalham tão rápido com minhas investidas que vou gozar em um segundo".

Claro que ele pensaria em chacoalhar.

— Eca, Henry. Você é muito grosseiro — respondi.

— Ei, só estou te dizendo como um cara pensa, pode te ajudar um pouco.

— Não, o que vai ajudá-la um pouco é ela realmente perder a virgindade — Delaney falou enquanto dava um gole na cerveja.

A vergonha rapidamente inundou meu corpo conforme eu aguardava a reação de Henry, porque ele não fazia ideia da minha inexperiência sexual. Eu tinha guardado isso para mim... e minha amiga bocuda, Delaney.

— O quê? — Henry exclamou, olhando para mim com os olhos arregalados e quase com um pouco de mágoa. — Você é virgem? Como eu não sabia disso? Como não me contou?

— Delaney — repreendi entre dentes, me sentindo totalmente humilhada.

Ser virgem não era algo que eu saía contando, já que agora eu tinha vinte e três anos e só havia dado dois beijos em toda a minha vida sexual.

— Desculpe — Delaney pediu com um sorriso inocente. — Simplesmente saiu.

Não acreditava nem um pouco nela.

— Você é mesmo virgem? — Henry repetiu, ainda estupefato com a novidade.

— Bom, se quer saber, sou. Só não encontrei o cara certo ainda — confirmei, encarando minha garrafa de cerveja e começando a sentir um pouco de pena de mim mesma.

— Não consigo acreditar nisso. Eu estou, eu... — Henry gaguejou, tentando encontrar as palavras para expressar sua surpresa.

Eu não o culpava; nós contávamos tudo um para o outro. Fiquei surpresa por ele não ficar mais bravo comigo por guardar uma informação tão vital.

— Não que eu não tenha tentado — me defendi. — Eu só, sei lá...

— Você não tentou — Delaney disse com um olhar acusatório. — Não minta. Marcus e Dwayne não contam. Você mal tirava a cabeça dos livros o suficiente para beijá-los na bochecha. Está vivendo através dos seus personagens quando precisa viver a vida real.

— Não estou vivendo meus livros, eles só são meus amigos — respondi baixinho.

Qualquer leitor sério saberia do que estou falando.

— Não diga isso — Delaney acusou, apontando para mim. — Nós conversamos sobre isso, Rosie. O sr. Darcy e Elizabeth não são seus amigos.

— *Orgulho e Preconceito* é um ótimo exemplo de literatura e romance — retruquei.

— Você precisa transar! — Delaney gritou. — Precisa largar os livros, abrir as pernas e transar, Rosie. Para ter alguma chance de escrever esse seu livro, precisa vivenciar as sensações em primeira mão.

Uhuu!

— Rá, primeira mão. — Henry riu consigo mesmo.

— O que quer dizer? — perguntei, confusa.

Ambos me olharam e balançaram a cabeça.

— Masturbação — Delaney esclareceu.

— Ah, que nojo. Eu nunca faria isso.

— Espere, espere um pouco — Henry interrompeu, levantando-se e apontando a garrafa de cerveja para mim. — Então não só você é virgem, mas também está me dizendo que nunca nem se masturbou?

Engolindo em seco, questionei:

— Tipo, me tocar?

— Caramba, Rosie! — Henry exclamou, desacreditado. — Como eu te conheço há seis anos e nunca soube da sua vida sexual, ou a falta dela?

— Talvez porque estivesse ocupado demais transando com todo mundo do departamento de Letras — eu disse em tom sarcástico, começando a ficar irritada tanto com Delaney quanto com Henry me pressionando.

— Ei, tirei notas boas, não tirei? — Ele deu um sorrisinho.

— Vocês são irritantes. — Marchei de volta para o meu quarto.

— Espere um pouco, mocinha. — Delaney levantou e puxou meus braços. — Sabe que eu te amo, certo? — Sua voz suavizou.

— Pensei que amasse.

— Não fique brava com a gente, só estamos tentando te entender. Você quer escrever um romance porque quer ter um futuro além de escrever sobre o mais recente e melhor coletor de merda, certo?

— Sim — respondi, desesperada. — Também simplesmente amo a ideia de criar minha própria história de amor, fazer duas pessoas que estão vivendo situações bem diferentes se apaixonarem. Quando se trata de amor, o mais importante é o encontro, o momento em que você conhece a única pessoa na sua vida sem a qual não consegue viver. Foi isso que me intrigou.

— Concordo, mas você sabe que sexo vende, correto?

— É, sei muito bem disso. Gosto de livros que têm um pouco de vivacidade.

Apesar de os livros que li serem um pouco antigos, as coisas aconteciam neles, coisas que faziam meu corpo todo esquentar.

— Chama-se sexo, Rosie! — Delaney corrigiu. — Foda, fornicação, cutucando a rosquinha, ordenhamento, amasso.

— Afogar o ganso — Henry a cortou. — Bater o bife, dar uns pegas, dar uma paulada.

— Cozinhar a salsicha, dar uma bimbada...

Henry olhou de repente para Delaney e disse:

— Dar uma bimbada? Você é melhor do que isso, Delaney.

Ela deu de ombros e estava prestes a recomeçar quando eu interrompi:

— Já entendi. Sexo. Viu? Eu consigo falar. — Embora tenha dito como se tivesse um algodão na boca.

— Tente falar sem criar um brilho leve em seu lábio superior.

Instantaneamente, comecei a secar meu lábio superior, me sentindo humilhada.

— Não tinha nenhum brilho — me defendi.

— Ah, tinha, sim.

Gesticulei, tentando ignorar a conversa, e disse:

— Só volte ao que estava falando antes de eu ficar brava.

— Certo — Delaney continuou. — Sexo vende, então, se quer escrever um livro que vai excitar todas as mulheres no país inteiro, vai ter que sair da sua zona de conforto e vivenciar como é ter orgasmo, ter um homem apertando esse seu mamilo enrijecido, saber como é ter um pau nas mãos, na boca, na boceta...

— Ok. — Ergui a mão. — Já entendi. Preciso transar. Como sugere que eu faça isso sem pagar alguém por aí?

— Tinder — Henry sugeriu.

Delaney pareceu pensar por um segundo, mas depois balançou a cabeça.

— Tinder é agressivo demais. Acho que ela iria amarelar com a pressão. Ela precisa ser levada a um encontro primeiro, não se encontrar no motel mais próximo. Precisamos de alguém que vá pegar leve com ela.

— Tem razão — Henry concordou.

— O que é Tinder? — perguntei, sentindo-me um pouco curiosa.

Sorrindo amplamente, Henry pegou seu celular do bolso e assentiu para eu me aproximar. Me sentei no braço do sofá com ele e olhei para seu celular conforme ele abriu um app.

— Tinder é um app para transar. Mostra para você todas as mulheres e os homens, no seu caso, que estão por perto e usam Tinder. Você pode olhar os diferentes perfis e ver se está interessada neles ou não, apenas arrastando o dedo.

— Sério? — perguntei, enquanto olhava admirada para seu celular.

Quando o app abriu, apareceu a foto de uma mulher. Ela estava usando um biquíni e tinha uns dos maiores seios que eu já tinha visto.

— Ah, meu Deus! — exclamei. — Ela é uma das suas?

— Não. — Ele deu risada. — Mas, se eu arrastar dizendo que gosto dela, e ela disser o mesmo de mim, então dá um *match* e nós podemos nos falar pelo app. Enviar mensagens de texto, possivelmente transar.

— É, acho que não estou pronta para isso.

— Definitivamente, não. — Ele sorriu enquanto escrevia algo no celular.

— Está escrevendo para ela? O que aconteceu com Tasha, seu amor da faculdade?

Estava longe de ser amor. Henry nunca teve realmente um relacionamento. A coisa mais parecida que ele já teve de um relacionamento foi com Tasha, e eles se separavam e voltavam entre as transas aleatórias dele.

— Tasha já era. Ela ficou muito grudenta, além disso, deu *match* com esta garota, e eu gosto de peitões.

— Aff, você é um porco. — Virei para Delaney enquanto Henry ria e perguntei: — Qual é minha próxima opção?

Com um sorriso enorme no rosto, Delaney respondeu:

— Encontro on-line.

— Isso! — Henry socou o ar, terminando de escrever a mensagem. Pegou seu tablet, que estava na mesa de centro — o cara tinha dinheiro — e começou a digitar. — Minglingsingles.com, aqui vamos nós.

— Oh, boa escolha — Delaney elogiou. — Ela não vai encontrar muitos esquisitões nesse site.

— Foi exatamente o que pensei — Henry comentou.

Parecia que o descontentamento de Henry por eu não lhe contar tinha sumido, porque ele estava totalmente no Henry modo ajuda. Típico de Henry, era um dos muitos motivos pelos quais eu o amava.

Em minutos, ele havia criado e completado um perfil meu com uma foto da nossa formatura. Eu estava usando um vestido vermelho de bolinha, óculos vermelhos e saltos pretos, soprando um beijo para a câmera.

— Não use essa foto — pedi, tentando pegar o tablet, mas ele foi mais rápido e se esquivou. — Os caras vão ter uma ideia errada com essa foto.

— E qual seria essa ideia? — ele perguntou com um sorriso sarcástico.

— Que sou solta... — No minuto em que as palavras saíram da minha boca, percebi o que estava dizendo. — Aff, esquece. Faça o que precisar para me colocar, hum... em ação.

Se eu iria fazer isso, se iria tentar conquistar meu sonho de criar um romance, então teria que começar a ficar mais confortável ao falar de sexo, e começaria hoje.

— Isso mesmo, garota! — Delaney incentivou, cutucando meu ombro. — Quando perceber, estará igual mim e Derk.

— É, falando nisso, pode diminuir seus gritos? — Henry pediu, digitando sem olhar para cima. — Não preciso ficar com tesão ouvindo você transar.

— Awwww — Delaney arrastou o som, claramente feliz, enquanto eu enruguei o nariz com nojo.

— Que nojo. Você fica com tesão de ouvir Delaney transar?

Ele deu de ombros como se não fosse nada.

— Simplesmente acontece. Não significa que eu queira Delaney. Sem ofensa — ele disse, pedindo desculpa. — Sou homem, fico com tesão de ver um pouco de peito. Na verdade, qualquer coisa consegue me excitar.

— Interessante — pensei comigo mesma.

Eu realmente precisava começar a ler mais romances modernos e eróticos, porque as histórias floreadas da minha mãe não estavam me ensinando metade do que eu precisava saber. Eu precisava de um Kindle.

— Certo, você está com tudo pronto. Seu nome de usuário é seu e-mail e sua senha é "medeflore" tudo junto.

— Esperto — eu disse sarcasticamente ao tirar o tablet dele e dar uma olhada no meu perfil. — E agora?

— O sistema vai conectar você a alguém parecido e vocês poderão conversar on-line. Se achar interessante, pode começar a sair com ele. Bem simples — Henry explicou.

— Eu procuro os caras?

— Eles vão até você. — Henry deu risada. — Agora relaxe e deixe as coisas acontecerem.

— Será ótimo. — Delaney uniu as mãos em uma palma. — Certifique-se de manter um diário de tudo pelo que passar, todos os seus sentimentos, porque vai querer usar suas experiências como referência. Ooohh, isso é como um experimento — Delaney concluiu com uma empolgação meio exagerada na voz.

— Fico feliz por entreter vocês, mas, se não se importam, acho que vou voltar a escrever.

Henry se encolheu.

— Deixe a parte da roseira de fora por enquanto.

— Precisamos relembrar as partes da mulher? — Delaney perguntou com uma sobrancelha erguida.

— Não, sei disso desde o primeiro ano, quando você me ajudou na academia. Outro desserviço que minha mãe fez para mim.

— Bom, não vai escrever arbusto...

— Delaney, por favor! — pedi enquanto Henry ria.

— Ah, Rosie, eu te amo — ele declarou, me puxando para seu peito e me beijando na cabeça. — Aqueles seus pais tradicionais deixaram você única. Eles ainda dormem em camas separadas?

Assenti, pensando nos meus pais, que ficaram estacionados nos anos cinquenta. Eles ainda tinham camas separadas, acreditavam que o homem sustentava a família, e a mulher cuidava da casa, assim como em nunca poder falar sobre relação sexual, daí minha desconexão com o conceito todo. Apesar disso, minha mãe gostava bastante de romance.

O único motivo pelo qual sou fascinada pelo gênero de livros que leio foi por minha mãe e seus romances secretos que ela guardava debaixo da cama. Eles usavam palavras como "sexo" para descrever as genitais de uma mulher e "espada" para pênis. Aqueles romances eram minha única janela para o mundo louco do sexo.

Me sentindo energizada e apreensiva ao mesmo tempo, dei boa noite para meus amigos e fui para o quarto, esperando que alguém do site me achasse atraente o suficiente para me levar para jantar. Apesar de eu ser inexperiente com o sexo oposto, ainda ansiava pela sensação de um relacionamento, do toque de um homem, de um beijo. Era um aspecto da minha vida que eu estava perdendo dolorosamente e Delaney e Henry tinham razão. Talvez, assim que eu vivenciasse a realidade, conseguiria colocar todas as minhas emoções na escrita e realmente fazer meu nome, além de Expert em Cocô de Gato.

Capítulo Dois
O projétil da virgem

— Juro por Deus que, se não parar de se lamber, vou pegar essa sua língua que parece uma lixa e cortá-la com uma tesoura e, sabe de uma coisa, vou gostar de fazer isso! — gritei para o sr. Se-Lambe-Muito, o malhado laranja que insistia em ficar na minha sala lá pela uma da tarde todos os dias para sua rotina de banho.

— O que eu te disse sobre falar com os gatos? — Jenny, minha colega de trabalho, perguntou, parada na minha porta. — Não é saudável, Rosie.

— Nada neste escritório é saudável — eu disse enquanto encarava o sr. Se-Lambe-Muito. — Pare de me encarar com metade da língua para fora. É assustador!

Como se ele fosse dono da minha sala e de tudo nela, se sentou ereto enquanto mantinha contato visual comigo, estufou o peito e vomitou uma bola de pelo bem na minha mesa.

— Eca, que nojo! — gritei ao me afastar da bola de pelo laranja.

Com um olhar desafiador, ele ergueu a pata, limpou a boca e pulou da minha mesa.

— Você viu isso? — questionei Jenny, que estava no chão, rindo de mim. — Acho que ele me mostrou o dedo do meio enquanto limpava a boca.

— Gatos não têm dedos — Jenny corrigiu entre as risadas.

— Garra do meio, então. Ele me mostrou alguma coisa, isso é certeza.

— Vai limpar isso? — Jenny perguntou enquanto levantava e sentava em uma das cadeiras arranhadas por gatos que ficavam em frente à minha mesa.

— Não, estou planejando guardar para o jantar — anunciei sarcasticamente.

— Você é nojenta.

Com um lenço umedecido que eu mantinha numa pilha ali por esse exato motivo, peguei a bola de pelo e a joguei na lata de lixo, detestando cada aspecto da minha vida no processo.

Aliviada, me recostei na cadeira e disse:

— Você não se cansa deste escritório? Os gatos estão começando a me enlouquecer. Não é possível que isso seja higiênico.

— Ei, fique feliz de não ser estagiária, cujos deveres são alimentar os gatos, arrumar os gatos e se certificar de que as caixas de areia estejam sempre limpas na sala de merda.

A sala de merda.

Só tinha ido lá uma vez e foi porque era meu primeiro dia e estavam me apresentando ao escritório inteiro. O cheiro ofensivo de xixi de gato era tão terrível que não cheguei perto daquela sala desde então. A sala de merda era onde ficavam todas as caixas de areia, e não estou falando sobre caixinhas de areia, estou falando sobre caixas de areia do tamanho de uma nave espacial da Battlestar Galactica. Elas ficavam em diferentes prateleiras em diversas alturas. Era o pesadelo de um estagiário.

— Como conseguimos manter estagiários por tanto tempo?

— Universitários desesperados — Jenny respondeu, olhando para suas unhas. — Eles fazem de tudo para entrar em uma editora de revista impressa ultimamente, mesmo que signifique ser um poste arranhador ambulante.

— Isso me lembrou... chegou uma encomenda da Cat Emery Boards para mim? É para eu fazer um tipo de exposição deles, mas ainda não recebi a caixa.

— Não que eu saiba, mas você pode perguntar para Susan da recepção, é ela que cuida de todas as encomendas que chegam e, falando nisso, você viu a roupa dela outro dia? Ela estava totalmente no modo vovó safada.

Susan era nossa recepcionista, a própria imagem da louca dos gatos, e tinha a maior queda pelo cara do correio. Quando sabia que ele viria, chegava com um batom vermelho que sempre acabava em seus dentes, uma sombra azul no olho, que era para mulheres uns sessenta anos mais novas do que ela, e uma blusinha bem decotada que sempre parecia causar uma devastação com seus sutiãs velhos.

— Não. Eu estava entrevistando um abrigo no centro da cidade. O que ela estava usando?

Jenny se inclinou para a frente e olhou por cima do ombro para Susan, que palitava os dentes. Em uma voz sussurrada, ela disse:

— Uma blusinha da Hannah Montana bem decotada na frente que ela deve ter feito para si mesma e calça de corino roxa.

— Acho que não consigo acreditar nisso. — Tentei conter a risada.

Com um sorrisinho, Jenny pegou seu celular e me mostrou a foto que tirou de Susan conversando com o cara do correio, com a barriga saindo por debaixo da blusinha da Hannah Montana e a calça roxa.

— Ah, meu Deus! — exclamei, cobrindo a boca. — É a melhor coisa que já vi.

Estava prestes a pegar o celular para olhar mais de perto quando o sr. Se-Lambe-Muito pulou na minha mesa e começou a usar o teclado como arranhador.

— Eca, saia daqui. Pssst! — tentei espantá-lo.

Ele saiu rapidamente, mas arrancou o "o" do meu teclado e levou consigo.

— Desgraçado! — gritei conforme ele saiu correndo pela porta, mas não sem antes sorrir de volta para mim com o "o" na boca. — Agora ele pegou meu "o" e meu "a". Como posso escrever artigos de lançamentos e novidades de gatos em um ambiente deste?

Balançando a cabeça e rindo, Jenny disse:

— Ele te odeia, você sabe disso, né?

— Pisei no rabo dele uma vez, sem querer. Será que ele vai se vingar de mim por isso pelo resto da minha vida?

— Tenho quase certeza de que sim. Ei, o que acha que ele está tentando dizer?

— Como assim? — perguntei.

— Bom, ele pegou seu "o" e seu "a", deve estar tentando dizer alguma coisa.

— Provavelmente, é "morra, vadia, morra" — brinquei, mas tinha um fundo de verdade.

— Ele precisaria de muitos "a" para isso.

— Bom, me avise se vir outros teclados serem arranhados até a morte, assim conseguiremos decifrar o código antes de ele agir.

— Farei isso — Jenny concordou com um sorriso. — Então, vim aqui para te perguntar uma coisa.

— Ah, não. Não gosto desse seu olhar.

Jenny ergueu a mão e disse:

— Antes de falar não, por favor, só me escute. Sei que não gosta dessa coisa de encontro às cegas, mas esse cara seria perfeito para você.

— Jenny... — resmunguei.

Eu já tinha ido a encontros, mas nunca um às cegas. Não gostava da possível cena bizarra em que você encontra a pessoa e vê que não apenas ela é meio metro mais baixa que te disseram, mas também tinha um furo no queixo que piscava para você toda vez que sorria.

— Espere antes de falar não. Ele não é igual ao Marcus.

Marcus foi o último cara que ela me apresentou, o do queixo piscador.

— Ele é amigo do Drew e é novo na cidade. Nós falamos que iríamos levá-lo para sair para ele se divertir um pouco e pensamos se você não queria ir conosco. Vamos dançar swing[1]...

Ela iria arder, iria arder no inferno! Ela sabia que eu amava uma boa dança de swing e era bem raro eu conseguir ir porque nunca encontrava um parceiro, um que fosse semidecente.

— Ele sabe dançar swing?

— Alguns o chamam de Fred Astaire — Jenny disse, balançando as sobrancelhas.

— Você achava que Marcus se parecia com Andy Garcia, quando, na verdade, ele se parecia com Pee-wee Herman, então me desculpe se não consigo confiar totalmente na sua opinião.

— Eu te disse que estava bêbada quando conheci Marcus, ok? Meu cérebro estava cheio de tequila. Já me desculpei por isso, agora podemos virar a página?

— Certo. Quando você quer sair? — perguntei, me sentindo apreensiva, mas ao mesmo tempo empolgada com um possível encontro.

— Nesta sexta — ela deu um gritinho, unindo as mãos.

Pensando em minhas opções, assenti e apontei o dedo antes de ela se empolgar demais.

— Não haja como se fosse grande coisa. Só vou porque não danço swing há um bom tempo.

— Eeeeee! — ela gritou de novo enquanto batia palmas e saltitava. — Você vai a um encontro!

---

1 Tipo de música derivada do jazz, caracterizada por melodias de tempo médio/rápido e ritmos sincopados. (N. T.)

— Você me deixa exausta — eu disse, gesticulando para ela sair da minha sala. — Preciso terminar este artigo se quiser sair daqui em uma hora decente e antes de o sr. Se-Lambe-Muito voltar para orquestrar minha morte.

Assentindo, ela se levantou e colocou as mãos no peito.

— Você vai adorar Atticus!

— Atticus? — perguntei, mas ela saiu antes de poder responder minha pergunta.

Só pelo nome dele, eu já estava começando a ficar nervosa com a sexta-feira e quem esse Atticus poderia ser. Jenny, que Deus abençoe seu coração, tinha ótimas intenções, mas seus encontros às cegas geralmente eram escolhidos na esquina da Praça de Esquisitões com a Travessa dos Perdedores, mas isso era porque geralmente eram amigos do namorado dela, que não era bem um vencedor, não que eu possa julgar muito. Eu tinha ido a bastantes encontros na minha vida toda. Sou a amiga, nunca a namorada, e estava tudo bem até perceber que estou com vinte e três anos, ainda virgem e tão sexualmente inexperiente quanto uma adolescente com pôsteres de Justin Bieber na parede do quarto.

Terminei meu trabalho e evitei os olhares do sr. Se-Lambe-Muito e seu pelotão, que parecia estar se reunindo em um canto, escrevendo um plano na parede com as unhas enquanto passavam erva de gato um para o outro. Instantaneamente, me senti nervosa por meu teclado e só rezei para ele sobreviver à noite.

Quando peguei o metrô para casa, pensei na minha situação. Atualmente, eu estava sofrendo bullying de um gato malhado de nove quilos com o diabo nos olhos. O trabalho pagava minhas contas, mas era apavorante tê-lo no currículo como um emprego real. E minha vida sexual era inexistente. Eu precisava de uma mudança, e uma grande.

Estou nos meus vinte e poucos anos, deveria estar saindo, analisando as opções de encontros sexuais com homens dispostos e caras com tesão que a cidade de Nova York tem a me oferecer em vez de sair com meus namorados literários, embora eles fossem o único tipo de homem que conseguia realmente me satisfazer. Eles eram perfeitos.

As pessoas ecléticas do metrô entravam e saíam do trem, ouvindo música nos celulares, mandando mensagens e algumas até dando uns amassos nos cantos. Sendo a pervertida que eu era, observei fascinada o casal se esfregando, como suas mãos subiam e desciam no corpo um do outro, como eles mal se afastavam para respirar...

Eu quero isso! Quero saber como é enfiar a língua na garganta de um cara. Quero saber como é ver uma ereção ao vivo, em vez de apenas ler sobre isso. Se vou deixar minha vida de louca dos gatos e finalmente escrever o romance no qual estou trabalhando há anos, então preciso viver a vida. Preciso transar!

Com o vigor renovado, saí do metrô, subi para o meu apartamento e entrei na sala. Eu ia montar um plano de como perder a virgindade. Delaney tinha razão, eu precisava começar a experimentar, me expor e fazer anotações quando finalmente estivesse pronta para ter um homem polinizando minha flor, porque eu queria me lembrar de tudo.

Jogando a bolsa na mesinha de canto, peguei água da geladeira e fui para o quarto, onde havia um presentinho na minha cama com um bilhete. Fechei a porta e me lancei na cama, pensando no que um dos meus amigos tinha me deixado. Abri o cartão e li em voz alta.

— Hora de encontrar seu grande ponto "G". Te amo, Henry.

Confusa, abri o presente e tirei um tubinho do tamanho de um projétil e um Kindle com um recado de que estava cheio de livros. Meu coração flutuou com o presente de livros, mas, depois, observei o tubinho, imaginando o que seria.

— O que é isso?

Eu o virei na mão e imediatamente começou a vibrar, fazendo meu rosto inteiro ficar vermelho.

Henry me deu um vibrador. Um vibrador! Que porra era para eu fazer com um vibrador?

— Henry? — gritei, com o projétil na mão, procurando meus amigos, mas não tinha ninguém em casa.

Fui ao quarto de Henry, onde havia um recado pendurado na porta.

Rosie, chegarei em casa bem tarde, apague as luzes, fique nua e se divirta um pouco. Te amo. Henry. Obs.: Espero que eu tenha baixado uns livros bons, escolhi todos os que tinham homem seminu na capa. Achei que seriam inspiradores.

— Ah, meu Deus, eu o odeio — eu disse ao marchar brava para meu quarto e bater a porta.

Joguei o projétil de volta na embalagem, mas deixei o Kindle no criado-mudo, ainda tonta com aquele presente, mas irritada com o outro. Fui até minha mesa, peguei um caderno em branco e escrevi "Meu Diário de Sexo" na frente. Já me sentindo bem com o progresso, abri o caderno e comecei a escrever.

2 de junho de 2014

Vi um casal dando um amasso no metrô hoje...

Por pelo menos cinco minutos, fiquei ali sentada encarando o início do meu diário, sem saber o que mais escrever. Eu era tão cafona. Se esse não era um indicativo do quanto eu precisava me aventurar fora da minha zona de conforto, então, eu não sabia o que era. Minha irritação com Henry começou a desaparecer quando percebi que talvez eu simplesmente precisasse da ajuda não solicitada que ele estava oferecendo. Eu podia sentir o presente na minha cama, implorando para ser aberto de novo, para eu brincar com ele. Droga.

Olhei a embalagem, pensando que poderia não ser tão ruim tentar, era uma experiência nova, poderia me ajudar a saber o que esperar, o que estava por vir.

Respirando fundo, soltei a caneta, fui até a porta e chamei meus amigos de novo, mas ninguém respondeu, indicando que eu estava sozinha em casa. Fechei a porta e me virei para a cama, olhando de novo a embalagem.

Eu posso fazer isso, disse a mim mesma ao ir até o presente e pegar o pequeno vibrador, me perguntando por que Henry comprou um tão pequeno. A única conclusão a que pude chegar era porque eu era virgem e não tinha experiência com itens masculinos mais compridos.

A lã da minha saia estava pinicando, então resolvi que, a fim de testar minha sexualidade, precisava estar confortável. Com essa ideia, tirei a saia e a camisa de botão e coloquei uma camiseta bem larga e comprida com um gato enorme na frente. É, eu gostava das camisetas grátis do trabalho, não tinha problema com isso. Arrancando a calcinha, joguei-a no cesto com meu dedão do pé habilidoso e dei um soco no ar enquanto ia até a cama.

A cama guinchou enquanto me sentava e me instalava, que basicamente era eu virando de um lado para outro como uma baleia até ficar confortável. Empurrei a embalagem para o chão e peguei o vibrador com a mão direita, pensando que seria mais habilidosa com a mão dominante.

Com cuidado, analisei o pequeno mecanismo e o liguei. Ele tremeu na minha mão, me fazendo rir com o quanto o negócio era realmente poderoso mesmo sendo tão pequeno.

— Acho que tamanho realmente não importa — disse a mim mesma, fechando os olhos e levando o projétil até minha vagina.

Fiquei sobre minha parte feminina por uns bons dois minutos, pensando se o projétil iria desligar por não estar em ação.

— Eu posso fazer isso — incentivei, respirando fundo e abrindo mais as pernas, de forma que elas ficassem quase penduradas nas laterais da cama.

Acho que, quanto mais aberta, melhor.

— Não consigo acreditar que estou fazendo isso. — Coloquei a outra mão na testa. — Apenas faça — me repreendi.

Cerrando os dentes, segurei firme o projétil com o dedo indicador e o polegar e o inseri na vagina. Ainda bem que existiam absorventes internos porque eu tinha facilidade para localizar o buraco. As vibrações instantaneamente percorreram meu abdome inferior, me fazendo dar um gritinho.

— Oh, nossa, isso é estranho — falei, ao fazer o projétil entrar e sair algumas vezes. — Deveria ser bem maior, mal consigo enfiar.

Continuei a fazer pequenas inserções. Só conseguia imaginar o que minha vagina devia estar pensando no momento, como se eu estivesse tentando brincar com ela. Comecei a rir ao imaginar vencer o jogo contra minha vagina.

Achei mais fácil inserir conforme as vibrações começaram a me envolver. Se estava começando a ficar excitada, será que eu estava molhada lá embaixo? Estava bem escorregadio, será que eu estava me excitando? O mero pensamento me fez estremecer. Nunca tinha me masturbado, então não fazia ideia do que esperar quando o assunto era sentir minha própria vagina. Será que estava fazendo certo?

Não achava que estava porque o projétil praticamente nem estava dentro.

Será que...

Respirando fundo, coloquei o projétil inteiro na vagina, até sentir que estava completamente dentro. Instantaneamente, uma gota de suor começou a descer por minha pele com a vibração dentro do meu canal vaginal.

— Oh, minha nossa — eu disse, quando minhas mãos começaram a agarrar os lençóis da cama.

O projétil não só vibrava continuamente, como também pulsava em padrões diferentes, então minha vagina estava começando a memorizar e ficar tensa a cada choque, a ponto de eu começar a me sentir desconfortável.

Querendo voltar às mini-investidas, tentei pegar o projétil da vagina, mas parei quando nem consegui senti-lo por estar muito profundo dentro de mim.

— Ah, meu Deus!

Sentei quando minha vagina começou a se contrair com as sensações.

O pânico me tomou conforme tentei pegá-lo de novo, desta vez, tentando tirá-lo usando meus músculos vaginais, mas só o que aconteceu foi uma ameaça de empurrar outra coisa para fora, então parei imediatamente e olhei em volta, procurando algo que me ajudasse.

Em minha mesa, ao lado da cama, havia uma régua, que peguei e olhei as pontas afiadas. Não, eu não estava pronta para arrancar a maldita coisa, então soltei a régua e olhei pelo meu quarto mais um pouco, o tempo todo ainda em pânico pelo vibrador alojado no meu buraco de prazer.

Talvez houvesse um fórceps na embalagem ou instruções, pensei, ao me esticar para baixo exatamente quando minha coluna estremeceu pelo projétil.

— Minha nossa! — gritei e caí no chão, virando-me para pegar a embalagem. Virei-a de cabeça para baixo, mas não saiu nada. — Merda — xinguei quando outra vibração tremeu meu útero inteiro.

O suor continuava a se formar em minha pele e pensei nas consequências de ter um vibrador preso na vagina. Isso não poderia estar acontecendo. Eu não iria ao médico para ele tirar o vibrador de mim, então me levantei, ergui a camiseta para poder ver o que estava fazendo e abri as pernas como uma lutadora de sumô.

— Estou indo, seu otário — xinguei e saltitei na posição de agachamento, tentando abrir as pernas o máximo possível, desejando que minha vagina parasse de se contrair.

— Por favor, saia! — eu disse ao pular mais forte, olhando para minha região sul e desejando que a maldita coisa saísse.

Mais suor escorreu em minhas costas enquanto a sensação das pulsações continuava me percorrendo ao mesmo tempo que o puro medo de ter um vibrador permanentemente enfiado na vagina passou pela minha cabeça.

Bem quando eu ia dar um último enorme salto, minha porta abriu e Delaney entrou.

— Que porra você está fazendo aqui? — ela perguntou ao parar na porta e olhar em choque para mim.

Eu estava no meio do quarto, com a camiseta erguida até a cintura e a parte de baixo nua para todo mundo ver. Estava prestes a berrar para ela sair quando o projétil caiu no chão e rolou na direção de Delaney, graças ao velho piso irregular que só um apartamento da cidade de Nova York poderia ter.

Ficamos em silêncio enquanto Delaney parou o projétil com o sapato e, então, olhou de volta para mim.

Seus lábios se curvaram conforme ela analisou a cena que se revelava diante de si.

— Isso estava preso na sua vagina?

Rapidamente, abaixei a camiseta e a alisei para ficar apropriadamente coberta antes de começar a falar de novo.

— É falta de educação entrar no quarto de alguém sem bater.

— Desculpe por me preocupar com que tipo de debandada de elefante você estava lidando aqui. Se ao menos soubesse que você estava tentando retirar um vibrador da vagina, teria te dado mais privacidade.

O calor da vergonha foi direto para o meu rosto, deixando-o totalmente vermelho.

— É culpa do Henry — rebati. — Ele não me deu um comprido o suficiente.

— Do que está falando? — Delaney perguntou ao pegar um lenço da minha cômoda e examinar o vibrador. — Ele te deu um *bullet*.

— Porque sou virgem, eu sei — eu disse, revirando os olhos.

— O quê? Não. Sabe o que é um vibrador *bullet*, Rosie?

Eu ia responder, mas fechei a boca e pensei por um segundo. Na verdade, eu não sabia o que era. Só tentei adivinhar.

— Um vibrador para alguém que ainda não teve o hímen rompido?

Vi seu olhar de desgosto conforme ela me analisou.

— Você pode falar hímen, mas boceta é nojento para você?

— É um termo médico; a palavra com b é gíria.

Balançando a cabeça para mim, Delaney disse:

— Eu te amo, Rosie, mas você consegue ser muito ingênua às vezes. Um *bullet* é um estimulador de clitóris, não vai dentro da vagina, só brinca entre seus lábios.

— Você quer dizer... que brinca entre minhas partes femininas?

— Jesus, isso! — Delaney respondeu, jogando o *bullet* na minha cama. Ela começou a rir e falou: — Não acredito que perdeu ele dentro da vagina. — Como se tivesse acabado de perceber a cena que tinha visto, ela começou a rir histericamente se apoiando na porta do meu quarto. — Você o perdeu na vagina e estava pulando para tentar tirar. — Ela escorregou até o chão e secou as lágrimas dos olhos enquanto cruzei os braços e esperei que ela terminasse.

— Como eu ia saber? — me defendi. — Não havia instruções. Henry só me disse para encontrar meu ponto G. Quem diria que havia esse tal de estimulador de clitóris?

— Você saberia se um dia tivesse ido ao sex shop comigo.

— Sabia que esses lugares são cheios de sêmen? Sabe aquelas cabines de vídeo de sexo nos fundos? É, eles não têm álcool gel para limpar as mãos. Eu nunca entraria em um desses lugares. Você pode praticamente engravidar só de respirar lá.

— É, eu li isso nas notícias um dia. Mulher excitada engravida por respirar demais em sex shop.

Analisei Delaney por um segundo e disse:

— Você e eu sabemos que esse título é comprido demais para uma chamada.

Delaney se levantou do chão, rindo e balançando a cabeça.

— Sério, Rosie, estou orgulhosa por você tentar, mas pode perguntar da próxima vez antes de começar a enfiar coisas na vagina. Imagina se precisássemos ir ao hospital para retirar essa coisa, sentar no hospital enquanto está constantemente sendo vibrada? Deus, pode enfiar de volta para vermos o que acontece na sala de espera? Isso faria minha noite.

— Pode ir embora agora.

— Está bem. — Ela ergueu as mãos, mas disse antes de ir: — Aliás, vou ligar para minha depiladora amanhã. Vamos depilar você com uma depiladora brasileira porque esse matagal não é nada atraente.

— Ei, eu aparo — resmunguei ao apertar as pernas.

— Nós queremos liso, Rosie, não aparado. Acredite em mim, quando finalmente conseguir que um cara vá aí embaixo, vai querer que as coisas estejam o mais limpas possíveis.

Outra onda de vergonha me tomou ao pensar que um cara seria tão íntimo de mim.

— E pare de corar toda vez que falo sobre sexo. Você precisa falar disso, menina; ser um indivíduo sexual. Começar a assistir pornô talvez ajude.

— Ok, tchau, Delaney.

— Tchau, Rosie. Me deixe orgulhosa e se masturbe do jeito certo, com uma mão no peito e outra no clitóris.

Fechei a porta na cara dela e ela riu o caminho todo até seu quarto. Olhei para o lenço que embrulhava o *bullet* na minha cama e zombei dele. A maldita coisa sabia exatamente o que eu estava fazendo e se aproveitou de mim. Não iria chegar perto daquilo por um tempo. Henry idiota.

Pegando meu diário, sentei à escrivaninha e continuei a escrever.

2 de junho de 2014

Vi um casal dando um amasso no metrô hoje... Recado para mim mesma: pesquisar no Google sobre objetos sexuais antes de usá-los. Tais atitudes repentinas podem prejudicar o corpo e provocar idas vergonhosas ao hospital se não tiver sido feita a pesquisa adequada primeiro.

Outro recado: vibradores não têm tamanho de acordo com sua experiência sexual. Vibradores bullet são para estimulação do clitóris, não para virgens que ainda precisam ser defloradas. Além disso, Virginia, nome da minha vagina, gostou da opção pulsar, mas não de ser perversamente atacada pelo dito bullet preso, nome da mini-máquina.

Capítulo Três
Pornô é ciência

— Rosie, ah, por favor, venha aqui — Henry pediu, me chamando para ir até o sofá. — Eu não sabia que iria perder o vibrador na sua vagina. — Ele riu na última palavra.

— Por que você tirou as instruções? — perguntei, me sentando com relutância ao lado dele e deixando-o me puxar para seu abraço. Apoiei a cabeça nele e ele me abraçou. — Oh, meu Deus, era usado? — perguntei, olhando-o.

Rindo, ele balançou a cabeça negando e disse:

— Veio em uma embalagem plástica, aquela que você nunca consegue abrir, e eu sabia que, se a visse, nunca tentaria abrir, então fiz isso para você. Não pensei em incluir as instruções. Simplesmente achei que você já soubesse.

— Eu não sei nada — confessei, com vergonha na voz.

— Queixo erguido, Rosie. Você vai chegar lá. — Ele me apertou mais forte.

— Mas obrigada pelo Kindle. Mal posso esperar para começar a ler.

— Claro. Queria que tivesse me contado sobre tudo isso antes. Eu teria te exibido em toda a faculdade e nas festas, nós teríamos feito você transar.

— Não acho que conseguiria suportar uma coisa de uma noite naquela época. Não tenho a sexualidade tão aflorada como você e Delaney. Não sou tão confiante quanto vocês dois. Quero dizer, vocês saem e as pessoas simplesmente começam a pular no colo de vocês.

— Isso não é bem verdade, mas agradeço o elogio — ele disse com um sorriso na voz.

— Acha que preciso mudar meu cabelo ou minhas roupas?

Afastando-se de mim, ele me olhou e balançou a cabeça ao me analisar com aqueles olhos lindos.

— Você é perfeita, Rosie. Não mude nada. Só precisa ter mais confiança em si mesma. Em vez de se acovardar atrás dos seus livros, talvez precise só abrir seu primeiro botão e estufar o peito, jogar o cabelo para o lado, seduzir um pouco. Você é linda e tem consciência. Se apodere disso, Rosie.

— Obrigada, Henry, mas é mais difícil para mim.

— Oh, entendo, bancando a difícil. — Ele me cutucou, me fazendo rir.

— É, é isso. Estou bancando a difícil com todo homem no planeta nos últimos vinte e três anos.

— Ambiciosa. — Ele deu risada.

— Pense grande ou desista. — Dei de ombros. Ficamos sentados em silêncio por um segundo, então contei: — Tenho um encontro no sábado.

Apertando minha lateral, ele disse:

— Sério? Que ótimo. Com quem? É do site de encontros?

— Não, nem olhei aquela coisa ainda. Você lembra da Jenny, do meu escritório?

— A que namora aquele mala, Drew?

— É, ela mesma.

— Ela poderia conseguir coisa muito melhor.

Me afastei e o analisei.

— Está dizendo que você iria querer paquerar Jenny?

Rindo, Henry balançou a cabeça.

— Paquerar? Você é adorável, e não, ela me irrita demais. Mas é linda, porém você sabe que gosto das morenas. Só estou te esperando.

— Está tentando me ensinar a flertar?

— Está funcionando? — Ele deu uma piscadinha.

— Não. — Dei risada, envolvendo o braço de novo em sua cintura e me aconchegando mais. — Enfim, Drew tem um amigo chamado Atticus.

— Atticus? Como de *O sol é para todos*?

Parei e pensei nisso.

— Sabe, nunca liguei o nome dele ao livro. Isso deixa tudo muito melhor.

— Jesus. — Ele balançou a cabeça. — Eu deveria ter ficado de boca fechada.

— Enfim — continuei. — Vamos dançar swing na sexta. Estou empolgada porque não danço swing desde a faculdade, mas também um pouco nervosa por ir a um encontro às cegas.

— Sabe que eu danço swing com você. Sou o melhor parceiro que já teve. Lembra da vez que te ergui acima da minha cabeça e você se desequilibrou e caiu de bunda na tigela de ponche?

— Como poderia esquecer? Minha bunda ficou manchada de vermelho por dias.

— Sinto falta do clube de dança de swing — ele disse, com a voz desamparada.

— Engraçado falar isso porque, no nosso último ano, você me abandonou por suas saidinhas de sexta à noite, e esse foi o fim do swing para mim.

— Bom, eu era um babaca naquela época — admitiu. — Se um dia quiser ir, é só me pedir.

— Ah, Henry. Você é ocupado demais nas noites de sexta para me levar para dançar.

Ele me fez olhar diretamente em seus olhos e disse:

— Rosie, sabe que nunca estou ocupado demais para você.

Ele era meu melhor amigo, mas conseguia fazer meu coração flutuar; era comum quando eu estava perto dele.

Dando-lhe um sorriso de lado, eu disse:

— Obrigada, Henry, mas acho que esse encontro às cegas pode ser bom para mim. Vai me fazer sair e quem sabe aonde vai me levar.

— Vai querer transar na primeira noite? — perguntou, um pouco indignado.

— Oh, meu Deus, não. Acho que seria um erro enorme, principalmente dado que o vibrador se alojou na minha vagina hoje. — Isso mesmo, eu falei vagina. — Preciso estudar um pouco antes de me lançar nisso com um estranho. O único sexo que conheço é o dos livros e eles fazem parecer muito fácil e maravilhoso. É assim mesmo?

— Depende — Henry respondeu com sinceridade. — Precisa estar com a pessoa certa, que sabe o que está fazendo. Alguns caras gostam de te excitar só para conseguir o que querem, mas um cara de verdade vai garantir que você esteja satisfeita antes dele.

— Isso vem direto da Bíblia Henry Playboy?

— Pode ter certeza — ele disse, inclinando-se para a frente e pegando o refrigerante que estávamos compartilhando na mesa de centro. — Você precisa entender que sua primeira vez será estranha, você não vai saber onde colocar as mãos ou o que fazer quando a meia que ele está tentando tirar simplesmente não sair, então o espera tirar enquanto está lá deitada nua. — Ele me entregou o refrigerante e eu o terminei, devolvendo-o a ele para colocar na mesa de centro. — Vai doer, Rosie. Não vou mentir sobre isso, e você vai sangrar.

— Uau, parece mesmo uma experiência prazerosa, não acredito que esperei tanto assim para participar disso.

Eu sabia que sexo não seria ótimo logo de cara, mas agora, graças a Henry, estava realmente com medo. O que era para eu falar para a pessoa que finalmente tirasse minha virgindade? Desculpe pela sujeira do sangue, mas esqueci de te contar que eu era virgem? O processo inteiro parecia demais para mim.

— Talvez eu devesse esperar estar em um relacionamento sério — pensei alto. — Parece que, se eu estiver com alguém, realmente namorando, ele seria mais sensível à minha condição.

— Você não tem uma doença. — Henry deu risada. — Você é virgem, não leprosa. Qualquer cara em sã consciência respeitaria o fato de você ter se guardado e te trataria com respeito.

— Acha mesmo?

— Acho, você só precisa encontrar o cara certo primeiro.

— Então acha que uma noite e nada mais está fora de cogitação no momento?

Ele franziu o nariz ao pensar na minha pergunta.

— Será que quero que você seja virgem para sempre agora que sei que é? Bem, sim, porque significa que ainda é inocente, intocada, minha doce Rosie. Mas, se precisa ir para o lado da safadeza — ele me deu um sorriso —, então eu preferiria que estivesse em um relacionamento.

— E quando você se tornou meu pai? — zombei.

— Não seu pai, só um melhor amigo superprotetor e preocupado. — Ele passou a mão no cabelo e falou: — Não sei, Rosie. Desde quando Delaney disse que você era virgem, não consigo parar de pensar no quanto realmente é inocente, e isso está mexendo com meu coração. Eu te amo do jeito que é, não quero que mude. Não quero que qualquer otário entre aqui e te corrompa. Gosto de você por quem é agora, simplesmente perfeita. — Era fofo o quanto ele estava perturbado. Ele

Meghan Quinn

segurou meu queixo e falou seriamente conforme minha pulsação acelerou com sua proximidade. Por que ele tinha que cheirar tão bem? — Você é simplesmente perfeita — ele repetiu.

Respirando fundo para me acalmar, eu disse:

— Obrigada, Henry, mas uma parte de mim não gosta de quem eu sou. Você e Delaney têm ótimos empregos e eu estou presa desviando de bolas de pelo e gatos ferozes todos os dias no trabalho, pensando se serei lambida e dominada pelo sr. Se-Lambe-Muito ou não. Desde que me lembro, escrevo histórias, e agora que saí da faculdade e tenho a chance de fazer algo para mim mesma, não estou fazendo. Eu quero escrever esse livro, terminá-lo e ter orgulho de mim, mas fico meio travada quando chega ao assunto de sexo.

— Então por que precisa incluir sexo no livro? Não é uma exigência.

— Não é, não, mas, quando leio um livro sem sexo, sinto que falta essa conexão entre os personagens... Pode me chamar de pervertida, mas acho que sexo em livro não é apenas para ficar quente e fogoso, trata-se de ver os personagens formarem essa ligação, que é indiscutível, sabe?

— Sei, e acredite, a última coisa de que eu chamaria você é de pervertida. Por que não tenta ler uns dos livros contemporâneos que adicionei ao seu Kindle em vez dos antigos que sua mãe lia?

— Vou começar um esta noite, mas ainda sinto que preciso saber como é ter um orgasmo. Como é um pênis na vida real, para realmente fazer jus aos meus livros, sabe? Escrever com a própria experiências é sempre muito mais fácil.

— Você nunca nem viu um pau na vida real? — ele perguntou, perplexo.

Ruborizando, balancei a cabeça.

— Não. Só vi... — Limpei a garganta e disse: — Uns na internet.

Como se eu tivesse acabado de falar para Henry que meus mamilos saíam à noite e apresentavam seu próprio show burlesco, a boca dele se abriu em choque.

— Você assiste pornô? — A voz de Henry sumiu no fim da frase.

— Não, só vi umas coisas.

— Espere. Então você nunca assistiu pornô, nunca viu um pau na vida real e nunca nem encostou em um por cima de uma calça jeans?

— Não — confirmei, balançando a cabeça.

— Nossa, merda. Quer ver o meu? — Segurou o cós da calça.

— Henry! Não! — gritei, cobrindo os olhos. O calor subiu rapidamente por minhas costas pela quase exposição do meu melhor amigo.

Rindo, ele disse:

— Se nunca viu um pênis de verdade, como espera descrevê-lo em um livro?

— Estou trabalhando nisso — respondi com rapidez, ainda sentindo o calor no meu corpo com o fingimento de Henry com a mão no cós.

O silêncio caiu sobre nós conforme vi as engrenagens trabalhando na mente de Henry. Nunca saía nada de bom quando ele começava a pensar nas coisas.

— Não me importo de te mostrar meu pau, Rosie. Poderia ser para fins experimentais. Ciência. Embora não seria muito justo com todos os outros homens que provavelmente você vai ver, já que sou grande e largo.

Bufei pelo nariz.

— E cheio de si?

— Não cheio de mim, é a verdade.

— Não vou olhar para seu pau pela ciência. — Dei uma risadinha e balancei a cabeça.

— Bom, pelo menos me deixe te mostrar uns pornôs. Posso interpretar para você, como um jogador de futebol e seu técnico. Podemos pausar e posso falar sobre posições, ereções e todas as zonas erógenas das quais você deveria saber. Podemos assistir no meu tablet.

— Por que será que estou considerando isso agora? — perguntei quando a curiosidade me dominou.

— Isso! — Henry se inclinou para a frente, beijou o topo da minha cabeça e disse: — Já volto, amor.

Observei sua bunda bem definida sair do cômodo enquanto me convencia de que não tinha problema secar os amigos. Eu o flagrei fazendo a mesma coisa comigo em inúmeras ocasiões. Ele voltou à sala segundos mais tarde, com o tablet na mão e um sorriso enorme no rosto.

— Sou inscrito em um site de pornô mais elegante que não será muito ruim de assistir para uma novata como você.

— Você é? — perguntei, um pouco chocada. — Por quê? Você fica com uma garota quase toda noite.

Distraidamente, ele deu de ombros e disse:

— Algumas garotas gostam de assistir pornô enquanto transam, então pensei que seria mais legal me inscrever do que procurar na internet no calor do momento.

— As mulheres realmente gostam de transar assistindo pornô? — Engoli em seco, pensando que não acreditava que seria uma dessas mulheres.

— Você ficaria surpresa, Rosie. Talvez goste também.

— Duvido — eu disse como uma esnobe, me odiando.

Henry se debruçou no braço do sofá enquanto se sentava e colocou uma perna atrás de mim, então precisei me apoiar em seu peito.

— Venha aqui, vou segurar o tablet diante de nós enquanto assistimos.

Como sempre gosto de um bom aconchego em Henry, me apoiei em seu peito e ergui os joelhos flexionados para ele poder apoiar o tablet neles, segurando-o. Ele se inclinou para minha orelha e falou baixinho:

— Pornô entre aluna e professor ou empresário e secretária?

— Secretária — eu disse com rapidez. — Não sei se curto o lance entre aluna e professor.

— Não julgue, é excitante. Você vai se abrir mais, confie em mim. Assim que molhar seus dedos... oh, espere, você já fez isso hoje. — Ele deu risada.

— Henry! — Dei um cutucão em sua barriga com o cotovelo, fazendo-o se encolher um pouco. — Podemos largar disso, por favor?

— Sua vagina com certeza o fez.

— Eu te odeio.

Seu peito se ergueu e desceu conforme o senti rindo em minhas costas.

— Desculpe. Só queria ter visto você pulando, tentando tirar a maldita coisa.

— Já pensou no fato de que eu estava seriamente aterrorizada de que ficasse preso em mim para sempre?

— Você estava? — ele perguntou, suavizando um pouco a voz.

— Mais envergonhada do que qualquer coisa.

— Vivendo e aprendendo, amor. Agora, vamos ao que interessa. — Ele abriu um app no tablet e começou a procurar o vídeo.

— Você vê pornô em um app?

— É, fica muito mais fácil de assistir.

Claro que ficava, pensei comigo mesma ao observar Henry procurar o vídeo que queria. Qualquer site pornô iria querer facilitar para as pessoas assistirem. Era realmente meio genial ter um app para pornô, e os designers astutos nem fizeram o ícone do app parecer que era de pornô. Era apenas um rolo de filme. Bem espertos.

— Oh, a garota é gostosa neste aqui.

— E o cara? — perguntei, finalmente me sentindo um pouco confortável, graças ao abraço quente de Henry.

Eu não iria querer assistir a pornô com mais ninguém. Henry tornava isso fácil.

— Ele tem um pau de bom tamanho para você aprender.

— Oh, que adorável.

— Agora, recoste em mim e relaxe. Vamos ter uma aulinha sobre a arte de foder.

A tela ficou preta e começou a tocar uma música. A câmera aproximou no céu de Nova York, fazendo com que a filmagem toda quase fosse realmente luxuosa, até que o CEO, o personagem principal, apareceu na tela com uma mulher nua em sua mesa.

— Oh, eles vão direto ao ponto, não é?

Rindo, Henry disse pertinho da minha orelha:

— Estava esperando um pouco de romance antes?

— Bom, teria sido legal.

— Posso te mostrar o romance mais tarde, amor — ele falou cada vez mais baixo conforme seus lábios acariciaram minha orelha, sua voz imperturbável.

Fiquei confusa.

A forma como ele disse amor fez meus dedos dos pés formigarem. Desde o primeiro ano da faculdade, sempre tive uma quedinha por Henry. Como poderia não ter? Ele era o homem mais lindo que eu já tinha conhecido, e meu afeto logo se tornou uma queda, que se transformou em amizade verdadeira. Seu apelido para mim era amor porque ele sabia que era nisso que eu acreditava. Tudo sobre mim girava em torno do amor. Eu era uma romântica assumida e amava o amor, simples assim.

Porém, a situação meio íntima que estávamos vivendo naquele instante me fez pensar melhor na forma como ele dizia meu nome, o que era maluquice, porque, de todas as mulheres com quem Henry sairia, eu seria a última em sua lista. De forma alguma eu pensava que era feia — porque sabia que geneticamente não era. No entanto, eu pertencia à menor parcela de mulheres com algumas curvas e um estilo retrô que estava mais para *I love Lucy* do que uma gatinha safada do clube do sexo, a típica garota de que Henry gostava.

— Está prestando atenção? — Henry perguntou, interrompendo meus pensamentos.

— Estou, parece que ele está prestes a pegar a moça. Uau, olha os mamilos dela.

Eles eram como torpedos se lançando do seu peito. Nunca tinha visto nada igual. Eu tinha seios de bom tamanho, mas meus mamilos não furavam o olho das pessoas quando eu estava com frio.

— O que tem eles? — ele perguntou, confuso.

— São muito grandes. Acho que estou acostumada com meus mamilos, que são significativamente menores do que esses... esses megafones.

— Megafones? — Ele pausou o vídeo e deu uma gargalhada.

— São do tamanho do meu batom. Sério, olhe para eles.

— E como são seus mamilos?

— Você sabe — eu disse, erguendo a mão e fazendo um pequeno círculo com o dedo indicador e o polegar.

Henry inspecionou meus dedos por um bom tempo e, então, falou:

— Rosie, isso é excitante. Você tem mamilos pequenos. Deixe-me ver.

— Não! — Bati nele por trás quando ele continuou a rir.

— Pago na mesma moeda.

— Podemos somente assistir ao filme?

— Pornô seria o nome — ele comentou ao me puxar para mais perto, me aconchegando. — Agora preste atenção. Isso é uma experiência de aprendizado.

O pornô recomeçou. O CEO deu a volta na mesa, analisando a mulher nua espalhada em sua mesa, com seus mamilos de torpedo endurecidos no ar. Estava tocando uma música brega de fundo, confirmando todas as minhas expectativas e generalizações sobre pornô.

No instante em que o homem dá toda a volta na mesa, sua metade inferior aparece e é quando vejo sua ereção enorme.

— Oh, minha nossa, isso é uma ereção?

Contendo a risada, ele pausou o vídeo de novo e circulou o pau do homem com o dedo.

— Está vendo isto, amor? Isto é chamado ereção, e isto — ele circulou a vagina da mulher —, é aqui que ele vai colocar essa ereção.

— Henry, não sou idiota — eu o repreendi.

— Tudo bem, só queria garantir. Em minha defesa, você deixou um vibrador preso em sua vagina hoje.

— Esqueça isso. — Fiz careta, mas depois dei uma risadinha.

O pornô continuou e eu observei, fascinada, como o homem tirou as roupas lentamente enquanto esfregava sua gravata de seda no corpo da mulher. Era realmente meio excitante de assistir, ver a maneira como a mulher reagia aos pequenos toques dele e a forma como o homem estava totalmente satisfeito em como fazia a mulher se sentir. Comecei a ficar excitada só de assistir tudo acontecer. Estava tão envolvida no homem tirando a cueca boxer que gemi quando Henry pausou de novo.

— O que está fazendo? — perguntei, olhando por cima do ombro.

— Só pensei que você precisava de uma pausa para água. Tenho quase certeza de que sua língua estava pendurada.

— Não estava — eu disse, secando o rosto, só para garantir.

— Certo, amor. Está pronta para esse próximo passo? As coisas vão ficar bem sérias.

— Só dê o play, posso lidar com o que acontece em seguida.

— Ok, mas, se ficar com medo, pode me abraçar com seus bracinhos. Não me importaria nem um pouco.

— Anotado, agora continue.

Ele apertou play e nós dois assistimos ao homem se virar e tirar a cueca, dando à câmera uma ótima visão de sua bunda, que era realmente bem bonita. Sempre pensei que estrelas pornôs seriam nojentas de se ver, mas aquele cara era bem gostoso.

Em segundos, sua bunda foi trocada por uma visão totalmente de frente dele se masturbando.

— Santos monges do melaço — resmunguei e me inclinei para a frente a fim de ver melhor. — Paus são grandes assim mesmo?

— Não para homens medianos, mas para nós, bem dotados, sim.

Eu o encarei com um olhar severo e voltei à posição. Homens, uma coisa que eu sabia sobre eles era que estavam sempre se vangloriando dos seus paus. Na verdade, isso era algo que eu queria descobrir: por que homens tinham tanta inveja dos membros? As mulheres não saíam por aí de propósito mostrando suas patas de camelo para exibir o quanto seus lábios eram grandes. Eca, só de pensar em ver patas de camelo andando pelas ruas de Nova York me deixou seca. Não importa quem você é, ninguém fica bem com uma pata de camelo.

Voltei a atenção para o tablet, onde o homem continuava se masturbando.

— Isso é normal? Um cara se acariciar diante de uma mulher?

— Claro, por que não? Geralmente excita a garota ver um cara se masturbar com os dois nus.

— Hummm, acho que poderia ser tranquilizante, para saber que o cara te acha atraente. É... é meio excitante.

— Isso aí, amor, está pegando o jeito da coisa. Quando vir, estará mexendo nesse clitóris com um desses vídeos.

— Não conte com isso.

Bocejando, cobri a boca e apoiei a cabeça no ombro de Henry.

— Está cansada? — perguntou, seus lábios mal acariciando minha orelha.

— Só um pouco.

Pausando o filme e colocando o tablet de lado, ele me abraçou e disse:

— Chega de aprendizado e experiências sexuais para você por hoje. Que tal continuarmos outra noite? Nós vimos as preliminares. O que acha de, na próxima vez, realmente atacarmos a penetração?

— Que coisa estranha de se dizer, mas parece um bom plano.

Relutantemente, me afastei do abraço de Henry e me levantei do sofá. Puxei para cima minha calça de moletom pink e para baixo minha camiseta larga com um gato estampado. Ajustei os óculos e olhei para Henry, que parecia a perfeição com seu cabelo estiloso e o bronzeado que nenhum homem deveria ter vivendo na cidade.

— Deus, estou parecendo um saco de lixo comparada a você.

— Você está adorável. — Ele se levantou do sofá e me puxou para um abraço. — Não deixe ninguém te dizer outra coisa. — Ele pausou, depois disse com sinceridade: — Desculpe por seu vibrador ter ficado preso em sua vagina hoje.

— Desculpe por ter perdido minha cena pulando em um agachamento de sumô para tentar tirar.

— Está perdoada. — Ele deu risada e beijou o topo da minha cabeça. — Te vejo pela manhã, amor.

— Não se esqueça de fazer o café. Vou precisar.

Enquanto eu me aprontava para dormir, pensei na nova aventura em que estava embarcando. Já estava começando a me sentir um pouco excitada, talvez em breve eu conseguiria dizer a palavra com b em voz alta sem corar e olhar para o pênis de um homem sem rir como uma menininha. Estava sentindo a maturidade começar a me envolver. Felizmente, meu encontro de sexta à noite seria o começo de um novo relacionamento. Tinha potencial, o cara gostava de dançar swing, tinha que ser legal se não se importava em dançar a noite toda com uma estranha. Pelo menos, era o que eu esperava.

Quando deitei na cama, vi que meu celular tinha uma mensagem de texto. Era de Delaney.

Delaney: Depilação marcada, amanhã depois do trabalho. Hora de cortar essa moita, amiga.

Oh, droga.

Havia uma coisa pela qual eu precisava ser grata. Embora fosse humilhante, ficava feliz por meus amigos estarem tentando me ajudar com os esforços de me desvirginizar. Se estivesse sozinha, quem sabe com quem eu sairia e o que enfiaria na minha vagina? Sem eles, com certeza ainda estaria dando um amasso no meu braço pensando no meu último namorado literário e casualmente mexendo os quadris no colchão, só esperando que um pênis saísse dele para eu me esfregar.

Que porcaria de pensamento era esse?

Balançando a cabeça, disse a mim mesma para dormir. Acho que o pornô estava começando a me afetar.

Capítulo Quatro
A estrada dos tijolos vermelhos

Fabio estava deitado na cama esperando sua amante medieval tirar seu cinto de castidade e finalmente deixá-lo colher a flor de Mayberry do jardim que ela preparou lindamente para ele. Ele a observou andar em sua direção enquanto tirava as roupas, começando com seu sutiã branco de algodão. Ele percebeu que seus seios eram de tamanhos significativamente diferentes, mas expulsou esse pensamento e se concentrou no cinto que ela estava abrindo em sua cintura. Ela tirou a roupa de baixo e revelou um monte sedoso de cachos vermelhos brilhantes, que combinavam com os cachos em sua cabeça. Fabio começou a babar com a ideia de ser capaz de se perder nos cachos da cabeça dela e em seu jardim mágico...

— Não, você não pode escrever sobre as cortinas combinarem com o pano. Está maluca? — Delaney perguntou de trás do meu ombro, assustando-me até a medula.

— Vocês não podem continuar fazendo isso — berrei, cobrindo a tela do computador com a mão.

— Amante medieval? Você é melhor do que isso, Rosie.

— Sei que sou — eu disse, desanimada. — Para ser sincera, nem sei mais se quero escrever um livro medieval. O sexo parece tão desastroso com toda essa armadura e tal. Quero dizer, onde ele coloca a espada? Só joga para o lado?

— Não, ele enfia na boceta dela, dãh.

Revirando os olhos, fechei o computador e peguei minha bolsa.

— Não estou falando sobre essa espada.

— Uau. — Delaney deu risada. — Henry me contou que vocês assistiram pornô ontem à noite, mas não achei que ele tivesse te influenciado tanto.

— Consigo ser atrevida se eu quiser — respondi, de cabeça erguida.

Saímos do apartamento, descemos as escadas e demos de cara com Henry, que estava carregando uma caixa de pizza e um fardo de cerveja. O homem conseguia comer e beber o que quisesse e não engordar um quilo. Como isso era justo?

— Jantar, senhoritas? — ele ofereceu.

— Desculpe, temos um compromisso — eu disse rapidamente ao tentar passar por ele, mas fui parada, é claro, por aquele sorriso.

— Que tipo de compromisso?

— Hora de arrancar o mato do "jardim feminino" — Delaney revelou, usando aspas.

— Cortar as ervas daninhas.

Henry ergueu uma sobrancelha para mim e, depois, olhou para minha virilha.

— Você é toda natural lá embaixo, amor?

Cobrindo a virilha com as mãos, como se não estivesse usando calça, falei:

— Não encare, e não. Eu aparo.

— Então qual é o problema?

— Ela vai depilar com cera — Delaney anunciou.

Encolhendo-se, ele olhou para mim com pena.

— Caramba, divirta-se com isso. Me mostra depois? — Ele mexeu as sobrancelhas, sempre me zoando.

— Saia da frente. — Eu o empurrei para o lado e saí do prédio.

Enquanto Delaney e eu andávamos até o metrô, ela falava sobre seu dia na *Cosmo* e ter que testar diferentes tipos de absorventes internos; pelo menos, não eram pegadores de cocô de gato. Eu preferiria falar sobre um absorvente interno todos os dias do que sobre uma pá de merda certificada.

— Então, Henry parece estar interessado em seus novos trabalhos — Delaney disse enquanto estávamos no metrô indo para o salão.

— Não parece diferente para mim. — Dei de ombros e verifiquei o feed do meu Instagram.

— Até parece, ele está claramente interessado em tirar sua virgindade.

— O quê?! — exclamei, engasgando com a saliva.

Nunca que Henry estava interessado em transar comigo. Éramos amigos desde o primeiro ano, praticamente irmãos. Só de pensar que ele estava meio interessado em mim era, na verdade, hilário. Ele me via todos os dias desde o primeiro ano da faculdade, e com certeza não estava interessado.

— Ele está muito a fim de você. Vi o jeito que ele estava te olhando no corredor e o encontro do pornô ontem à noite, sem contar o vibrador e o Kindle. Ele quer transar com você.

— Não tem nada de verdade nisso, e pare de falar sobre o assunto. Não quero me sentir desconfortável perto dele. Somos apenas amigos. Seria como você falar que quer transar comigo.

Delaney me olhou de cima a baixo e deu um sorrisinho.

— Eu toparia.

— Fico lisonjeada, mas não.

Saímos do metrô e subimos a escada com cheiro de xixi até nosso destino. O fedor dos metrôs de Nova York era algo com que eu nunca me acostumaria. Pelo menos poderia ser xixi nos trilhos do metrô, não nas escadas. Meu maior medo era tropeçar enquanto subia e cair em uma poça de xixi, porque eu não conseguiria viver depois de um evento tão traumático.

— Você sabe que ele é um caçador de virgens, né?

— Quem? — perguntei, ainda pensando nas escadas do metrô.

— Henry. Ele adora apresentar o mundo do sexo às virgens.

— Não é verdade — rebati, mas sem saber se era verdade ou não.

Não parecia ser o estilo de Henry. É, ele gostava de levar mulheres para o apartamento, mas era um cara honesto, gentil, doce, não havia um osso maldoso ou manipulador em seu corpo; era por isso que eu o amava tanto. Era o homem em que as mulheres pensavam. A maioria que Henry levava para o apartamento parecia mais prostitutas baratas do que freiras usando cintos de castidade, então falar que ele era um caçador de cereja era novidade para mim.

— Pense o que quiser, mas ele adora uma virgem.

Sem querer falar sobre Henry pelas costas, parei o assunto no instante em que entramos no salão. Era um ambiente tranquilo, o que era surpreendente, dado o que acontecia nos cômodos dos fundos. As paredes eram de uma cor neutra nude com tons de verde e bambu no espaço todo, dando uma sensação quase serena. Talvez a depilação com cera não fosse tão terrível. Nada terrível poderia acontecer em um lugar como aquele, em que as cachoeiras piscavam para você e o aroma doce da gentileza te recebia na porta.

— Srta. Bloom — a recepcionista me cumprimentou com um sorriso. — Por aqui.

Antes de acompanhá-la, me virei e lancei um olhar nervoso para Delaney e, em troca, ela apertou minha mão com uma piscadinha e disse:

— Não grite muito alto.

Não foi nada reconfortante.

A recepcionista conversou comigo enquanto me levou pelo corredor escuro, mas calmante, iluminado por uma luz baixa e música lenta. Quando passamos por portas em ambos os lados, ouvi um gritinho de vez em quando ou o som que parecia velcro sendo puxado de um tecido magnético. O medo começou a pinicar minhas costas enquanto tentei pensar em que Delaney tinha me envolvido.

— Você será atendida por Marta, uma das nossas melhores depiladoras. Informei Marta que era sua primeira vez, então ela será gentil com você.

Ao contrário de rude, pensei, conforme ela me levou para dentro da sala. Por que não seriam gentis ao puxar cada um dos pelos das partes mais sensíveis de uma mulher?

— Marta virá em um instante — a recepcionista continuou. — Por enquanto, tire a calça e a calcinha. Pode colocá-las na cômoda ali e, depois, deite-se na maca com aquele lençol por cima para sua privacidade. Gostaria de um chá?

— Não, obrigada. — Engoli em seco ao olhar em volta na sala.

Parecia um lugar relaxante, mas eu sabia que coisas sádicas ocorriam ali, as paredes estavam falando comigo, me dizendo para fugir, sair correndo. Antes de eu falar que não estava muito preparada, a recepcionista fechou a porta e me deixou para me despir.

Incentivando a mim mesma, olhei dentro da calça e disse à minha vagina que, embora o que aconteceria com ela fosse criado pelo próprio diabo, eu ainda a amava e, felizmente, tais atitudes lhe traiam grandes recompensas no futuro.

Com toda a coragem que eu tinha, tirei a calça e dobrei-a cuidadosamente, o que era estranho, para mim, mas eu não iria focar nisso e, então, tirei meu *boy short*. Eu tinha calcinha fininha, mas só as usava quando era absolutamente necessário.

Vivi com *boy short* minha vida toda e não planejava mudar, mesmo se quisesse alguma ação.

Depois de estar tudo guardado, subi na maca e coloquei o lençol por cima, o que parecia totalmente inútil, dado o fato de que Marta logo iria espalhar cera quente por toda a minha vagina.

Aguardar Marta aparecer era pura tortura. A música era alta o suficiente para ocultar gritos estridentes das salas ao lado, mas eu ainda conseguia ouvir vagamente a dor saindo de cada mulher. Conseguia sentir as vaginas gritando, berrando para todas as outras vaginas nas proximidades se fecharem, se virarem e correrem para sobreviver, para nunca mais mostrar os lábios em um salão como aquele.

Fotos de árvores e campos estampavam as paredes, tentando me distrair do que estava prestes a acontecer, mas eu enxergava qual era a tática deles, porque minha cabeça estava toda focada na cera aquecendo ao lado e nas faixas de pano esperando para serem grudadas à minha pele branca leitosa.

Isso mesmo... branca leitosa!

— O que estou fazendo? — me perguntei ao pressionar os dedos na testa.

Eu estava a segundos de me levantar e vestir a calça quando a porta da sala se abriu e uma mulher enorme, com monocelhas e olhar perverso, entrou usando um vestido mal-ajustado, meias brancas até o joelho e cabelo preso em dois coques. Sua monocelha rosnou para mim quando ela se aproximou, e consegui ouvir minha vagina choramingar de longe. Tentei fazer alguns exercícios para o assoalho pélvico, enviando-lhe um código Morse de que eu me desculpava extremamente pelo que iria acontecer, mas a desgraçada da vagina me mostrou o clitóris do meio e me falou para não encher ao se transformar instantaneamente em um mundo de coceira.

Desconfortável de muitas maneiras, me mexi na maca, tentando não parecer nervosa, mas, em vez disso, queria coçar aquela coceira inalcançável que só um dedo na vagina poderia coçar.

— Parece que está passando mal, você está bem? — Marta perguntou com um sotaque forte que eu só poderia presumir que fosse húngaro.

— Só estou nervosa — admiti, continuando a me mexer.

— Não precisa ficar nervosa. Marta sabe o que fazer.

É melhor saber, pensei quando ela puxou uma mesa com rodinhas cheia de cera e faixas para perto de mim. Um leve brilho de suor apareceu em minha pele quando Marta tirou o lençol de mim, colocou as mãos em meus joelhos e abriu minhas pernas o máximo que podiam.

Maria Madalena!

Ela baixou a cabeça e analisou minhas partes mais íntimas. Nem minha ginecologista era tão meticulosa quando me examinava, e ela, com certeza, não chegava tão perto. Juro que senti Marta bufar para meu vale das maravilhas.

— O que está procurando aí embaixo? — perguntei, desejando que seu nariz não estivesse tão perto da minha vagina.

— Quero ver com que tipo de densidade irei trabalhar. Parece que vou precisar usar mais cera do que esperava.

— O quê? Por quê?

— Seu pelo é grosso. É como uma floresta. Muitas parreiras, principalmente nas áreas escuras — Marta disse sem floreio.

— Áreas escuras?

— É, dentro da vagina e em volta do ânus, mas vamos chegar lá.

— Desculpe, você disse ânus?

Marta estava mexendo a cera e respondeu:

— É, seu ânus, é o buraco entre as nádegas.

— Eu sei o que é um ânus, Marta — respondi, desesperada. — Só estou me perguntando por que está falando disso.

— Você reservou uma depilação brasileira, não?

— E o que tem a ver? — perguntei, suando cada vez mais.

— De um buraco a outro — Marta explicou, pegando com um palitinho de sorvete uma camada grossa de cera.

— De um buraco a... pelo amor dos pelos pré-pubescentes! — gritei quando Marta cobriu minha vagina com cera.

— Segure — Marta instruiu ao colocar uma faixa em minha pele. Havia barras na lateral da maca nas quais minhas mãos seguraram instintivamente, pensando no que iria acontecer em seguida. — Três, dois, um...

Riiip!

Apareceram pontos bem pretos na minha visão conforme a dor ricocheteou por minha pele.

— Meu clitóris, você arrancou meu clitóris — gritei e coloquei as mãos na virilha, mas elas foram tiradas rapidamente por Marta, que colocou outra faixa de cera e, depois, arrancou em questão de segundos.

Joguei a cabeça para trás e implorei para ela parar, porém, sendo a própria diaba, ela não escutou enquanto continuava a arrancar pelo atrás de pelo de mim. Jogava faixas cobertas de pelos e cera para o lado e eu procurava nelas sinais das minhas partes femininas. Jurava por tudo que era sagrado que estavam grudadas ali porque era quase cem por cento de chance de não estarem mais no meu corpo.

— Estou sangrando, sei que estou. Só me diga. Estou sangrando? Às vezes, tenho dificuldade na coagulação. Está desse jeito?

— Você está bem — Marta respondeu com naturalidade conforme colocava uma faixa em cima da vagina. — Três...

— Não, Marta, por favor, deixe Virginia em paz.

— Dois...

— Marta, pensei que fôssemos amigas. Deixe a vagina em paz.

— Um...

— Farei o que você quiser. — O desespero envolveu minha voz. — Só não...

Riiip!

— Capitã Estripadora de Xana! — gritei quando as lágrimas escorreram dos meus olhos. — Você é uma estripadora de xana — xinguei, me assustando com o tom ameaçador na minha voz.

Olhei para Marta a fim de me desculpar, mas a diaba só riu. Ela estava rindo de mim!

Era uma bárbara.

Me fez falar besteira e a odiei por isso. Nunca tinha falado a palavra com x em voz alta, mas, com Marta na beirada da minha vagina, palavras inapropriadas simplesmente fluíam de mim.

— De quatro — ela disse, dando tapinha nas minhas pernas para fechar.

— O quê? — perguntei, delirando demais de dor para processar alguma coisa.

— Fique de quatro e abra bem as pernas.

Parei, sem querer fazer o que ela disse, até sua monocelha ficar brava e praticamente começar a latir para mim.

— Agora.

Epa!

Rapidamente, me virei e fiquei de quatro, empinando a bunda no ar.

Sem avisar, ela espalhou cera no meu ânus e pressionou uma faixa na camada de cera. Havia alças no topo da maca, e eu estava me aproveitando delas, então, em um movimento rápido, Marta arrancou o buraquinho do meu corpo para se juntar às outras partes femininas no cemitério de partes íntimas quebradas e rasgadas.

— Demônia... você é uma demônia — murmurei, e Marta colocou as mãos em minhas nádegas e as abriu bem.

Consegui sentir seu rosto se aproximar e, naquele instante, rezei para os deuses dos flatos me abençoarem com uma trombeta vencedora que a fizesse enrugar a testa, mas será que eu era tão sortuda? Não.

Em vez disso acontecer, Marta falou:

— Vamos clarear também.

— Clarear o quê? Você está tirando todos os pelos.

— Clarear o ânus — ela disse e colocou outra faixa de papel em mim.

— O quê? Ahhh, chupadora de pau sádica — berrei quando minha testa caiu na maca almofadada.

— Mais uma e aí fazemos o clareamento.

— Espere, por que vamos clarear... belugas saltadoras, eu te odeio — gritei depois que ela puxou a última faixa.

— Acabou. — Ela deu um tapinha na minha bunda conforme eu tentava recuperar o fôlego do ataque da fera da cera monocelhada. — Vamos fazer um leve clareamento, fique exatamente assim.

Me sentia abusada demais para impedi-la, então simplesmente me curvei na maca, com a bunda para cima, tentando encontrar meu lugar feliz onde unicórnios se divertiam em campos gliterinados de donuts e cerejeiras.

Só quando cheguei em casa e me sentei na cama foi que finalmente saí da névoa em que estava imersa, na qual Marta me colocou.

O conforto do meu quarto me envolveu enquanto olhava para o chão, pensando se um dia sentiria alguma região íntima de novo. Estava assustada demais para ao menos olhar para o que Marta fez comigo, e dizer que eu estava com fogo lá embaixo era eufemismo.

Respirando fundo, fui até a cômoda, peguei um short curto e uma camiseta grande e comecei a tirar as roupas para me preparar para dormir. Não estava a fim de conversar com meus amigos.

Henry tentou falar conosco quando voltamos, mas eu simplesmente fui direto para o quarto e fechei a porta, sem nem falar com Delaney. Nunca me senti tão dilacerada na vida, tão abertamente massacrada da cintura para baixo. Com certeza estava faltando pele em mim. Não tinha dúvida de que precisaria de vitaminas extras para consertar qualquer prejuízo que havia sido causado nas partes baixas. Se Delaney queria prolongar minha virgindade, acertou na mosca porque, naquele exato momento, nada chegaria perto da minha vagina.

Respirando fundo, tirei a calça e coloquei meu *boy short*. Ergui os olhos para o espelho que estava diante de mim e quase gritei com a visão que tive.

Eu estava totalmente lisa, mas, no lugar dos pelos, havia milhões de pontinhos vermelhos. Agachei, abri as pernas e olhei no espelho. Do umbigo até a bunda, havia uma linha de pontos vermelhos que levavam a um buraquinho bem branco.

— Puta merda — eu disse sem me importar nem um pouco com o palavrão.

— Rosie? Tudo bem aí? — Delaney gritou, batendo na porta desta vez.

— Não entre aqui — gritei de volta.

— Rosie, tenho um creme para você colocar na vagina. Deve ajudar com a dor.

Coloquei rápido o short e fui até a porta. Abri de repente e lancei a Delaney meu melhor olhar mortal.

— Você tem um creme para ajudar com a dor? Será que tem um creme para ajudar com a estrada gigante de tijolos vermelhos que tenho e que vai te levar até a Mágica dos Cus Clareados e Brancos?

A boca de Delaney se abriu conforme ela olhava para minha virilha.

— Você clareou o cu?

— Sim, e está parecendo a porra do Saturno no meio de uma chuva de meteoros vermelhos. Que merda foi aquela, Delaney?

Um sorrisinho tentou se abrir em seus lábios, mas ela foi bem sábia e o impediu antes de eu dar um tapa em sua cara.

— Nunca falei para clarear o cu.

— Você clareou o cu? — Henry perguntou ao passar, parando no meio do caminho quando ouviu clarear e cu na mesma frase.

— Eu não queria. Marta me obrigou.

— Quem é Marta?

— A diaba que fez isso comigo — anunciei, puxando os shorts para baixo o suficiente para mostrar os pontinhos vermelhos.

— Ah, meu Deus — Delaney disse enquanto Henry se encolheu e foi para seu quarto, claramente sabendo quando sua presença não era necessária. — Você deve ter tido uma reação alérgica à cera.

— Você acha? — perguntei enquanto tudo nas partes baixas continuava a queimar. — O que eu faço?

— Senta no gelo? — Delaney deu de ombros.

Apontei para ela antes de fechar a porta e disse:

— Eu não gosto de você neste momento.

— Justo — ela respondeu enquanto a porta se fechou na sua cara. — Vai me agradecer em uns dois dias...

— Isso se eu não te matar enquanto dorme — ameacei.

Fui para minha cama e coloquei o fone. Agradecê-la? Ela estava falando sério? Quase perdi cada órgão sexual do meu corpo hoje e deveria agradecê-la? Tenho quase certeza de que Marta quase arrancou meu útero uma hora; não havia como eu agradecer Delaney.

Peguei meu diário e comecei a escrever.

3 de junho de 2014

Não confie em ninguém chamada Marta, principalmente se ela usar meia até o joelho e abrir suas pernas como se fosse natural. Se, pelo menos, ela espirrasse, sem querer, um pouco de cera naquela monocelha dela que parecia ter uma mente própria... A maldita colocava a mão em sua barriga e gargalhava de mim a cada arrancada e rasgo dos meus lábios.

Depilação brasileira está mais para depilação que fode sua bunda. Não que eu soubesse, mas presumia que a sensação era a mesma. Não era possível que o que aconteceu comigo era legalizado e não havia motivo para eles manterem aquelas salas escurinhas e com música ambiente, porque não querem que você olhe realmente para as funcionárias ou ouçam o que estão dizendo. É tudo uma conspiração. Provavelmente tem algum laboratório nos fundos em que eles transformam pelos pubianos em um tipo de droga para o mercado negro. É a única explicação em que consigo pensar quanto ao motivo de essas moças se orgulharem de arrancar pelos das partes sensíveis de uma mulher.

Entendo que você deva apresentar uma coisa bonita ao seu homem, mas será que é realmente necessária uma depilação brasileira? Por que aparar não é suficiente?

Recado para mim mesma: ver o que precisa para se tornar uma depiladora. Vai ter volta, Marta, e eu me vingarei de você.

Deixei o laptop de lado e entrei debaixo das cobertas bem quando chegou uma mensagem no meu celular. Peguei-o e vi que era de Henry.

Henry: Sinto muito por sua estrada de tijolos vermelhos, amor. Pelo menos, você tem um buraco lindo e poderoso entre suas nádegas; é algo do que se orgulhar. Não há nenhum lugar igual ao meio de suas pernas, não há lugar igual ao meio de suas pernas. (dito enquanto aperta os lábios de sua boceta)

Balançando a cabeça e rindo, respondi ao meu melhor amigo intrometido.

Rosie: Eu já te disse o quanto te odeio?

Henry: Não minta, amor. Você me ama e sabe disso. Melhoras. Precisa melhorar para dançar swing na sexta. É uma grande noite!

Rosie: É, vamos só ver se consigo sobreviver a esta noite sem arrancar minha vagina de tanto coçar.

Henry: Sua vagina, na verdade, acabou de me enviar uma mensagem, dizendo que eu deveria ir aí passar uma loção calmante nela.

Rosie: Faria isso com seu pau?

Henry: Uou! Rosie com tesão. Gostei! A proposta ainda está de pé, se precisar. Te amo, Rosie.

Rosie: Te amo, Henry. Agora me deixe em paz.

Meghan Quinn

Capítulo Cinco
A porta dos fundos do saco

— Estou quase lá. Pode deixar que te aviso qual é o tamanho realmente de um Maine Coon — assegurei a Jenny, que queria muito trabalhar em uma missão comigo.

— Você sabe que não é isso que quero. Quero saber como é trabalhar com Lance. Deus, ele é lindo. Você tem tanta sorte.

— Agora quer o artigo do Maine Coon? Não é minha culpa você ter recusado — eu disse enquanto abria a porta do estúdio onde a sessão de fotos aconteceria.

Eu precisava entrevistar uma família que tem o agora popular Baboo, uma sensação do YouTube. Já que ninguém mais queria entrevistar a família, eu fiquei encarregada disso. Mas, assim que Jenny descobriu que Lance tiraria as fotos para a revista, fez o possível para "aliviar o fardo" do artigo que me deram. Eu não acreditava nem por um segundo nela. Embora estivesse com Drew, ela ainda tinha olhos para Lance, não que fosse fazer alguma coisa. Ela era do tipo que olhava, mas nunca tocava.

— Eu não sabia que Lance estaria lá — ela choramingou.

— Não é problema meu e não se esqueça de Drew. Ele é um cara legal.

— Acredite em mim, não vou me esquecer de Drew. Pelo menos, tire uma foto para mim.

— Não vou tirar uma foto do La...

— Oi, Rosie — uma voz masculina grave disse de trás de mim.

— Oh, meu Deus, é ele, não é? — Jenny deu um gritinho como uma adolescente que conhecia um integrante do One Direction.

— Tenho que ir — falei, desligando.

Respirando fundo, me virei e fiquei cara a cara com Lance McCarthy.

A armação preta grossa dos seus óculos emoldurava seus olhos azul-escuros e seu cabelo castanho-claro estava arrumado com um pouquinho de gel, então era possível ver seus cachinhos, tornando-o lindíssimo, sem contar o corpo. Ele estava vestindo uma camisa azul-clara com um cardigã cinza... um cardigã. Não era sempre que se via um cara ficar bem de cardigã, principalmente não com músculos como os dele.

— Hum, oi, Lance. Tudo bem?

— Tudo. — Ele assentiu, olhando em volta e encontrando meus olhos de novo. — Você está bonita hoje. Esses óculos são novos?

Pensei em meus óculos roxos e assenti.

— São, comprei-os há umas duas semanas.

— Eles destacam seus olhos azuis.

— Obrigada — eu disse, tímida.

Só tinha trabalhado com Lance uma vez e nem pensei que ele tivesse prestado atenção em mim, já que não conversamos. Fizemos nosso trabalho e, depois, fomos embora, então fiquei surpresa por ele reparar em pequenas coisas, como meus óculos.

— Está pronta? — ele perguntou com um sorrisinho, indicando a sessão de fotos.

— Tirar fotos de um gato e fazer umas perguntas? Quase certeza de que nunca estarei pronta para isso — brinquei.

Rindo, ele olhou em volta e, então, se inclinou para a frente.

— Estou feliz que é você que está comigo hoje. Às vezes, a *Friendly Felines* manda umas cinco pessoas grudentas que não me deixam tirar fotos e ir embora.

— Entendo o que está dizendo. Você quer entrar e sair. — Dei uma piscadinha. De onde veio isso?

Sorrindo largamente, ele assentiu.

— Você me entende, Rosie. Por isso estou feliz que você está aqui e também porque queria falar mais um pouco com você. Senti que, da última vez que trabalhamos juntos, mal tivemos chance de conversar.

Meghan Quinn

O sr. Gostoso Profissional queria falar comigo? Essa era uma novidade na minha vida.

— Que sessão de fotos foi essa mesmo? — perguntei, tentando não demonstrar como eu estava fora da minha zona de conforto.

Era raro eu conversar com homens, que dirá flertar casualmente, se era isso que estava acontecendo. Eu não sabia direito, devido à minha falta de experiência e ao suor que estava começando a inundar minhas axilas.

— A exposição em melhores práticas com caixas de areia — ele disse com um sorrisinho.

Balancei a cabeça e espalmei a mão na testa.

— Deus, eu preciso de um novo emprego.

Rindo um pouco mais, ele respondeu:

— Mas aí você não conseguiria se encontrar comigo.

— Verdade. Gosta de fazer essas matérias?

Ele deu de ombros.

— Essas sessõezinhas são tranquilas, mas fico com meu emprego porque, na maior parte do tempo, vou a lugares bem bonitos e legais e, se para isso tiver que tirar fotos de gatos em caixas de areia de vez em quando, vale a pena.

— Aonde costuma ir?

— Lance, podemos tirar algumas fotos para teste? — um dos assistentes de produção perguntou.

— Já estou indo — Lance respondeu por cima do ombro, depois voltou a olhar para mim. — Quero conversar mais um pouco. Sai comigo no sábado?

Ele estava falando sério? Sair com ele? Os peitos de Jenny iriam se revirar se eu contasse a ela que tinha um encontro com Lance. Ele parecia bem além do meu alcance, mas era gostoso, gentil e talentoso. Eu seria burra se dissesse não, principalmente com meu novo objetivo de vida.

— Parece divertido — respondi.

Um grande sorriso se abriu em seu rosto, como se ele estivesse aliviado em saber que eu sairia com ele.

— Não vá embora sem me dar seu telefone, me ouviu?

— Não se preocupe.

Sorri quando ele beliscou meu queixo com o dedo indicador e o polegar e, depois, saiu na direção do cenário, com a câmera na mão.

Suspirando, observei sua bunda coberta por jeans balançar para longe. Ele realmente era mais do que bonito. Precisando contar para alguém, peguei o celular e enviei uma mensagem para Delaney. Contaria minha novidade a Jenny ao vivo, só para poder saborear a cara dela.

Rosie: Delaney! Tenho um encontro no sábado com um fotógrafo bem gostoso.

Sua resposta foi quase instantânea.

Delaney: Rosie, eu te amo, mas que tipo de fotógrafo gostoso você encontra em uma sessão de fotos de um gato que gosta de lamber a própria virilha enquanto se balança em uma bola?

Esse era o truque mais importante de Baboo. Ele era Baboo, o equilibrista lambedor de bola. O entretenimento para as massas tinha realmente baixado o nível.

Tendo a necessidade de provar que não eram apenas pessoas desmazeladas, com exceção de mim e Jenny, claro, que trabalhavam para revistas de gato, abri minha câmera do celular e agi como se estivesse mandando mensagem, mas estava secretamente tirando uma foto de Lance como prova de que não era maluca.

Idiota que sou, esqueci de desligar o flash da câmera, então, quando o flash brilhou para Lance e o assistente, me atrapalhei com o celular e o derrubei no chão.

— Está tudo bem aí? — ele perguntou com um sorriso que dizia saber exatamente o que eu estava fazendo.

— Está — gritei enquanto pegava meu celular e virava as costas para eles, então não veriam a vermelhidão tingir minhas bochechas.

Quando olhei para o celular, vi que a foto que tentei secretamente tirar era do meu polegar, porque, no minuto em que o flash disparou, entrei em pânico e tentei escondê-lo, recorrendo ao polegar para aparecer na foto, e não Lance.

— Se queria uma foto, poderia apenas ter pedido — Lance falou perto da minha orelha, me fazendo pular.

— Cristo! Eu, humm, não estava tirando foto de você.

— Mentirosa — ele disse ainda mais perto enquanto pegava meu celular e acionava a câmera de novo. Seu braço comprido se esticou diante de mim e sua cabeça se alinhou com a minha. — Sorria — ele sussurrou ao tirar uma foto de nós dois. — Agora envie essa para suas amigas e me avise se elas aprovam.

— Farei isso — respondi, engraçadinha, quando Lance saiu.

Evitando contato visual, mantive as costas viradas para ele conforme enviava a foto para Delaney. Estava morrendo de vergonha, mas também feliz por ter tirado a foto.

Rosie: Ele é gostoso e temos um encontro no sábado.

Delaney: Puta merda! Rosie, você sabe mesmo escolher homens. Ele é lindo. Esses óculos são de verdade?

Rosie: Acho que sim, por que não seriam?

Delaney: Hipsters. Os óculos deles sempre são um acessório, não uma necessidade.

Rosie: Tenho quase certeza de que são de verdade.

Delaney: Pergunte a ele.

Rosie: Não vou perguntar a ele, seria uma pergunta idiota e estou tentando manter meu encontro de sábado. Meio que gosto desse cara.

Delaney: E Atticus? Rosie Bloom, vai curtir a vida?

Será que eu ia? Acho que sim. Não tinha compromisso real com ninguém e, se quisesse escrever um livro com conteúdo, iria precisar ter bastante experiência com homens de tipos diferentes, então por que não me divertir um pouco enquanto podia?

Rosie: Acho que vou. Obs.: Parece um título de livro de uma série maravilhosa sobre homens gostosos, Playing the field.

Delaney: Você é irritante.

— Rosie, estamos prontos para você — alguém gritou enquanto um casal empolgado e o Baboo menos que empolgado saíram do cenário.

Pegando meu laptop e as perguntas, respirei fundo e andei até o casal. Eles estavam usando camisa azul do Baboo combinando, calças cáqui e cheiravam a atum e queijo. Parecia que Baboo ia me dar um soco com sua pata; ele não estava gostando de nada disso. Seria uma bendita entrevista.

— Muito obrigada por seu tempo — eu disse para a família de Baboo. — Baboo é um felino muito sociável — elogiei enquanto usava o linguajar da revista.

Tive ânsia ao falar isso, já que era uma exigência. Meu chefe achava que era uma boa maneira de conectar os proprietários com nossas "estrelas"... Eu pensava que era um monte de merda.

— Não podemos descrever o quanto isso nos faz feliz. Sinto que somos assinantes a vida toda e mal podemos acreditar que nosso pequeno Baboo vai finalmente ser a cara da *Friendly Felines*. Posso literalmente morrer feliz.

E eu acreditava na mulher que estava me encarando com loucura nos olhos e uma espuma raivosa no canto da boca. Só as pessoas donas de gatos conseguiam realmente te envolver em sua loucura e te convencer de que eram pessoas gentis, quando, na vida real, elas só queriam te levar para casa e te usar como um arranhador. Eu não cairia nessa.

— Me certificarei de te enviar as fotos e a matéria para guardarem. Agradecemos seu tempo. — Olhei por cima do ombro para Baboo, cujas orelhas estavam achatadas e seu lábio tremia como se dissesse "se não me tirar daqui logo, vou ter que ficar selvagem com você".

— Boa volta para casa. — Dei um tapinha em Baboo, que estava a segundos de cortar minha garganta com suas garras.

O casal foi embora, praticamente andando nas nuvens. Sempre me fascinou o quanto as pessoas eram obcecadas por seus animais. Eu gostava de um amiguinho de quatro patas de vez em quando, mas não a ponto de pensar que era meu filho e que, se pudesse, o amamentaria três vezes por dia; pelo menos essa foi a impressão que tive dos pais de Baboo.

Enquanto guardava meu laptop e o gravador, senti o olhar de Lance em mim algumas vezes conforme ele também guardava tudo. Ele deveria ter ido embora há um tempo, mas demorou para pegar suas coisas. Na verdade, ficou e verificou as fotos do casal, algo que não fez na última sessão, mas, ainda assim, não ia compartilhar suas fotos com as caixas de areia de diferentes tamanho estrelando na última matéria.

— Está indo agora? — ele gritou para mim quando coloquei a bolsa no ombro.

— Sem nem me dar seu número?

— Não deu tempo — eu disse, virando e sorrindo para ele.

Ele estava sentado em uma de suas caixas com um sorriso torto no rosto e os braços cruzados à frente do peito largo. Estava divino, e eu não sabia se era minha recém-descoberta ambição ou o fato de que minha vagina conseguia enxergar sem a nuvem de cachos, mas eu estava começando a ficar toda formigando por dentro só de interagir com um homem. Significava que meu ser sexual estava acordando? Será que isso existia?

Fui até ele e estendi a mão. Ele olhou confuso, pensando se era para colocar sua mão na minha.

— Me dê.

— Dar o quê? — ele perguntou, ainda confuso.

— Seu celular para eu poder colocar meu número nele e você fazer igual — eu disse, segurando meu celular.

— Então não está me zoando?

— Por que acha isso? — indaguei, realmente surpresa por ele pensar que eu fosse zombar.

Ele deu de ombros enquanto digitava no meu celular.

— Você tem todo esse estilo pin-up. Pensei que pudesse estar brincando comigo.

Pin-up? Precisei de toda a minha força de vontade para não explodir em risadas. É, eu tinha um estilo retrô, mas não era pin-up. Pelo menos eu achava que não.

— Você entendeu errado — rebati, devolvendo-lhe seu celular. — Sou a coisa mais distante de uma pin-up.

— Claro que não. Você é sexy, Rosie. Tem curvas maravilhosas e seus olhos... simplesmente não consigo parar de olhar para eles.

Ok, pude enxergar o que estava acontecendo. Eu não era tão estúpida quando se tratava de homens, mas, naquele instante, olhando nos olhos de Lance, ele falava sinceramente e, na verdade, me surpreendeu. Eu não era uma monstra raivosa e feia, porém não era uma supermodelo perfeita, que eu sabia que era o tipo de mulher com quem Lance saía.

No entanto, eu não ia ficar pensando demais nisso. Se ele achava que eu era bonita, iria aceitar o elogio porque, caramba, eu era bonita. E só porque não chamava muita atenção dos homens, já que eu sempre era a amiga, nunca a amante, não deixaria de aproveitar esse momento. Era hora de eu começar a gostar do meu corpo curvilíneo, meu cabelo castanho-claro e meu estilo pouco ortodoxo. Se eu quisesse que Virginia, minha vagina, recebesse amor, precisava me amar primeiro.

— Obrigada — aceitei seu elogio, me sentindo bem comigo mesma. — Te vejo no sábado?

Ele assentiu e me deu um olhar diabólico.

— Gosta de boliche, Rosie?

— Claro, mas não sou muito boa.

— Não precisa ser. Uns amigos meus jogam boliche cósmico nas noites de sábado. Sei o que está pensando, uma saída muito de adolescente, mas juro que vai se divertir.

— Estou dentro. Tenho que ir de branco?

— Ah, minha garota dos sonhos. Sim, vá de branco. Te mando os detalhes por mensagem.

— Está bom, te vejo lá então, Lance.

— Tchau, Rosie.

Ele sorriu e eu saí. Apesar de ter pensado que poderia quebrar o quadril por não saber realmente o que estava fazendo, rebolei mais conforme me afastei, esperando não tropeçar em todos os fios da sala e cair.

Voltei apressada para minha sala, certificando-me de ignorar todas as mensagens de Jenny que imploravam por detalhes. A única coisa que eu queria era falar com ela cara a cara porque ela nunca acreditaria no que eu tinha para contar.

Quando cheguei ao meu escritório, fui instantaneamente recebida pelo sr. Se-Lambe-Muito, que estava sentado na minha cadeira, limpando sua pata e parecendo bem pouco animado por eu ter aparecido.

— Saia daqui — eu disse, balançando a bolsa diante dele.

Em vez de se mover devido à nossa-que-bolsa-assustadora, ele suspirou e lambeu a outra pata.

— Psssst! — chiei, tentando fazê-lo se mexer, mas tudo que consegui foi fazê-lo se alongar e, depois, arranhar minha cadeira de couro branca.

— Pare — gritei ao atacá-lo.

Como um ninja, ele pulou para cima e se impulsionou na minha cabeça, depois voou para cima do meu armário de arquivo, onde se empoleirou e zombou de mim, como se eu fosse uma mera plebeia, perturbando o momento íntimo de sua excelência.

— Não tem coisas melhores pra fazer do que se esconder aqui na minha sala? Talvez atormentar outra pessoa? — perguntei ao soltar minhas coisas e me sentar na cadeira.

Balancei o mouse e o computador voltou à vida. Quando fui digitar minha senha, vi que não tinha mais o "m" no teclado.

Puta merda, ele estava mesmo tentando dizer "Morra, vadia, morra".

Ficando nervosa, me virei para ele e, bem ali, sentado no meu armário, estava o sr. Se-Lambe-Muito com o "m" na boca e um olhar de satisfação.

— Seu filho da puta — xinguei, me levantando, mas fui muito lenta, porque ele pulou do armário, se impulsionou no meu peito e saiu correndo pela porta.

A força do seu peso contra mim me fez voar para trás na cadeira e bater na estante de livros. Caíram alguns livros em cima de mim conforme um caroço seco e peludo caiu no meu colo.

— O que é isso? — perguntei ao erguer a coisa.

No instante em que vi um olho preto aparecer na pelagem, gritei e o joguei do outro lado da sala, onde o sr. Se-Lambe-Muito saiu do nada, pegou a maldita coisa na boca e saiu correndo sem vacilar.

— Esse gato deve ser doido — Jenny disse da minha porta ao observar o sr. Se-Lambe-Muito pular em outros humanos, como se fôssemos sua zona particular de trampolins.

— Eu odeio esse gato. Ele escondeu um rato na minha estante de livros. Um rato morto, Jenny!

— Ei, ele deve gostar de você. Ele escondeu uma asa de pombo no escritório da chefe há um mês e nós sabemos o quanto eles se dão bem. Olhe só, ele se sente seguro na sua sala.

— Não, ele só está querendo me irritar, eu sei. E levou meu "m".

Jenny olhou por cima do meu monitor e viu o teclado.

— É, talvez ele realmente esteja planejando sua morte. Difícil saber com esse daí, mas, chega de falar sobre o gato demônio, me conte sobre o Lance.

— Bom, ele me chamou para sair.

Jenny bateu as mãos na mesa e me olhou bem nos olhos.

— Não chamou, não.

Assentindo, respondi:

— Chamou. Temos um encontro marcado para sábado.

— Puta merda! Ah, meu Deus, estou com muita inveja. Você sabe o quanto ele é gostoso, certo?

— Jenny, eu tenho olhos. E posso enxergar.

— Só estou me certificando. Ah, meu Deus, não acredito nisso. Você precisa transar com ele.

— O quê? — perguntei, ruborizando até meus dedos dos pés.

As únicas pessoas que sabiam que eu era virgem eram Delaney e Henry, então, Jenny falar isso me deixou vermelha.

— Não vou simplesmente transar com ele, Jenny.

— E por que não?

Eu estava prestes a abrir a boca, quando percebi que não tinha resposta. E por que não? Talvez porque ele não parecesse o tipo de cara que quisesse ter uma garota desastrada tentando abrir o botão da calça dele e, então, simplesmente encarar seu pênis, pensando no que deveria fazer em seguida.

— Hum, não gosto de atropelar as coisas.

— Ah, quem se importa com isso? Você vai sair com Lance McCarthy, precisa superar isso.

— Talvez — eu disse, sem realmente querer dizer isso mesmo.

— Ei, e o Atticus? — Jenny perguntou.

— O que tem ele? Ainda planejo sair com ele na sexta.

— Ohh, gostei desse seu novo lado, Rosie. Curtindo a vida, gostei.

— Curtindo a vida me lembra um dos meus livros preferidos, *Playing the field*, é sobre uns jogadores de beisebol maravilhosamente gostosos que vivem em Atlanta. O personagem principal é Brady. Ah, meu Deus, Jenny, você tem que...

Seu olhar me dizia que ela não dava a mínima para o livro que eu estava falando, exatamente como Delaney. Será que ninguém tinha a mesma paixão por livros que eu?

— Essa é a Rosie que eu conheço. — Ela sorriu. — Fico feliz que esteja deixando seu Kindle um pouco de lado e indo a alguns encontros. Estou orgulhosa de você. Precisa que te leve às compras?

— Não, estou bem — respondi, percebendo que, talvez, realmente passasse tempo demais lendo, se até Jenny notava.

Quanto mais eu pensava nisso, mais pensava que aquela ideia era maluca. Eu não passava tempo demais lendo, não era nada disso, apenas precisava encontrar mais tempo para uma vida social, só isso.

— Te vejo amanhã. Noite de encontro!

— Uhuul — comemorei com ela, me sentindo um pouco ansiosa, mas empolgada, em geral.

Quando cheguei em casa naquela noite, estava subindo as escadas para o apartamento quando encontrei um impecavelmente vestido e divinamente cheiroso Henry. Ele realmente define o padrão para homens. Só de vê-lo, tudo que Delaney falou sobre Henry querer transar comigo me veio à mente, aquecendo meu corpo inteiro. Maldita Delaney.

— Oi, amor — me cumprimentou com seu sorrisinho charmoso.

— Oi, Henry. Vai a um encontro? — perguntei, tentando esquecer os pensamentos sexuais que surgiram em minha mente e ignorar o olhar sincero que Henry estava me dando, como se eu fosse a única garota com quem ele quisesse conversar.

— Vou, uma loira que conheci no metrô. — Ele agiu como se não fosse grande coisa.

— Escolher garotas em transporte público é meio abaixo do seu nível, Henry.

Sorrindo, ele se inclinou para a frente e disse:

— Não quando os peitos dela estão saindo para o mundo todo ver.

— Aff.

— O que foi? Sabe que gosto de um bom decote e não consigo evitar quando vejo um.

— Você poderia tentar. E se ela for uma assassina psicopata?

— Não é, já pesquisei sobre ela depois que me disse o nome inteiro. Trabalha em uma empresa de moda no Soho. Tem todo aquele estilo boêmio e não se importa de exibir seus trunfos. — Ele mexeu as sobrancelhas e me fez cócegas na lateral do corpo.

— Pare. — Dei risada, afastando-me. — Por favor, com licença, preciso pegar umas roupas para dois encontros que vou ter.

— Dois encontros? — Ele ergueu as sobrancelhas.

— É, tenho a dança de swing amanhã e boliche no sábado com um cara que conheci hoje.

— Boliche? Ãh, que brega.

— Não, é fofo — eu disse, erguendo o queixo.

— Ok, mas vai me dar os dados dele antes de sair. Não confio em nenhum homem que leva uma mulher para sair no boliche.

— Você é tão esquisito. — Dei risada. Estava prestes a continuar andando quando parei e pressionei a mão no peito de Henry a fim de fazê-lo parar. Os pensamentos do que Jenny me disse mais cedo sobre desistir e ceder para Lance passaram pela minha mente. — Henry, do que um cara gosta quando se faz um boquete?

— O quê? — Ele balançou a cabeça como se não tivesse me ouvido direito.

— Um boquete, do que você gosta?

Pigarreando e se mexendo inquieto, ele disse:

— Rosie, esta não é uma conversa para se ter nas escadas. Eu preferiria te mostrar na privacidade da nossa casa, onde posso realmente te ensinar.

— Se estiver me falando para praticar em você, pode esquecer.

— É uma forma de aprender. — Ele deu risada, entrelaçando minha mão na dele. Sempre flertando.

— Estou falando sério, Henry.

Passando a mão no cabelo, ele olhou para seu relógio e, então, me puxou para subirmos.

— Tenho dez minutos, sente-se e fique quieta — ele disse enquanto me forçava a sentar no sofá e ia para a cozinha.

Quando voltou, estava segurando uma banana e tinha um olhar preocupado. Sentou-se ao meu lado e segurou a banana no ar, mas, em vez de prestar atenção nisso, analisei a ruga em sua testa.

— O que está havendo? — perguntei, esfregando a ruga com os dedos.

— Não gosto disso.

— Do quê?

— Você, boquetes. Não quero que faça boquetes. Sei que estive te zoando muito ultimamente, mas isto parece real demais. Não gosto.

— Então está dizendo que eu não deveria fazer boquete nos caras?

— Caras? Rosie, por favor, me diga que não vai fazer isso como uma lembrancinha depois dos seus encontros.

Me recostei e observei Henry mais de perto.

— Não te entendo, em um minuto, está me encorajando, me ajudando a aprender sobre sexo e, no outro, está restringindo o que posso fazer. Acho que não tem o direito de me dizer o que posso ou não fazer.

— Tem razão. — Ele balançou a cabeça. — É que está ficando real só agora. Gosto de você inocente.

— Você está segurando uma banana e está prestes a me ensinar a arte do boquete. Não chamaria isso de real.

— Verdade. — Ele riu e, então, respirou fundo. — Tudo bem, segure isto e finja que é um pau.

— São grandes assim mesmo? — perguntei, olhando para a banana e me sentindo intimidada.

— São, Rosie. Quando estão eretos, os pênis podem ser desse tamanho e, às vezes, ainda maiores.

— Meu Deus, onde vocês guardam?

— Só o grudamos entre nossas pernas.

— Sério? — perguntei, voltando a olhar para ele.

— Não! Jesus, vamos fazer isso logo. Há três coisas básicas que um cara quer em um boquete. Número um...

— Espere, deixe-me pegar um caderno para poder anotar.

— Não, você não vai anotar, só preste atenção. Foque no momento, Rosie.

— Certo — concordei.

Olhei para o pau... bom, a banana, e analisei enquanto Henry falava.

— Número um, chicoteie a língua na parte de baixo do pau dele. É muito mais sensível ali, e ele estará pronto em segundos.

— Entendi, na parte de baixo do pau.

— Dois, brinque com as bolas dele, a cabeça do pau e o períneo.

— Períneo?

— É, é o lugar bem atrás dos testículos, vai por mim, um cara vai gritar como uma garota se você fizer direito.

— Ok, porta dos fundos do saco, entendi.

Ele deu risada, balançando a cabeça.

— Finalmente, faça hummm.

— Como assim hummm? — perguntei enquanto olhava para a banana.

— Hummm é quando você está com o pau dele na boca e faz humm de leve. As vibrações vão atingir até as bolas e causar uma sensação maravilhosa de excitação.

— Interessante. Devo fazer hum com algumas músicas? — zombei.

— Não recomendo. O que quer que faça, aplique pressão, use as mãos e a boca ao mesmo tempo e simplesmente vá com tudo, mas, pelo amor de Deus, não use os dentes, mesmo que revistas digam que homens gostem de um roçar dos dentes, elas estão mentindo. Toda vez que uma garota mostra a dentadura, começo a entrar em pânico instantaneamente de que ela vá me morder. Simplesmente não consigo suportar o desconhecido assim, então mantenha-os guardados como uma vovozinha.

— Vovozinha, certo — eu disse, guardando meus dentes atrás dos lábios.

— Perfeito. — Ele sorriu um pouco e olhou para o relógio. — Merda, preciso ir. Pratique na banana, principalmente a coisa de fazer sem dentes. Divirta-se.

— Obrigada, Henry.

— Qualquer coisa por você, amor, mas me prometa que será cuidadosa.

— Prometo.

Ele colocou as mãos no meu rosto e analisou meus olhos por apenas um breve momento, depois beijou minha testa bem suavemente. Quando se afastou, deu um sorrisinho, como se quisesse falar algo, mas então balançou a cabeça e saiu.

Que estranho.

Fui para o meu quarto e encarei a banana enquanto tentava reunir coragem para pagar um boquete a um fálico em forma de fruta. Em vez de envolver a boca nela, fiz com a mão e comecei a subir e descer em ritmo regular.

— Oh, isso, você gosta disso, banana? Vai se transformar em pudim de banana logo? Vai perder sua pele?

— Há algo seriamente errado com você — Delaney comentou enquanto eu estava na metade da banana.

— Feche a porta! — gritei e joguei a banana molestada para o lado.

Malditos amigos.

Peguei o laptop e comecei a fazer as anotações do dia.

4 de junho de 2014

Chicotear a língua, dentes de vovozinha, porta dos fundos das bolas e hum são as chaves para o boquete perfeito. Homens gostam que você faça humm quando recebem boquetes. Interessante. Imaginei se era um tipo de canção de ninar para o pênis; iria querer ver o estudo científico disso.

E quem disse que brincar com o pe-rin-sei-lá-o-quê de um homem era algo que o faria explodir mais rápido? Preciso pesquisar o que é isso no Google e onde é, porque fiquei meio confusa com o local desse botãozinho escondido do orgasmo.

Consegui entender a coisa de não colocar os dentes. Duvido que uma mulher voraz, mostrando ao pau presas famintas, seja muito reconfortante para um homem. Conseguia imaginar o fator libido baixando alguns níveis depois de ver dentes prontos, esperando para morder o membro mais sensível do homem.

Chicotear a língua. Como se chicoteia a língua? Enquanto estou aqui sentada escrevendo, estou praticando o movimento de chicotear e pensando no quanto isso realmente é efetivo para um homem. Depois de acabar de segurar minha banana e chicotear a língua por ela, consegui ver o apelo. Deus, sou muito engraçada.

Depois do meu curso rápido de boquete, sinto que posso encarar o mundo, um pênis de cada vez... eu espero.

Meghan Quinn

Capítulo Seis
A Vagina Esfumaçada

— Está pronta? — Delaney perguntou, esparramada na minha cama, com as mãos sob o queixo e os pés no ar.

Não, pensei comigo mesma, conforme encarava o espelho. Estava usando um vestido de bolinha que ia até os joelhos com um topete grande sendo segurado por uma quantidade decente de spray de cabelo. Para finalizar o *look*, coloquei uma flor vermelha no cabelo com alguns grampos para garantir que ficaria presa. Eu estava pronta, pelo menos por fora, meu coração, por outro lado, estava batendo com força no peito.

— O máximo de pronta que consigo ficar.

— Bom, você está fantástica, sério, Rosie, estou abismada.

— Obrigada, Delaney. Tem certeza de que meus peitos não estão muito à mostra?

— Não, estão ótimos e sua cintura está impossivelmente fina nesse vestido.

Era surpreendente, já que eu não era tão pequena quanto Delaney.

— Obrigada. Cadê o Henry? Pensei que ele fosse estar aqui.

— Não faço ideia. Enviei uma mensagem, mas ele não respondeu.

— Certo, bem, não quero me atrasar. Obrigada por toda a ajuda, Delaney. Agradeço muito mesmo.

— Qualquer coisa para minha menina. Vá se divertir e não pense na parte do sexo durante a noite. Só relaxe, aproveite a companhia e, se beijar, beijou.

Assenti e olhei em volta no quarto.

— Viu meu tubinho de talco?

— Para que precisa dele? — ela perguntou ao olhar em volta comigo. — Aqui está.

— Obrigada. Desde a depilação, fiquei coçando, e descobri que talco ajuda. Acho que nunca mais vou depilar com cera.

— Você só teve uma reação ruim, nada de mais.

— Não é nada de mais quando tudo que você quer é arreganhar as pernas e agir como um maldito macaco coçando as bolas em um dia quente.

— Macacos fazem isso? — ela perguntou com uma sobrancelha erguida zombeteiramente.

— Na minha cabeça, fazem. Ok, preciso ir. — Me inclinei e dei um beijo na bochecha de Delaney. — Te mando mensagem mais tarde.

— Divirta-se. — Ela acenou para mim, depois uniu as mãos em uma palma.

O trajeto de metrô até o clube foi enervante, principalmente porque eu parecia bem fora de lugar, mas, então, era Nova York, ninguém parecia normal. A cidade era um caldeirão eclético de esquisitões, porém eu tinha orgulho de ser um deles. Não era sempre que se podia viver em um lugar onde todos são amplamente diferentes da pessoa logo ao lado. Eu amava cada centímetro dela.

Jenny disse que Atticus queria me buscar em casa, porém pensei que seria tolice, já que precisaríamos ir de metrô ao clube de qualquer forma. Além disso, eu não estava muito preparada para ficar sozinha com ele, principalmente porque nem o conhecia, então era por isso que estava indo sozinha. Pensei que era incrivelmente atencioso, mas Jenny e Delaney discordavam.

Assim que saí do metrô e andei os dois quarteirões até o clube, todo o meu nervosismo se esvaiu quando vi um monte de gente vestida exatamente como eu e parecendo mais do que empolgada para a noite.

Jenny, Drew e Atticus estavam parados na calçada conversando quando cheguei perto.

— Oi, gente.

— Rosie, você veio. — Jenny me deu um grande abraço enquanto olhei para Atticus.

Ele estava vestido de acordo com a época, usando calças de tweed cinza, sapatos combinando, camisa branca com suspensórios vermelhos e gravata-borboleta vermelha. O cabelo dele estava penteado liso para o lado e seus olhos castanhos pareciam carinhosos e convidativos.

— Rosie, conheça Atticus — Jenny apresentou conforme se afastou de mim em seu vestido marrom e luvas brancas. Ela estava linda.

— Atticus, é ótimo finalmente te conhecer — cumprimentei, estendendo a mão.

— Eu que o diga. Jenny me contou muita coisa sobre você.

— Bom, espero que possa corresponder ao que ela disse — respondi, tímida.

— Correspondeu sim. — Ele sorriu docemente para mim.

Consegui sentir o gritinho silencioso na mente de Jenny quando ela enganchou a mão no braço de Drew e entrou no clube enquanto Atticus e eu os seguimos. Ele ofereceu o braço para mim como um cavalheiro, e eu aceitei, deixando-o me levar para dentro.

O clube instantaneamente me levou de volta à época do swing. Era coberto de panos vermelhos e dourados com detalhes intrincados. Havia decoração vintage de Nova York em cada canto do ambiente, adicionando um pouco de nostalgia à noite. Um candelabro gigante enfeitava o teto da pista de dança, onde casais já estavam dançando e se divertindo. Eu estava muito empolgada.

— Você está linda, aliás — Atticus elogiou em meu ouvido enquanto seguíamos Jenny e Drew até uma mesa. — Desculpe não falar isso logo de cara. Estou meio enferrujado com essa coisa de encontro.

— Tudo bem. Eu também, e você está muito bonito.

— Obrigado. — Ele sorriu e me puxou um pouco mais para perto.

Já estava começando a gostar de Atticus. Ele falava de um jeito tranquilo e gentil, bem do meu estilo.

— Aqui está bom? — Jenny perguntou sobre a mesa que escolheram.

— Para mim, sim — eu disse enquanto me sentava ao lado dela, e Atticus, ao meu lado.

Seu braço estava apoiado atrás de mim na almofada do assento enquanto ele olhava para a pista de dança, observando os dançarinos e a banda.

— Uau, tem uns dançarinos maravilhosos esta noite.

— Você vem sempre aqui? — perguntei, silenciosamente concordando com ele.

— Tento vir. Mas ultimamente está difícil. Meu pai estava no hospital com câncer, então não tenho tido muito tempo de sair.

— Oh, não, sinto muito.

— Está tudo bem, ele está em remissão agora, então as coisas estão melhorando. Quando Jenny e Drew disseram que iriam sair esta noite e que tinham uma amiga bonita com quem eu poderia dançar, não consegui resistir e aceitei sair. Precisava espairecer, sabe?

— Sei. Fico feliz que saiu com a gente — eu disse, tocando sua coxa instintivamente.

O movimento o chocou por um segundo, mas, então, ele se aproximou mais de mim e me puxou pelo ombro.

Fiquei sentada paralisada enquanto imaginava o que tinha me possuído para encostar em sua coxa. Era uma ação bem ousada, que nunca tinha feito antes, então fiquei ali sentada pensando no que fazer em seguida. Será que eu tirava a mão e a colocava no meu colo? Será que acariciava a coxa dele? Não, não acaricie a coxa dele, alertei minha mão, que parecia agir por conta própria. Acariciar a coxa seria ousadia demais e mais do que assustador quando só conhecia o cara há dois minutos. Em vez de fazer isso, ergui a mão, sem fazer nenhuma carícia, e rapidamente peguei minha bolsa sobre a mesa. Estava começando a sentir coceira e precisava ir ao banheiro. Estava nervosa.

— Com licença, se importa se eu for ao banheiro feminino rapidinho?

— Nem um pouco — ele disse, levantando-se. — Quando voltar, quer ir direto para a pista de dança? — A vulnerabilidade em seus olhos me atingiu bem no centro conforme assenti.

— Adoraria.

Virei de costas para a mesa e segui para o banheiro, onde havia uma pequena fila.

— Um buraco — a senhora diante de mim disse com uma voz seriamente rouca de fumante.

— O que disse? — perguntei, sem entender muito bem o que ela queria dizer.

— Há só um cagador lá dentro, um buraco. Vai demorar um pouco, queridinha.

— Oh — eu disse enquanto me mexia no lugar, casualmente apertando a bolsa contra a vagina coçando para aliviar. Era melhor do que colocar minha mão de macaco lá embaixo e coçar minha estrada de tijolos vermelhos.

— Que prazer te encontrar aqui — uma voz familiar disse no meu ouvido.

Me virei e vi meu melhor amigo lindo ao meu lado.

— Henry, o que está fazendo aqui? — perguntei, puxando-o para um abraço.

— Pensei em dançar um pouco de swing. Quer dançar comigo?

— Não posso. Estou em um encontro, Henry, e preciso, hum... jogar um pouco de pó mágico na estrada de tijolos vermelhos.

Ele olhou para minha vagina, confuso, então peguei o talco da bolsa e ele assentiu, compreendendo. Olhou em volta e, então, me puxou pela mão para fora da fila e direto para o banheiro masculino.

Trancou a porta e disse:

— Vá, faça o que tem que fazer.

Cobri a boca e o nariz e falei:

— Aqui tem cheiro de xixi.

— Bom trabalho, amor. Reconheceu que estamos em um cubículo com mictório, agora faça o que tem que fazer e vamos sair daqui.

— Não posso com você me olhando.

— Certo.

Ele se virou e colocou as mãos no bolso, me dando uma privacidade limitada.

Por um instante, fiquei analisando seu *look*. Ele estava usando uma calça justa cinza de sarja dobrada na barra, sapatos Oxford e camisa xadrez com gravata preta. Estava mais do que bonito, como sempre.

— Roupa legal — eu disse ao erguer a saia e começar a jogar talco dentro da calcinha. Quanto mais, melhor.

— Obrigado. Tenho que dizer, Rosie, que você está espetacular. Seus peitos ficam maravilhosos nesse vestido.

Revirando os olhos, respondi:

— Obrigada, eu acho.

Rindo, ele disse:

— Sério mesmo, você está linda, amor.

Engoli em seco com seu elogio.

A suavidade da sua voz me atingiu em cheio, me fazendo pensar se ele estava começando a me enxergar um pouco diferente.

O silêncio pairou entre nós e uma tensão perturbadora se formou entre a gente. Será que eu estava doida por pensar que Henry pudesse realmente me achar atraente? Ele só estava sendo amigo, certo?

Eu estava tão confusa.

Pigarreando, Henry perguntou:

— Terminou?

— Terminei — respondi, girando a tampa do talco para fechar e guardando-o de volta na bolsa.

Ele se virou e estendeu a mão. Eu a peguei e o deixei me puxar mais para perto.

Ele ergueu meu queixo e disse:

— Sério, fiquei sem fôlego quando te vi, Rosie. Tenho certeza de que Atticus já está perdidamente apaixonado por você.

— Obrigada — respondi, sem saber o que dizer. Querendo mudar de assunto para parar de suar nos braços do meu melhor amigo, perguntei: — Você o viu?

Um pequeno franzido enrugou o rosto de Henry por um segundo.

— Ainda não, mas vou me certificar de te dar minha nota mais tarde e, se ele começar a ficar com mão boba, pode apostar essa sua bundinha linda que vou me intrometer.

— Não ouse!

— Não posso evitar, sou protetor.

— Foi por isso que veio aqui? — questionei enquanto saíamos do banheiro, evitando olhares de todas as mulheres da longa fila, esperando o "buraco". — Para me espionar, garantir que Atticus não tenha mão boba?

— Se eu dissesse que sim, ficaria brava comigo?

— Você é impossível. — Balancei a cabeça e me afastei. — Vou ficar bem, Henry, mas obrigada pela preocupação.

— Henry — um grito estridente veio da lateral do ambiente quando uma loira estilo Jessica Rabbit se aproximou. Parecia que seus seios iam pular do vestido a qualquer momento e sua voz competia com a de Fran Dresher. — Aí está você. Estava te procurando em todo lugar — ela disse enquanto mascava o que parecia ser um chiclete.

Me encolhi com o sotaque forte vindo da senhorita eloquente peituda.

— Só estava ajudando minha melhor amiga — ele explicou, olhando indiscretamente para os seios dela.

Algumas pessoas nunca mudavam. Ela percebeu sua observação e estufou mais o peito.

— É um prazer te conhecer — cumprimentei, mentindo, já que, na verdade, não a conheci. Me virei para Henry, que conseguiu tirar os olhos dos mamilos exibidos por mais de dois segundos. — Tenha uma boa noite, Henry. A gente se fala depois.

Ele me puxou para um abraço e sussurrou no meu ouvido.

— Estou aqui, se precisar de alguma coisa.

— Ficarei bem — disse de volta. — Aproveite sua amiga e os peitões dela.

Rindo baixinho, ele me abraçou forte e se afastou, me dando aquela piscadinha dele.

Voltei para minha mesa cheia de energia. Eu tinha um encontro.

Conforme me aproximei da mesa, Jenny me lançou um olhar bem confuso enquanto me encarou. Atticus veio para o meu lado e perguntou se eu estava pronta para dançar. Eu estava, mas o olhar que Jenny me deu era preocupante, então falei "um segundo" para Atticus e acenei para Jenny vir até mim, e ela já estava a caminho de falar comigo.

— O que está havendo? — sussurrei.

— Está saindo fumaça de você.

— Ah, obrigada — aceitei seu elogio. — Mas por que está me olhando estranho assim?

— Não, digo, está saindo fumaça de você.

— Do que está falando?

— Toda vez que se mexe, sai uma nuvem de fumaça por debaixo do seu vestido.

— Nuvem de fumaça? Está drogada?

— Sua vagina está drogada? Porque ela está fumando debaixo desse vestido.

— Jenny, está ficando louca... — conforme eu disse as palavras, sua acusação clicou em minha mente assim que Atticus segurou minha mão.

— Eu adoro essa música, vamos.

Ele me puxou para a pista de dança com um rastro de talco nos seguindo. Me girou na pista, saltitando, saltando e me puxando para ele. A cada movimento, eu podia ver a nuvem de talco subir de debaixo da minha saia. A vergonha percorreu minhas veias e me movi rigidamente pela pista com Atticus.

Desesperada por ajuda, olhei para Jenny, que estava com a mão cobrindo a boca, me olhando desacreditada. Eu sabia que ela estava convencida de que minha vagina estava pegando fogo. Não estava ajudando. Graças a Deus, Atticus nem estava percebendo enquanto saltitava pela pista, mas não podia dizer isso das outras pessoas à nossa volta, já que as luzes focaram em mim e em Atticus, enfatizando a nuvem de pó que saía da minha calcinha. As luzes tornavam tudo muito mais óbvio.

A humilhação ficava cada vez mais profunda a cada instante que passava, a cada nuvem da minha calcinha e, a cada coçada, o pó saía cada vez mais da estradinha de tijolos vermelhos, diminuindo.

— Você dança bem — Atticus disse acima da música ao balançar o dedo no ar no ritmo. Ele era fofo mesmo, eu tinha que admitir.

— Você também — elogiei.

— Está embaçado aqui — Atticus reclamou ao espantar a nuvem de talco do nosso espaço.

— É, que estranho. — Ri, nervosa, ao tentar evitar contato visual com todo mundo que pensava que eu estava defumando um prato de carne de porco na vagina.

— Quer tentar uma pegada? — ele perguntou enquanto virava as pernas e girava meus quadris, direcionando-os pelos braços.

Se eu queria tentar uma pegada? E arriscar que todo o talco dentro da minha calcinha caísse direto na cabeça de Atticus? É... Nunquinha.

— Talvez não agora. — Não até eu limpar minha calcinha.

Olhei rapidamente para o banheiro e vi que não havia fila, então eu conseguiria cuidar da nuvem nas minhas partes íntimas que continuava flutuando de mim, mas minha única preocupação era que, se dissesse a Atticus que iria ao banheiro de novo, ele poderia pensar que eu estava com algum problema intestinal ou que era viciada em cocaína, precisando cheirar minha carreira. Ambas as opções não eram lisonjeiras, então tentei a opção três: telepatia feminina.

Enquanto dançava, tentei chamar a atenção de Jenny, para ver se ela poderia sentir minha angústia, porém, pela primeira vez desde que eu estava dançando, Jenny tinha sumido, provavelmente para dar uns amassos em Drew. Eles eram conhecidos por namorar indiscretamente em público, e eu estava grata por eles terem se escondido desta vez, em vez de fazer isso bem na frente de todo mundo.

— Onde aprendeu a dançar? — Atticus perguntou ao me girar para longe e depois para perto dele de novo.

No instante em que meu corpo encostou no dele, uma nuvem de talco subiu entre nós, como uma maldita maré do oceano, no entanto, em vez de água, era — detesto dizer isso — o talco da minha boceta.

— Na faculdade — respondi, tentando ficar calma, embora conseguisse sentir o suor escorrendo por minhas costas, de vergonha.

— Será que as pessoas estão fumando aqui? — Atticus questionou ao observar o salão. — Uau, a gente deve formar uma boa parceria, porque parece que está todo mundo nos olhando.

— Bom, você conduz muito bem — elogiei, apesar de querer dizer "Não, Atticus, é a poluição da calcinha da sua parceira que está afetando o ar".

Continuei a preencher o ar a cada movimento que fazia e chegou ao ponto de ficar quase muito dura para me mover, e Atticus percebeu.

— Tem alguma coisa errada?

Precisando cuidar dessa situação, respondi:

— Não pense que sou viciada nem nada, mas preciso ir ao banheiro de novo, a fila estava grande daquela vez e não consegui ir de verdade. Juro que não uso drogas nem nada, já que é o que parece, dado o fato de ter que ir ao banheiro de novo.

Eu estava balbuciando e, pela expressão de Atticus, não estava fazendo um bom trabalho porque conseguia ver em seus olhos o olhar de "eita, essa garota é meio doida".

— Claro, te encontro lá na mesa.

Derrotada, mas determinada, parti para o banheiro e rapidamente me tranquei. Baixei a calcinha, tirei-a e joguei na privada todo o talco que acumulei idiotamente ali dentro. Voou talco para todo lado, me fazendo espirrar.

Depois de me controlar, limpei o nariz com a mão, então peguei papel higiênico e passei nas partes íntimas a fim de retirar todo o excesso; simplesmente teria que ficar coçando. Melhor coçando do que a vagina esfumaçada. Vesti a calcinha de volta e ruborizei. Lavei as mãos o mais rápido possível e praticamente corri de volta para a mesa onde Jenny, Drew e Atticus me esperavam.

— Desculpe por isso. — Funguei ao sentir que ainda havia talco para me fazer espirrar.

— O que tem debaixo do seu nariz? — Jenny perguntou, me olhando de forma engraçada.

— Como assim? — Limpei o nariz, me sentindo constrangida diante de Atticus.

— Está branco.

Atticus olhou rapidamente conforme eu limpava a evidência.

— Não sei, saiu?

— Saiu... — Jenny arrastou a fala enquanto todos me encaravam.

Me mexi inquieta, tentando conter a coceira que começou a aumentar lá embaixo. Sabia que parecia uma louca quando mexia bruscamente as pernas, tentando, de forma casual, esfregar as duas e aliviar a coceira.

— Humm, está ficando tarde — Atticus disse, olhando para seu relógio. — É melhor eu ir.

Ele se levantou e acenou para Jenny e Drew. Olhou para mim e balançou a cabeça, começando a se afastar.

Fiquei muito confusa quanto ao motivo de ele estar indo embora tão abruptamente e, então, caiu a ficha. A substância branca no meu nariz, os movimentos de perna erráticos, as idas ao banheiro... puta merda, ele pensava que eu estava drogada.

— Atticus, espere — gritei ao segurar seu ombro e o virar. — Posso explicar.

— Rosie, gostei de você, mas não sou alguém que consegue ser forte o suficiente para lidar com o vício.

— É isso que posso explicar. — Pressionei as mãos nos olhos e fiz careta. — É talco. Eu estava... humm, coçando antes de vir, então resolvi usar um pouco de talco para ajudar, e aparentemente usei demais e era isso toda a fumaça à nossa volta, o talco saindo. Voltei ao banheiro para tirar um pouco dele.

Humilhada era o único jeito de descrever como estava me sentindo, mas eu gostava dele e não queria que simplesmente saísse sem explicação, principalmente quando ele pensava que eu era uma drogada. Então tomei coragem e expliquei tudo, esperando que ele não me julgasse.

— Talco? — ele perguntou, me olhando com desconfiança.

— É. — Peguei o tubinho na bolsa e lhe mostrei. — Viu?

Ele assentiu ao olhar.

— Pode cheirar, se não acredita em mim.

— Eu acredito em você — ele declarou, suavizando um pouco a voz.

Ficamos ali em silêncio por um segundo, então eu falei:

— Só preciso te dizer que provavelmente essa é a coisa mais vergonhosa que já aconteceu comigo. — Além de ter um vibrador preso na vagina, mas isso eu não ia contar.

Ele deu risada e disse:

— Bom, história interessante, com certeza. Que tal começarmos de novo, voltarmos para a pista?

— Eu adoraria — respondi ao esfregar as pernas, tentando amenizar a coceira.

Maldita Marta, maldita!

Como um cavalheiro, Atticus me levou para a pista de dança e começou a me girar por todo o lugar, mas, desta vez, eu não estava soltando fumaça. Ele sorria largamente para mim enquanto estalava os dedos para os lados e seu pé flutuava perfeitamente pela pista de dança.

Ele era adorável a cada chute e balançar de braço, me puxando para seu peito e, então, me afastando devagar. Estalei os dedos junto com ele e imitava seus movimentos a cada passo.

Quando Jenny me convidou para dançar swing, eu não fazia ideia de que teria um bom parceiro de dança. Talvez até admitiria que ele era melhor do que Henry, que estava em pé ao lado de sua garota de peitos gigantes enquanto me observava com atenção. Sua garota puxava sua camisa, mas seu olhar nunca me deixou, então sorri e acenei para ele saber que eu estava me divertindo. Ele assentiu, mas foi só isso.

— Quem é aquele? — Atticus perguntou ao me puxar para perto e começar a me virar com seu corpo em movimentos curtos mas rápidos.

— Meu amigo, Henry. Na verdade, ele era meu parceiro de swing na faculdade.

— Sério? Ele está com ciúme? — Atticus perguntou, sorrindo.

— Acho que não. Ele é protetor, só isso.

— Devemos mostrar para ele que não tem com que se preocupar? — Atticus sugeriu, mexendo as sobrancelhas.

— Acho que sim — respondi assim que Atticus me empurrou para longe e depois me puxou de volta, só para me empurrar de novo para o outro lado.

Senti meus pés voando pelo chão conforme a música acelerou e nós fomos de swing da Costa Leste ao clássico *lindy hop*, meu preferido.

A cada movimento, eu tentava esfregar as pernas, para aliviar a coceira que continuava aumentando, mas nada acalmava o formigamento. Era quase uma tortura, porque eu estava me divertindo de um jeito muito fantástico com Atticus, mas sentia que não conseguia realmente aproveitar.

Eu estava girando baixo com o braço para o lado aberto bem quando outra pessoa segurou minha mão e me puxou para seu peito, me fazendo subir e descer pela pista de dança.

— Henry — eu disse sem fôlego enquanto ele me pegava e me jogava nas costas em um movimento só, como se não tivéssemos perdido o ritmo. — O que está fazendo?

— Me divertindo um pouco com minha boa amiga.

— Estou em um encontro — expliquei ao passar por ele e voar nos braços de Atticus.

Ele me girou algumas vezes e, então, começou a virar os pés e me girar à sua volta, ao mesmo tempo que chutávamos para a frente e para trás. Ele me jogou para longe e Henry pegou minha mão de novo.

Olhei para Atticus, que estava sorrindo, gostando do troca-troca.

— Segure, amor — Henry pediu ao me pegar e me jogar no ar em um giro.

Felizmente, caí de pé e chutei a perna para cima no ritmo. No instante em que minha perna se mexeu, a coceira que estava me comendo viva foi levemente aliviada com a fricção da perna contra a calcinha.

Meu Jesus, foi mínimo, mas aliviou.

— Venha aqui — Atticus disse ao me puxar e me segurar, me levando ao chão, me fazendo deslizar sob suas pernas, virar rapidamente e me pegou de volta.

Nesse momento, todo mundo formou um círculo e estavam torcendo e gritando a cada movimento que os meninos faziam. Eu era apenas o peão no joguinho deles, e dizer que estava ficando meio tonta era eufemismo. Meus braços e pernas voavam por todo lado enquanto eu continuava a acompanhar o ritmo rápido da música, tentando me concentrar no que viria em seguida.

— Hora do *grand finale*, amor — Henry avisou ao me puxar para seus braços e me virar.

Ele me segurou pela cintura, me puxou de forma que minhas pernas envolvessem seus quadris e, então, me ergueu acima da cabeça e eu voei para suas costas, caindo atrás dele para ele poder me puxar entre suas pernas e me levantar de novo à sua frente. A galera à nossa volta delirou e Henry me girou enquanto soltava minha mão. Chutei as pernas para a frente, sem prestar muita atenção aonde estava indo, apreciando o alívio que o movimento me fornecia até minha perna se conectar diretamente com algo macio.

Olhei para a frente e vi Atticus deitado no chão, segurando sua virilha e fazendo careta de dor. Percebi o que fiz, não pelo pobre coitado à minha frente, encolhido em posição fetal, mas por causa do coletivo "oohh" de todos quando me viram chutar as bolas do cara com quem eu estava saindo. Naquele instante, eu tinha quase certeza de que teria preferido parecer drogada do que ter o homem caído diante de mim.

— Deveria ter virado em vez de chutado — Henry disse ao meu lado com as mãos nos meus quadris enquanto nós dois olhávamos para baixo para Atticus.

— Você acha? — perguntei sarcástica, me odiando.

5 de junho de 2014

Recado para mim mesma: quantidade excessiva de talco pode causar uma vagina esfumaçada se não aplicado corretamente. Além disso, um chutinho nas bolas pode acabar com o encontro em questão de segundos. Da próxima vez, mantenha todas as extremidades para si e evite sempre as joias íntimas. Também, possivelmente, investir em inúmeros tamanhos de suportes para dar aos caras nos encontros, só no caso de acontecer de novo de suas pernas ficarem descontroladas. Antes segura do que arrependida e, caramba, eu estava arrependida.

Meghan Quinn

Capítulo Sete
O magnífico porta-lápis

A vergonha da noite anterior me impediu de levantar cedo e malhar como normalmente fazia, então fiquei na cama, encarando o teto conforme a cantoria de Delaney na cozinha flutuava por debaixo da minha porta. Era sábado de waffle e eu conseguia sentir suas delícias caseiras preencherem meu quarto, provocando-me, mas não o suficiente para eu arrastar minha carcaça de vítima para fora da cama.

A noite anterior foi tão perfeita quanto a Atticus ser um brilhante parceiro de dança e uma alegria de estar junto. Ele era fofo, gentil e sabia uns passos muito bons. Não se importava de dançar, o que sempre me excitava, e conseguia sorrir de um jeito que me fazia derreter toda vez que sorria na minha direção.

Realmente pensei que tinha algo rolando entre nós, até minhas pernas se descontrolarem e acertarem diretamente sua virilha desavisada. Observei, com medo, Drew ajudar Atticus a se levantar do chão e o tirar do clube enquanto o pobrezinho se encolhia em posição fetal.

Descobri mais tarde naquela noite, por Jenny, que Atticus vomitou de dor do lado de fora do clube e estava com muita vergonha e dor para voltar para dentro, e esse foi o fim do meu encontro.

Uma batida suave soou à porta conforme a voz baixa de Henry flutuou para dentro.

— Rosie, venha tomar café da manhã, amor.

— Não vou sair desta cama — gritei e cobri a cabeça com o travesseiro.

Henry entrou e sentou ao meu lado. Tirou meu travesseiro da cabeça e olhou para mim gentilmente. Ele estava sem camisa, como sempre nas manhãs de sábado, e usava uma calça de agasalho cinza fina cujo cós estava abaixado nos quadris. Seu cabelo estava bagunçado e de lado e tinha uma leve sombra de barba em sua mandíbula.

Era injusto ter um amigo tão gostoso.

— Não pode ficar aqui o dia todo. Venha tomar café com a gente, amor.

— Não posso. Estou muito envergonhada para fazer qualquer coisa.

— Não foi tão ruim, Rosie.

— Não foi tão ruim? — retruquei e me sentei, olhando nos olhos de Henry. — Henry, eu chutei as bolas do meu encontro, a ponto de ele vomitar quando saiu do clube de tão forte que foi o chute. Coloquei as bolas dele para dentro.

Rindo e sem se importar em ser discreto, Henry disse:

— Não se dê tanto crédito assim, você não chutou tão forte. — Tentando me consolar com gentileza, ele acariciou minhas costas enquanto eu me martirizava sobre a noite anterior.

— Ele ficou verde!

— Essa é uma informação inválida. Não tinha como, naquela iluminação, você conseguir ver o rosto dele ficando verde, era praticamente impossível fazer essa avaliação. Temos que riscar essa declaração dos registros — ele brincou, tentando pegar leve com a situação.

— Eu te odeio por se divertir com isso.

— Não estou me divertindo. — Henry ficou mais gentil e segurou minha mão. — Só estou tentando te mostrar que não é o fim do mundo.

— É, sim! Eu realmente gostei dele, Henry. Senti que talvez pudéssemos ter algo.

— Vocês ainda podem — ele tentou me encorajar.

— Henry, tenho quase certeza de que destruí essa opção no minuto em que meu pé acertou o saco dele.

— Nunca se sabe, ele pode ter gostado...

— Tem alguma coisa errada com você — eu disse, tirando os cobertores de cima de mim e colocando meu chinelo, seguindo para a cozinha, onde Delaney estava perambulando.

Derk estava sentado ao balcão e observava Delaney com olhos sonhadores. Eles se casariam em algum momento da vida, era óbvio, pelo jeito que ele a admirava. Se ao menos eu tivesse alguém igual a Derk, sem esse nome horroroso, claro.

— Aí está nossa quebra-nozes — Delaney gritou, apontando para mim com a espátula.

— Ha, ha, muito engraçado. — Sentei em um banquinho ao lado de Derk, que me abraçou para me consolar.

— Não se preocupe tanto, tenho certeza de que o cara já esqueceu.

— Você se esqueceria de uma garota que tinha talco saindo das partes íntimas e chutou suas bolas inocentes?

Ele pensou por um segundo e, então, balançou a cabeça, negando.

— Eu postaria isso no meu Facebook, se tivesse oportunidade.

— Derk — Delaney o repreendeu, mas deu risada ao mesmo tempo. Que amiga!

— Vai passar — Henry falou ao me servir suco de laranja. — Você precisa esquecer isso porque tem um encontro esta noite, não tem? Com aquele fotógrafo de gato?

— Humm, um fotógrafo de gato. Parece empolgante — Derk murmurou ao meu lado.

— Ele não é somente um fotógrafo de gato — corrigi todo mundo. — Só de vez em quando, ele faz sessões para a gente. Gosta de viajar e fazer sessões de fotos para revistas de viagens e até teve umas fotos publicadas na *National Geographic*. Ele nos ajuda às vezes só para ganhar um dinheiro fácil.

— Viajante do mundo, parece interessante. Ele é gostoso? — Derk perguntou, colocando alguns waffles no seu prato vazio. Ele era enorme, enorme do tipo 1,90m, e comia demais. Podia acabar com um waffle em duas mordidas e, pelo seu prato, aqueles não eram seus primeiros waffles.

— Ele é gostoso — eu disse, pensando em Lance. — Tem um estilo todo Justin Timberlake, sabe, pós-era do Cabelo Miojo.

— Não fale mal do cabelo de miojo, você sabe que era atraente na época — Delaney alertou.

Ergui as mãos na defensiva.

— Só queria deixar claro, só isso.

— Eles vão jogar boliche — Henry disse acima da beirada da caneca. — Não acham que boliche parece divertido para hoje à noite? — ele perguntou a Delaney e Derk, que ficaram atentos.

— Parece. Acho que está na hora de tirarmos a poeira dos nossos sapatos de boliche, não acha, querido? — Delaney perguntou, colocando waffles no prato para mim.

— Nem ousem.

— Por que não? — Henry perguntou, parecendo um pouco magoado.

— Não preciso de vocês xeretando pela prateleira de bolas, me encarando, observando cada movimento meu. Já tenho que lidar com o fato de conhecer os amigos dele, não preciso ficar pensando em vocês três me observando também.

— Iríamos para ajudar — Henry sugeriu.

— É, igual você ajudou ontem à noite.

Depois de molhar os waffles com geleia de morango, minha preferida, eu os cortei em pedacinhos como uma criança e comecei a comer, ignorando o jeito que Henry estava me olhando, porque sabia que ele só estava tentando ajudar ontem à noite, porém acabou piorando tudo quando começou a dançar e competir com Atticus.

Oh, pobre Atticus e suas bolas. Eu torcia mesmo para que ele estivesse bem e eu não tivesse causado um prejuízo permanente.

— Está brava comigo? — Henry perguntou ao colocar um banquinho ao meu lado, sua mão quente indo direto para minha coxa.

— Não. — Suspirei. — Não é culpa sua, foi só azar e uma necessidade de coçar a estrada de tijolos vermelhos abençoada.

— Isso ainda está te incomodando? — Delaney perguntou, agora sentando-se conosco para comer.

— Não está tão ruim quanto ontem à noite.

— Bem, é um bom sinal, você deve ficar cem por cento em breve. Aconteceu comigo também da primeira vez que depilei. Lembra, Derk?

— É, parecia que tinha crescido uma porra de formigueiro na virilha dela. Não pude encostar por dias.

— Obrigada — ela censurou. Enquanto mastigava waffles, perguntou: — Algum interesse do perfil on-line?

— Não sei. Esqueci disso — admiti.

Com toda a ação entre Atticus e Lance, esqueci completamente da tentativa de Henry de me colocar no mundo dos encontros. Eu detestava admitir, mas estava um pouquinho curiosa para ver se os homens me achavam interessante ou não.

— Bom, vejamos — Delaney começou, pegando o tablet de Henry no balcão. — Qual era a senha dela mesmo?

— Me deflore — Henry disse com a boca cheia de waffle com geleia.

— Oh, isso é maravilhoso. Derk deu risada.

Eu presumia que ele soubesse do meu cinto de castidade porque tudo que Delaney sabia, Derk sabia. Era um tipo de código de casal; eles sabiam de tudo. Era tipo um "compre um, leve dois" de informação, você contava para um, e o outro iria saber. Eu não tinha problema com isso, já que Derk era um cara legal.

— Ah, meu Deus, sessenta e sete mensagens.

— Está falando sério? — perguntei, quase engasgando com meu último pedaço de waffle.

— Estou.

Ela virou o tablet na minha direção e, sem dúvida, havia sessenta e sete mensagens só esperando para serem lidas por mim.

— Como consigo vê-las?

— Não se preocupe, já estou fazendo isso — ela disse, verificando a lista de mensagens e apagando as que ela aparentemente não gostava. — Careca, feio, gordo, cara de toupeira, pouco pelo no rosto, careca, ama Nickleback. Vá te catar. — Ela olhou para mim do tablet e declarou: — Nenhuma amiga minha vai namorar alguém que ouve Nickleback. Nunquinha na vida.

— Concordo. — Henry ergueu o garfo no ar.

— O que tem de errado com Nickleback? — Derk perguntou.

Nós três viramos a cabeça e encaramos Derk. Delaney respirou fundo e respondeu:

— Queridinho, acho que, pelo bem do nosso relacionamento, você deveria refazer essa pergunta de outro jeito.

Os olhos de Derk foram de um lado a outro enquanto ele olhava para nós três.

Finalmente, ele disse:

— Ãh... foda-se Nickleback?

— Isso! — todos nós comemoramos, confundindo Derk pra caramba, mas, em vez de arriscar a sorte, ele só deu de ombros e olhou a fruteira que estava no meio do balcão.

— Então, algum pretendente bom? — Henry perguntou, olhando por cima para o tablet nas mãos de Delaney.

— Tem um cara. O nome dele é Alejandro e parece ser bem legal. Olha, uma foto com a irmãzinha dele, que fofo.

— Alejandro... soa bem na língua — Derk aprovou.

— Deixe-me ver esse cara.

Henry, parecendo irritado, tirou o tablet de Delaney e começou a ver o perfil de Alejandro. Ele franziu a testa ao ler sobre o potencial namorado.

— Diz aqui que ele trabalha como artista. Isso é hobby, não um trabalho, não consigo acreditar nesses caras. Oh, e olha, ele tem uma iguana de estimação, que babaca.

— Não tem nada de errado com ter uma iguana — Delaney retrucou. — Ele seria perfeito para Rosie. Claramente, o cara é bonito, com esse cabelo grosso preto e olhos escuros. Você sabe que ele seria romântico com nossa menina, e é disso que ela precisa. O amor latino dele iria apimentar a vida dela.

— Não gostei dele — Henry desaprovou.

— Bom, felizmente, não é você que escolhe, é Rosie.

Sem avisar, Delaney arrancou o tablet de Henry e me entregou.

— Veja por si mesma, ele é bonito, parece divertido e você sabe que o adoraria. Não teria dificuldade em relaxar perto dele.

A foto do perfil mostrava um homem que parecia ter uns vinte e muitos anos, usando uma regata, exibindo seus músculos, e óculos escuros em cima da cabeça. O fundo parecia ser um litoral de outro país em que a água era tão azul quanto sua camisa. Seu sorriso era de orelha a orelha, e eu percebi que ele poderia ser o homem mais bonito que eu já tinha visto. Ele não era robusto, era mais definido.

— Ele é atraente — murmurei ao verificar seu perfil.

Eu estava meio chocada por um homem tão bonito estar interessado em mim, mas estava, no mínimo, lisonjeada. Havia uma mensagem na minha caixa de entrada dele, então resolvi dar uma olhada.

Oi, Rosie,

Não consegui deixar de escrever para você quando vi sua foto de perfil. Seus óculos vermelhos chamaram minha atenção junto com esses seus olhos azuis lindos.

Depois de pesquisar muito sobre você, vi que adora tacos, e isso te torna a garota certa para mim. Não consigo me cansar de tacos; eles são meu primeiro e único vício.

Se não estiver muito ocupada, talvez eu possa te levar para comer maravilhosos tacos, não muito longe do meu apartamento. Juro para você que são os melhores de Nova York.

O que me diz?

Espero sua resposta.

Alejandro.

— Ohh, ele parece fofo. — Ruborizei.

— Ele quer te levar para comer tacos — Henry me censurou. — Como isso é fofo?

— Ele quer comer seu taco. — Derk riu sozinho.

— Cuidado — Henry alertou estranhamente. — Eu não gosto de Alejandro, não confio nele.

— Você nem o conhece — Delaney contra-argumentou enquanto pegava os pratos vazios de todo mundo. — Responda para ele, Rosie. Marque um encontro.

Analisei mais um pouco a foto do perfil enquanto Derk tirava a mesa para Delaney, como o namorado prestativo que era.

Ele parecia legal, tipo, genuíno, mas o que se podia ver pela internet? Ele poderia ser um assassino psicopata na vida real, porém seu perfil poderia dizer que ele costurava agasalhos para freiras no Natal. Será que eu deveria mesmo dar uma chance a ele? E por que Henry era tão contra Alejandro? Será que ele estava enxergando algo que eu não estava?

— Por que não gostou de Alejandro? — perguntei, cortando o silêncio que caiu sobre a cozinha.

— Ele parece... experiente demais. Não quero que se aproveite de você.

— Você acha que eu não consigo lidar com uma pessoa experiente?

Henry me olhou diretamente e disse:

— Amor, você chutou a virilha de um cara ontem à noite. Não sei bem como você vai se comportar em uma situação que te deixa nervosa.

Insultada, recostei em meu banquinho e olhei para Henry. Fiquei magoada conforme pensava em suas palavras. Sim, eu não tinha experiência, mas com certeza conseguiria me controlar quando fosse colocada em uma situação que eu mesma criei para mim.

— Você é um cretino — finalmente disse ao me levantar e levei o tablet para o meu quarto.

Alejandro iria receber uma mensagem.

No instante que entrei no quarto, tentei fechar a porta para ter um pouco de privacidade, mas fui impedida pela mão de Henry.

— Saia — eu disse, sem me incomodar em me virar.

— Rosie, desculpe. Não quis te insultar. Só estou preocupado.

— Bom, então pare de se preocupar, Henry. Consigo lidar com isso sozinha, não sou criança.

Ele respirou fundo e passou as mãos no cabelo, claramente afobado.

— Sei que você não é criança, eu só... Deus, Rosie, eu me importo com você.

Finalmente me virando, coloquei o tablet na cama e fui até ele. Pus ambas as mãos em seus ombros e falei:

— Agradeço sua preocupação, mas eu quero um amigo, não um irmão mais velho. Quero que ajude me ensinando o que não sei, não sendo meu cavaleiro em uma armadura brilhante.

— Mas eu gosto de ser seu cavaleiro. — Ele sorriu, tímido.

— Eu sei, mas está na hora de você se afastar, Henry. Não posso ter você comigo para sempre, você vai se mudar em algum momento, talvez com aquela moça do peito grande de ontem à noite.

— Charlene? Não, ela é só para transar. Não tem nenhum conteúdo.

— Viu, é isso que eu quero. Talvez Alejandro seja só para transar, talvez ele seja divertido o suficiente para eu conseguir me soltar e ganhar um pouco de experiência. Preciso de experiência, Henry, porque, neste momento, meu livro está tão seco quanto minha vagina.

Os lábios de Henry se ergueram com um sorriso.

— Eu te disse que poderia te ajudar com isso.

— Caia na real. — Eu o empurrei para longe, mas ele segurou meus braços e me puxou para um abraço, provocando um frio na minha barriga por estar tão perto dele.

— Você me perdoa? — sussurrou no meu cabelo. Como poderia não perdoar?

— Sempre. — Eu o apertei forte, pressionando a bochecha em seu peito nu.

— Você vai mesmo responder para ele?

— Vou.

— Vai me contar pelo menos aonde vai?

— Promete não ficar me espionando?

— Não posso prometer isso, mas posso tentar.

Rindo, eu disse:

— Acho que é o melhor que posso pedir.

Assim que Henry me soltou, peguei seu tablet e nós nos sentamos na minha cama juntos, então respondi Alejandro.

Alejandro,

Você me ganhou com os tacos. Me fale quando e onde.

Pronta para arrasar.

Rosie.

— Você tem certeza de que não é muito brega? — perguntei antes de enviar. Não era uma mensagem muito poética, mas atingia o objetivo.

— Não, é perfeita.

— Não acha que soa um pouco sexual?

— Acho, e essa é a questão. — Henry se encolheu. — Não que eu realmente queira você distribuindo insinuações sexuais, mas, como um amigo aconselhando, está perfeita.

— Ok, que bom.

Com confiança, apertei "enviar" e torci para que não soasse muito clichê.

— Estou orgulhoso de você — Henry disse.

— Por quê? — perguntei ao ir até minha mesa e abrir meu laptop no site de encontros a fim de ver as outras mensagens.

Henry se ajeitou na minha cama desarrumada e brincou com os cobertores.

— Por se arriscar, é muito corajosa.

— É tudo para pesquisa. — Fiz uma careta.

— Como está indo o livro?

— Risquei a coisa toda. Não sei se quero escrever um romance medieval.

— Por que não?

— Bom, desde que comecei essa nova aventura, tenho lido mais romances contemporâneos e, tenho que ser sincera com você, eu amei. Romance contemporâneo é muito diferente de romance histórico. É bem mais ousado, as expressões são mais atuais e o sexo, puta merda, Henry, você tinha que ler essas cenas de sexo.

— Sério? — ele perguntou, parecendo realmente intrigado. — Tipo pornô suave?

— É mais para pornô mesmo. — Me inclinei para a frente e falei, animada. — As mulheres gostam da coisa selvagem, gostam que rasguem sua calcinha e falam para o cara quando vão... — Olhei em volta e sussurrei: — Gozar, tipo um grito alto falando mesmo.

Henry deu risada e apertou a barriga.

— O que é tão engraçado? É verdade. E você tinha que ler umas coisas que essas mulheres fazem. Henry, li um livro em que a garota deixou o cara enfiar um lápis na bunda dela.

Henry parou de rir e ergueu uma sobrancelha, confuso.

— Rosie, que porra você está lendo? Não me lembro de ter baixado nenhum livro assim para você.

— É um romance entre professor e aluna. Sei que tive sensações misturadas com esse tipo de história, mas segui em frente. Parecia interessante, mas depois as coisas saíram um pouco do controle, porém ainda é fascinante. Ela gostou do lápis na bunda, estava segurando para ele enquanto ele corrigia uma prova dela. Ela ganhou um dez, claro, mas, mesmo assim, foi fascinante.

— Rosie, você sabe que ela poderia simplesmente ter segurado o lápis com as mãos, ele não precisava ter enfiado na bunda dela. Parece meio esquisito.

— Espere — eu o interrompi com a mão erguida e disse: — isso não é normal?

— Enfiar lápis na bunda das pessoas? Não, Rosie, não é normal.

Recostei na cadeira e refleti por um segundo. Pareceu tão normal no livro, não houve hesitação. Foi, tipo, oh, você vai enfiar esse lápis na minha bunda, perfeito! Como se a mulher soubesse que sua bunda era um porta-lápis perfeito e deveria ser apresentada como o porta-lápis moderno.

— Bom, então é um pouco perturbador. Por que o autor escreveria isso?

— Como eu vou saber? — Henry deu risada. — Preciso começar a verificar o que você lê e, sinceramente, Rosie, você é tão ingênua assim? Sabe que eu te amo, mas um lápis na bunda?

— Não sei. — Dei de ombros e ri. — Outro dia, aprendi como chupar um pau com uma banana. Como vou saber que não é para as pessoas enfiarem coisas na bunda?

— Podem enfiar coisas na bunda, só não lápis.

— Oh! Tipo plugs anais! — eu disse com orgulho. — Ela estava com um plug na bunda antes de colocar o lápis. E sabe, eu estava pensando outro dia que, quando ele tirou o plug para colocar o lápis, você acha que fez um som de estouro? Tipo quando você tira a rolha de uma garrafa de vinho? Estou tentando imaginar esse negócio chamado de plug e tudo que consigo pensar é em uma rolha.

Imagens de rolhas em bundas percorreram minha mente enquanto me virei e vi Henry passando as mãos no rosto, como se estivesse com dor.

— Rosie, você sabe pesquisar no Google, por que simplesmente não pesquisa a imagem de um plug anal?

— Então não é uma rolha de vinho?

— Minha nossa, não, Rosie. — Ele deu risada. — Um plug anal é fino em uma ponta e mais grosso na outra, e tem de todas as cores e tamanhos.

— Brilha no escuro?

— Provavelmente. Nunca usei um.

— Ah, então não são apenas para garotas?

— Não, qualquer um pode enfiar um plug anal na bunda.

— Interessante. — Refleti por um instante, pensando se poderia incorporar um plug anal no meu livro, porque seria interessante.

— Nem pense nisso — Henry me impediu. — Você não vai escrever sobre plugs anais.

— E por que não? — perguntei, desafiando-o.

— Porque nem sabe como é um pau. Não pode ir de escritora de romance virgem a plug anal. Vá com calma, Rosie. Escreva sobre coisas que você sabe.

— Eu não sei nada — disse, um pouco frustrada. — Sei que, quando você chuta a virilha de um homem, ele não vai querer te ver de novo.

— Não é verdade. Pode ser que Atticus te ligue.

— Eu o fiz vomitar, Henry.

Ele assentiu e eu vi um sorrisinho se abrir em seu rosto. Eu o detestava naquele instante.

— É, talvez seja melhor cortar os laços com Atticus e seguir em frente. Seu encontro de hoje, foque nisso e no homem do taco.

— O nome dele é Alejandro — corrigi, assim que meu computador apitou, me fazendo virar e ver de onde vinha o barulho.

Uma foto de Alejandro apareceu na minha tela e veio uma mensagem dele.

Oi, Rosie,

Estou muito feliz por ter me respondido. O que acha de ser na segunda? Podemos nos encontrar no restaurante.

Alejandro.

— Alejandro mandou mensagem — dei um gritinho. — Ele quer sair na segunda à noite. O que devo responder?

Um longo suspiro saiu de Henry conforme ele se levantou da cama e ficou atrás de mim. Suas mãos descansaram em meus ombros e ele leu a mensagem.

— Para deixar registrado, eu não gosto desse cara. Ele parece empolgado demais.

— E isso é ruim? — Olhei para ele por cima do meu ombro.

— Não, mas simplesmente não gosto dele.

— Você é muito maduro — zombei. — Então, o que devo dizer?

— Você quer se encontrar com ele na segunda?

— Será que devo? Não quero parecer desesperada.

Henry me deu um olhar afiado, então belisquei sua barriga, fazendo-o se afastar.

— Não estou desesperada, só... intrigada. Segunda, então?

— Claro, mas vai me contar onde é esse lugar do taco porque nem a pau vou deixar você sair com esse Alejandro sem saber aonde vai.

— Você é muito protetor — eu disse, respondendo a Alejandro e falando que segunda seria perfeito.

— Só não quero que se prejudique. — Ele pausou por um segundo, depois me girou na cadeira. Ajoelhou-se diante de mim e segurou minhas mãos. Respirou fundo e falou baixinho: — Sabe, Rosie, se você quisesse, eu mesmo poderia te mostrar tudo.

Meu coração parou de bater conforme tentei compreender a oferta de Henry. Ele estava falando sério?

— Como assim? — perguntei, minha voz falhando.

Sua testa franziu quando ele pensou no que falou. Pigarreou e se levantou, colocando distância entre nós.

— Esquece. — Ele balançou a cabeça como se fosse maluquice o que estava prestes a dizer. Sem saber o que fazer, ele vacilou um pouco e falou: — Tenho que ir, mas me garanta que vai me falar tchau antes de sair para o encontro de hoje. Quero te desejar boa sorte.

Com isso, Henry saiu do meu quarto, me deixando total e completamente confusa. Ele tinha acabado de me oferecer me mostrar tudo, tipo, transando comigo?

As palavras de Delaney sobre Henry ser um caçador de virgens percorreram minha mente. Não era possível que ele fosse um caçador de virgens e, mesmo que fosse, não iria querer ficar comigo simplesmente porque eu era virgem. Não iria querer destruir nossa amizade assim, era impossível.

Tentei esquecer esses pensamentos e voltei para minha cama, onde peguei o Kindle no criado-mudo e comecei a ler sobre a magnífica porta-lápis e seu homem excêntrico.

Meghan Quinn

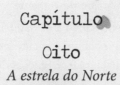

Capítulo Oito
A estrela do Norte

— Estou te avisando, sou horrível no boliche.

Dei risada quando Lance e eu olhamos o monitor que apresentava nossa pontuação. Eu estava com desprezíveis cinquenta e dois pontos e Lance, com cento e oitenta, o que era bem impressionante para mim.

— Pelo menos, você está linda hoje. — Lance beliscou meu queixo, me fazendo derreter ali mesmo.

Eu estava nervosa para ir naquele encontro porque, sinceramente, não sabia o que esperar. Só tinha visto Lance uma vez e mal havíamos conversado, então ver esse lado divertido dele era diferente para mim; era intrigante.

Nos encontramos no boliche e eu fiquei instantaneamente intimidada ao ver que ele estava com quatro amigos todos vestidos para o boliche cósmico. Felizmente, eu estava usando minha blusinha justa branca, jeans e sutiã verde neon. Eu me misturava no grupo, perfeitamente na verdade, mas, do lado de fora do boliche, eu parecia uma adolescente que passava seu tempo livre parada ao lado do poste de luz do posto de gasolina local. Bem elegante, outro nível.

Mas Lance adorou minha roupa e eu tinha que admitir que ele estava mais do que lindo com jeans escuros e uma camisa com decote V. Era simples, mas clássico.

— Quer fazer uma pausa? — Lance perguntou, colocando a mão na minha lombar.

— É uma boa ideia. Meu polegar está começando a doer.

— Own, você está com polegar de jogador de boliche. — Lance pegou meu dedo e levou aos lábios, onde o beijou suavemente.

Naquele instante, me senti como um daqueles personagens de desenho que começam a flutuar no ar enquanto balançam as pernas e coraçõezinhos explodem acima da cabeça. Um beijinho no polegar de Lance me fez querer dançar e comemorar com todo mundo.

Eu detestava ficar tão mexida com coisas pequenas, por um pequeno gesto de um homem me fazer tremer e estremecer na base, mas nunca tinha namorado. Nunca realmente fui a encontros e nunca me arrisquei por aí, então era legal poder receber um pouco de atenção masculina. Eu estava gostando.

Lance pegou minha mão, entrelaçou nossos dedos e me levou ao bar do boliche, onde me ajudou a subir no banquinho. Eu não era uma pessoa que frequentava boliches sempre, mas um boliche na grande cidade era bem diferente de um em uma cidade pequena. Era chique e bem elegante com assentos de couro branco e tijolinhos expostos.

Felizmente, Lance me avisou que, geralmente, o boliche tinha um código de vestimenta rígido, mas uma vez por mês eles tinham essa noite de boliche cósmico e encorajavam os jogadores a usar roupas coloridas e divertidas e blusas brancas para combinar com o clima, do contrário, tinha uma política que proibia roupas de ginástica e blusa branca. Quando os boliches se tornaram tão julgadores de uma camisa branca? Alôôô, eles já tinham visto a blusa clássica de boliche? Ãh, bem colada!

— O que você quer? — ele perguntou enquanto chamava o bartender.

— Hum, que tal uma margarita? Eles fazem isso?

— Acho que sim. — Quando o bartender veio, Lance pegou minha mão e disse: — Margarita geladíssima para esta mocinha e uma Stella pra mim, obrigado.

— Bebedor de cerveja? — perguntei, tentando puxar conversa.

— Amo cerveja. Cervejas diferentes artesanais são minhas preferidas. Adoro viajar e visitar cervejarias locais, lugarzinhos onde eles fazem a própria cerveja. Já bebi umas muito boas de cervejarias locais — ele enrugou o nariz e continuou — e já bebi umas bem ruins que pareciam mijo.

Uma risada genuína saiu de mim com a expressão que ele fez.

— Oh, não, tão ruins assim?

Ele assentiu quando o bartender serviu nossos drinques. Lance pegou sua cerveja e deu um gole, virando-se no assento para ficar de frente para mim.

— Estava em Milwaukee para uma sessão de fotos em um veleiro no verão...

— Tem veleiros em Milwaukee? — perguntei, um pouco abismada por descobrir isso. Sempre imaginei Milwaukee como uma metrópoles frígida onde bonecos de neve e ursos polares jogavam hóquei no gelo. Aparentemente, não era assim.

— Ah, tem. O verão em Milwaukee é demais. A cidade fica bem no Lago Michigan, então tem muitos veleiros e lanchas durante o verão, assim como festivais de música. É uma cidade bem agitada nessa estação. Se um dia tiver a chance, sugiro que vá visitar. E, se for, sugiro não ir à cervejaria que fui. Não consigo me lembrar do nome exatamente, porque, quando estava andando no centro, vi um mendigo mijando na esquina da Avenida Michigan e pensei em, ao invés de passar por ele e arriscar a possibilidade de ser todo mijado, ir à cervejaria da esquina para beber. Mal sabia eu que o mendigo era quem estava ajudando a fazer a cerveja.

— Eca, que nojo. Pelo menos eles serviam pretzels?

— Não — Lance disse, ultrajado. — Poderia pensar que havia um tipo de pretzel, mas não tinha nenhum. Dá para acreditar?

— Não dá. — Dei risada. — Então você viaja bastante?

Ele assentiu ao beber sua cerveja.

— Estive por todos os Estados Unidos e, claro, fora daqui.

— Sério? Onde?

— Vejamos, fui para a Europa, enfiei a cabeça no meio da Torre Eiffel, fui para os litorais da Itália e Grécia e visitei a Rainha da Inglaterra. Também tive sorte de viajar para a África, África do Sul principalmente, e Austrália, ambos com voos bem longos.

— Posso imaginar. Qual foi seu lugar preferido?

Ele parou e pensou, algo que eu admirava nele, ele realmente pensava e elaborava suas respostas.

— Diria que Grécia, há algo no contraste do azul do mar com os prédios brancos. É um verdadeiro sonho para fotógrafos do mundo todo. Além disso, a cultura é empolgante. As famílias são intensas, e eu gosto disso. Minha família é bem unida, então ir para lá me fez pensar na minha casa.

— Parece maravilhoso. Queria poder ir algum dia. Tenho passaporte, mas nenhum carimbo ainda.

— Não? Talvez os outros países ainda não estejam prontos para você — Lance disse, dando uma piscadinha.

— É isso ou eu que não tenho dinheiro para viajar, mas vou guardar. Vou ganhar esse carimbo.

— Para onde você quer ir?

Dei um gole na margarita, que estava realmente começando a gostar. e disse:

— Jura que não vai tirar sarro de mim?

— Juro — prometeu e deu um leve aperto na minha perna. Minhas partes femininas estremeceram com seu toque.

— Quero muito ir para a costa islandesa. Sempre fui fascinada pelas Luzes do Norte e, na realidade, viagens para a Islândia são bem baratas. Acho que seria uma viagem linda e divertida.

— E por que eu tiraria sarro de você por escolher a Islândia? Meu amigo foi para lá ficar uma semana e, quando voltou, me mostrou todas as fotos e fiquei com muita inveja. É lindo lá.

— É mesmo, pelo menos, pelo que vejo no Google.

— Agora me conte por que eu tiraria sarro de você. — Sua mão foi para o meu cabelo e começou a enrolá-lo automaticamente. Meu Deus, ele estava usando todos os recursos naquela noite, me tocando em todos os lugares possíveis e, caramba, eu estava caindo nessa, em todas as vezes.

— Sinto que, quando geralmente se pergunta para alguém aonde quer ir, para qualquer lugar no mundo, a pessoa responde algum lugar exótico. Não são muitas pessoas que querem ir para a Islândia.

— É verdade. — Ele deu risada. — Mas é isso que te torna tão única, você não é igual a todo mundo, Rosie.

A maneira como ele disse isso fez parecer que me conhecia há um tempo, quando, na verdade, nós nem nos conhecíamos direito.

— Posso te fazer uma pergunta?

— Pode me perguntar qualquer coisa. — Ele pegou minha mão e levou aos seus lábios, suavemente beijando os nós dos meus dedos. Suas ações eram doces e me seduziam toda vez que ele fazia algo.

— Por que me chamou para sair? Sinto que não nos conhecemos direito e este encontro veio do nada. Não que seja ruim. Acho que só estou curiosa.

— Eu entendo — ele respondeu com um sorriso malicioso. — Para ser sincero, sou meio tímido, então, quando te conheci, te ignorei porque fiquei nervoso pra caramba para falar com você. Se não percebeu, Rosie, você é linda demais e, na primeira vez que te vi, já fui fisgado. Desde então, estou tentando marcar outra sessão de fotos com você. Foi um desafio, mas, quando descobri que estava escrevendo a entrevista de Maine Coon, me certifiquei de estar lá.

— Sério? — perguntei, me sentindo um pouco espantada.

— Sério. Gosto de você, Rosie, muito, e, já que estou me declarando, preciso falar que li todos os seus artigos sobre gatos. — Um olhar adorável tomou seu rosto, me fazendo rir.

— Que literatura clássica você escolheu ler.

— Sei mais sobre gatos do que gostaria, mas acho que você é ótima na escrita, mesmo que alguns artigos sejam sobre as formas mais eficientes de limpar bolas de pelo.

— É, as imagens para aquele artigo foram um pouco intensas para o meu gosto.

— Foram um pouco grosseiras — ele concordou e sorriu.

Sinceramente, eu disse:

— Obrigada por ler meus artigos, mesmo que não seja a leitura mais fascinante.

— Ei, eu soube de uma coisa. — Ele deu de ombros. — Você quer trabalhar em outro lugar?

Começando a ficar nervosa, já que não tinha falado sobre meus objetivos de vida com ninguém além de Delaney e Henry, pensei em contar o que eu realmente gostaria de fazer. Parecia que ele iria gostar de eu ser uma autora de romance.

Às vezes, eu ficava preocupada com o que as pessoas pensariam se eu contasse que tinha interesse em escrever sobre sexo, sobre romance, sobre essa força que tudo consome chamada amor. Sinto que há um estereótipo no mundo para pessoas que leem romances, as pessoas as retratam como mulheres tristes sentadas no canto de casa, usando uma blusa rasgada enquanto comem chocolate e acariciam seus gatos, mas não é nada assim. Há toda uma comunidade que ama o amor, que ama romance, e eu sou uma delas. É um mundo em que amo viver, onde há finais felizes, a garota esquisita fica com o cara bonito e o cavalheirismo não está perdido. Sei que nem tudo isso pode ser verdade, que a vida não é romântica como alguns romances a descrevem, mas ainda amo toda história, porque é uma fuga da realidade, um momento em que você pode sonhar acordada com o impossível, onde há uma chance de ver o verdadeiro amor se desenrolar bem diante de você.

Suspiro.

— Rosie?

— Oh, desculpe. — Balancei a cabeça. — Na verdade, estou escrevendo um romance, bom, pelo menos tentando.

— Uau, sério? Que legal. Seu herói usa óculos e tira fotos de gatos?

— Mais ou menos isso. — Dei risada ao terminar a margarita. — Quer voltar a jogar?

Contei a ele que estava escrevendo um livro, mas acho que não estava confortável o suficiente para entrar nos mínimos detalhes do meu romance fascinante porque pude ver em seus olhos que ele estava curioso. Fiquei com medo de ele começar a falar sobre sexo, e eu não estar preparada para isso, pois mal conseguia falar sobre sexo com Henry, que dirá com um cara em que estava interessada.

— Claro. Precisa de algumas dicas para impedir que sua bola não caia na canaleta? — ele zombou.

— Provavelmente. Nunca fui muito atlética. Estou surpresa por conseguir até carregar a bola.

— Pesa três quilos. — Ele deu risada.

— Por isso meu braço está cansado.

Balançando a cabeça, ele envolveu o braço no meu ombro e me levou de volta à nossa pista, onde seus amigos não mais estavam jogando. Parecia que tinham se dispersado, o que era bom porque estava gostando de ficar apenas com Lance. Quando ficavam todos os seus amigos junto, eu me sentia um pouco intimidada.

Como uma esquisitona, eu estava fascinada em como os assentos de couro branco pareciam intocados e realmente me perguntei como eles faziam para mantê-los tão limpos. Deviam passar protetor de tecido porque havia bebidas demais para serem derramadas sobre eles. Tomei uma nota mental de talvez perguntar ao gerente; eu queria saber o segredo.

— Damas primeiro, Rosie. — Lance fez um gesto cavalheiresco.

— Certo, eu vou conseguir.

Fui até o suporte e peguei minha bola rosa-choque de três quilos, enfiei o polegar nela e fui até a linha. Estava prestes a andar para a pista quando senti Lance bem atrás de mim falando baixinho no ouvido. A voz dele provocou arrepios que percorreram minha pele.

— Posso te dar uma dica?

— Por favor — eu disse um pouco sem fôlego.

Suas mãos estavam apoiadas em meus ombros e sua boca praticamente beijava minha orelha. Hum, Virginia estava acordando.

— Está vendo aquelas setinhas na pista? Você precisa alinhar sua mão com aquelas setas e se certificar de que sua mão pendule reto junto com elas. Acha que consegue fazer isso?

— Parece simples — respondi com confiança.

— Que bom. Você consegue, Rosie. — Ele se inclinou um pouco mais e deu um beijo suave na minha bochecha antes de se afastar. Que paquerador!

Toda a minha região feminina estava viva e acordada, me avisando que ela ainda existia e que, na verdade, ela tinha uma libido bem trabalhada que agora estava enérgica, graças à atitude meio íntima de Lance. Inferno, estaria mentindo se dissesse que não gostei. Queria, na realidade, jogar a bola na pista e correr para seus braços. Queria mais beijos, e não só na bochecha.

Me concentrando no que Lance disse, em vez de bulinar a perna dele, coloquei o braço para trás e fui até a beirada da pista. Com um lançamento forte, joguei o braço para a frente e soltei a bola. Observei minhas mãos se unirem conforme a bola foi direto para a canaleta.

— Droga.

Me virei e vi Lance com um sorriso gigante no rosto, mas balançando a cabeça. Ele se aproximou e ergueu meu queixo enquanto me puxava para seu peito. Minhas mãos foram instintivamente para seus quadris, então consegui sentir que eu estava começando a tremer pelo contato íntimo. Queria ser uma daquelas garotas que não eram afetadas por muita intimidade, mas não era uma delas. Eu estava nervosa, cem por cento, uma suadeira de nervos.

— Boa tentativa.

— Foi meio patética.

— Um pouco. — Ele deu risada. — Mas vai conseguir na próxima. Lembre-se de ficar com o braço reto e se abaixar mais, pode ajudar.

— Entendi, braço reto e abaixar.

Ele acariciou minha bochecha com o polegar, e depois se afastou. Eu queria gritar e falar para ele voltar, mas me contive por respeito próprio, me virei e peguei minha bola que tinha acabado de ser cuspida pela coisa que devolvia a bola. Aquela engenhoca era assustadora, imagens da minha cabeça ficando presa ali me aterrorizavam toda vez que me aproximava dela.

Com confiança, me posicionei, olhei as setas e comecei a andar para a pista conforme meu braço começou a ir para trás. Agachei e joguei a bola ao mesmo tempo que ouvi um som de rasgo e senti uma lufada de ar ir direto para Virginia.

Congelei no lugar, enquanto tentava ganhar tempo para rebobinar porque, naquele instante, eu tinha quase certeza de que acabara de rasgar a calça desde a Virginia até o Buraco Grande e Poderoso.

Alguns espectadores poderiam ter pensado que eu estava paralisada em minha pose de boliche pela posição congelada que imediatamente adotei, mas mal sabiam eles que estava tentando chamar Scotty para me arrancar da pista de boliche.

Que pena que Scotty estava aposentado agora, desgraçado.

O que eu deveria fazer? Será que levantava? Se levantasse, teria que explicar o que tinha acabado de acontecer e não sabia se estava pronta para isso, mas, então, eu estava usando uma calcinha fina e, naquele momento, eu estava agachada, o que significava que...

Puta merda.

Me endireitei como uma vareta e me virei rápido, escondendo minha bunda de Lance, para que só os pinos conseguissem ver a situação que estava minha parte de trás.

De todos os dias para escolher usar uma calcinha fina... Era minha punição, tinha que ser.

Há momentos na vida em que você realmente pensa que, se morresse, a situação não iria melhorar e, naquela hora, era assim que eu me sentia porque só conseguia pensar no buraco branqueado que eu tinha e ele iluminando a maldita Estrela do Norte sob as luzes negras. Não sabia se era possível, mas, se fosse, iria acontecer comigo. Com minha sorte, três reis passariam pela porta a qualquer minuto com presentes para Virginia, e um camelo estaria lá fora mastigando um fardo de feno.

— Você derrubou dois pinos! — Lance comemorou ao se aproximar, me fazendo andar para trás. Ele não poderia chegar perto. Como eu ia sair dessa? — O que foi? — Lance perguntou, preocupado. — Cuidado! — ele gritou conforme eu continuei a recuar.

Com um passo em falso, senti meu sapato ceder e escorregar na graxa da pista. Minhas pernas se torceram e, bem quando pensei que as coisas não poderiam piorar, minhas pernas voaram e eu caí para trás, com as pernas abertas e no ar, expondo minha virilha rasgada e a calcinha verde neon combinando.

Para manter a última migalha de amor-próprio que eu tinha, apertei a bunda forte, no caso de o Buraco Grande e Poderoso aparecer.

— Oh, merda — Lance disse ao pegar meus braços e me puxar para seu peito. Ele me levou até as cadeiras e se abaixou diante de mim.

Apertei as pernas juntas e enterrei a cabeça nas mãos.

— Minha calça rasgou — murmurei, envergonhada.

— Está tudo bem. — Ele esfregou minhas coxas. — Acredite em mim, também já aconteceu isso comigo, bem no meio de uma sessão de fotos em que todo mundo viu minhas partes saírem da calça.

— Suas bolas? — perguntei, olhando entre os dedos.

Dando risada, ele assentiu.

— É, minhas bolas. Não costumo usar cueca, então, quando minha calça rasgou, todo mundo teve uma boa visão das gêmeas penduradas.

Um sorrisinho se abriu no meu rosto, mas ainda estava envergonhada. Era algo que eu não iria superar com facilidade. Minha calça rasgou na frente do meu encontro.

— Aqui, pegue meu cardigã, amarre na cintura e vou te levar para casa para poder se trocar. O que acha?

Apenas assenti conforme pegava seu cardigã e o amarrava na cintura, esperando sumir e somente ficar sentada em um buraco negro solitária.

O encontro já era. Não falei muito quando pegamos um táxi até meu apartamento. Apenas encarei a janela, totalmente me retirando do presente. Não havia nada que eu pudesse dizer, estava envergonhada por muitos motivos.

Quando chegamos, Lance gentilmente disse ao taxista para esperar para ele me levar até a porta. Chegamos à porta da frente e comecei a tirar seu cardigã, mas ele me impediu.

— Me devolva no nosso próximo encontro.

— Você quer outro encontro?

— Claro. Acha que um rasgo na calça vai me deter? Até parece, Rosie. Sou melhor do que isso. Gosto de você bastante. Meio que achei fofo o que aconteceu.

— Como fofo? Você viu minha Virginia.

Jogando a cabeça para trás e rindo, ele disse:

— Sua Virginia? Oh, isso é maravilhoso. E não, não vi sua Virginia. Mas vi uma calcinha bem bonita.

Ele me puxou mais para perto e pressionou as mãos na minha lombar, aproximando-me do seu peito. Uma das suas mãos subiu para minha bochecha, onde ele acariciou gentilmente com o polegar.

— Quer me ver de novo?

— Sem boliche? — perguntei com um sorrisinho, me aquecendo em seu toque.

— Sem boliche — concordou.

Observei enquanto ele me colocou mais perto e prendi a respiração quando ele baixou a cabeça até a minha. Rapidamente molhei os lábios e pressionei as mãos em seu peito quando seus lábios se conectaram aos meus. A mão que estava em minha lombar subiu para meu pescoço e se enfiou no meu cabelo, fazendo cada terminação nervosa do meu corpo se avivar.

Seus lábios macios brincaram com os meus, me dando confiança, então passei as mãos em seu peito e entrelacei os dedos em sua nuca para segurar melhor. Me senti mexer para trás e deixá-lo me pressionar contra a parede, aprofundando nosso beijo.

Então, eu já tinha sido beijada, mas nada parecido, nada que fizesse meus dedos dos pés se flexionarem, que fizesse a Virginia gritar de alegria, que me fizesse querer rasgar as roupas do homem. Será que era assim quando sentia tesão? Se sentir totalmente fora do controle? Desejar tanto um homem que você gostaria de arrancar as roupas dele com as unhas?

Era, sim.

Bem-vinda ao mundo real, Rosie. Era disso que todos aqueles livros que eu lia falavam, dessa paixão avassaladora.

Bem quando eu estava me convencendo de uma noite longa de lábios travados na parede do meu prédio, Lance se afastou parecendo um pouco tonto, uma expressão que provavelmente também estava em mim.

Ele tocou minha face de novo e disse:

— Eu te ligo, Rosie.

Apenas assenti e o vi se afastar enquanto Virginia gritava de prazer. Estava muito grata por ela ter aprovado.

Assim que o táxi partiu, corri para cima, para o meu quarto, e fechei a porta.

Eu precisava escrever no meu diário, e conversar com meus amigos era algo que eu queria evitar no momento.

Eu estava tão feliz que não queria realmente contar tudo, só queria pensar no beijo que acabamos de dar, na parede do meu prédio enquanto eu ficava sob as estrelas com um homem incrivelmente sexy com... minha calça rasgada.

6 de junho de 2014

Tenho quase certeza de que por pouco não tive um orgasmo com os lábios de Lance. Ele é tão sexy, compreensivo e gentil. Tem que haver algo errado com ele, porque não é possível que um cara tão maravilhoso consiga ser tão perfeito, mas, por enquanto, não vou pensar no que poderia ter de errado porque, PUTA MERDA, acabei de ser beijada. Aquele beijo compensou a quase aparição brilhante da Estrela do Norte.

Lembrete: verificar a longevidade das calças antes de usá-las em encontros, porque elas vão rasgar se estiverem velhas. Além disso, nunca fazer branqueamento de furico de novo; péssimas decisões por todo lado.

Meghan Quinn

Capítulo Nove
Mutiladora de leiteiro

Consegui evitar meus amigos a noite toda anterior, mas, agora que era domingo de manhã e eles estavam começando a sair dos quartos ao acordar, era impossível evitar. Henry estava usando só calça xadrez de pijama. Seu cabelo estava lambido para o lado por causa do travesseiro, criando um efeito bem hilário. Delaney saiu do quarto usando uma camisetona e chinelo cor-de-rosa.

Juntos, eles andaram tipo zumbis direto para a cafeteira, onde havia café fresco esperando-os. Eu era bem legal mesmo.

Eu estava sentada em um dos banquinhos da cozinha, observando-os enquanto bebia meu café. Esperei a cafeína tocar seus lábios a fim de ver se acordariam e perceberiam que eu estava na cozinha, aguardando as perguntas.

Como sempre, Henry foi o primeiro a acordar, já que Delaney sempre demorava mais. Ele esfregou a lateral da cabeça e me deu um sorriso preguiçoso.

— Bom dia, amor. Como foi o encontro? Tentei te perguntar ontem à noite, mas você já estava dormindo. Espero que tenha corrido tudo bem.

Dei de ombros e sorri por cima da minha caneca de café.

Henry congelou, com a caneca no meio do caminho da boca, e disse:

— Perdeu a virgindade?

— Não! Sério, Henry? No primeiro encontro? — Dei risada da expressão dele.

O alívio brilhou em seus olhos conforme ele se sentou ao meu lado.

— Pelo seu olhar, não pode me culpar por perguntar. Então o que aconteceu?

— Ele me beijou — eu disse com um grande sorriso, ainda lembrando como foi ser abraçada por Lance, ter seus lábios nos meus, pedindo mais.

— Ele beijou sua boceta? — Delaney perguntou de onde estava debruçada no balcão. A voz dela soava como uma fumante de setenta anos. Ela tinha a voz matinal mais maravilhosa do mundo.

Às vezes, quando estávamos todos bêbados, Henry e eu tentávamos imitar, mas Derk era o único que chegava perto de faz jus à personificação.

— Não, por que está perguntando?

— Só curiosidade. Não sabia se havia mais detalhes suculentos do que apenas um beijo.

— Não foi apenas um beijo — respondi. — Ele foi doce e suave...

— Não fale suave. — Delaney ergueu a mão. — Deus, odeio essa palavra. E úmido. Quando estiver escrevendo, por favor, me garanta que nunca vai escrever mãos macias percorreram meus lábios femininos úmidos. Nossa, tenho ânsia só de pensar.

— Ceeertooo — arrastei a palavra. — Úmido e suave estão banidos do meu vocabulário. Henry, também quer que eu retire alguma palavra?

— Pica, essa palavra é desagradável.

— Por que eu usaria essa palavra?

— Nunca se sabe, você é imprevisível.

Isso era verdade, principalmente já que eu era tão facilmente influenciada pelos livros que lia. Pelo amor de Deus, antes da minha conversa com Henry, eu estava pensando quais outras coisas poderiam ser enfiadas na bunda de uma mulher.

— Então o que mais aconteceu? — Delaney perguntou, voltando o assunto para o encontro.

Fiz uma careta ao colocar a caneca no balcão.

— A noite estava indo fantástica...

— Estava indo? Ahh, o que aconteceu? — Henry interrompeu.

— Deixe-a contar a história — Delaney disse ao bater no ombro dele e se sentar no balcão ao meu lado, ajeitando-se para ouvir a história.

— A noite estava indo fantástica — repeti. — Jogo boliche terrivelmente, ele era ótimo, claro.

Henry revirou os olhos.

— Tivemos uma boa conversa no bar por um tempo, falando sobre viajar e aonde gostaríamos de ir.

— Islândia — Henry disse, apontando para mim.

— Henry, deixe-a falar — Delaney o repreendeu.

— Isso, contei a ele sobre a Islândia, e ele não me julgou. Na verdade, disse que tem um amigo que foi para lá e falou que é linda. Enfim, decidimos jogar de novo. Como eu era muito ruim, ele pensou que ajudaria me dando algumas dicas...

— Jeito clássico de se aproximar de você — Henry interrompeu de novo.

— Vou cortar suas bolas se você se intrometer de novo na história — Delaney alertou, fazendo Henry parar.

Não brinque com Delaney quando ela foi tirada da cama.

— Café — Derk murmurou ao sair do quarto de Delaney e ir para a cozinha.

— Shh! — Delaney disse, apontando para a garrafa que já tinha café feito.

Derk não estava muito melhor do que Delaney; eles devem ter ido para a balada, uma das coisas preferidas deles. Naquele momento, conseguiriam ganhar como melhor foto de preso se fossem colocados contra a parede na delegacia.

— Ele ia te dar dicas... — Delaney me ajudou a continuar.

— Isso, então resolvi tentar e a primeira vez que joguei caiu direto na canaleta. Não fui muito bem-sucedida. Acho que era porque meu polegar estava doendo, a bola era meio pequena para mim; estou falando dos buracos. Então ele me encorajou mais um pouco, ficou atrás de mim e esperou eu jogar a bola de novo.

— Puta merda, você jogou a bola para trás e a lançou diretamente no saco dele, não foi? — Henry disse com um sorriso enorme.

— Não! — me defendi.

— Henry! — Delaney gritou ao voar por cima do balcão, segurando uma caneta como arma.

Rindo, Henry se afastou e me pediu para continuar.

— Não joguei a bola de boliche na virilha dele.

— Desculpe, mas faria muito sentido depois do seu encontro na sexta. Você é uma esmagadora de bolas.

— Esmagadora de sêmen — Derk entrou na conversa, parecendo mais acordado.

— Destruidora de sêmen.

— Mutiladora de leiteiro.

— Boa — Henry disse, cumprimentando Derk.

— Vocês querem saber a história ou não? — perguntei, agora ficando frustrada.

— Desculpe, por favor, continue, amor — Henry encorajou com um olhar cativante. Que homem frustrante!

— Então, eu estava jogando a bola para a frente e, quando me inclinei para lançar, minha calça rasgou da virilha até a bunda, bem na costura.

Meus amigos ficaram em silêncio me encarando, sem menção de falar algo, então foi quando mostrei a calça, que estava dobrada no balcão. Balancei-a e enfiei a mão pelo buraco na virilha para comprovar.

Delaney foi a primeira a cair na gargalhada, seguida por Derk e Henry, que pegou o jeans e o inspecionou.

— Só você. — Henry balançou a cabeça enquanto analisava a calça. — O que você fez? — perguntou, claramente preocupado, mas com um pouco de diversão na voz.

— Bom, obviamente fiquei envergonhada e fiquei parada por um segundo, agachada, torcendo para que não estivesse mostrando nada, e foi quando me lembrei de que estava em um lugar com luz negra com um furico recém-clareado...

— Espere, o que disse? — Derk perguntou, olhando para Delaney. — Você a fez clarear o cu? Por que faria isso?

Delaney olhou para suas unhas e reclamou:

— Tem muita conversa de cu neste apartamento. Sinceramente, não conseguimos ser adultos e falar de outra coisa?

— Não — Derk respondeu, enfático. — Por que clarearam o cu dela?

— Eu não disse para ela fazer isso. Marta fez.

Derk balançou a cabeça e deu um gole em seu café.

— Não consigo acompanhar isso neste momento. Bloom, nos conte por que importava que sua bunda estivesse clareada.

— Dãh, não queria que ela iluminasse o mundo sob a luz negra.

Fazia total sentido para mim, mas, aparentemente, Henry, Delaney e Derk pensaram que eu estivesse brincando, porque, na mesma hora, eles jogaram a cabeça para trás e gargalharam segurando a barriga.

— Por favor, não me diga que você acha que a luz negra teria feito sua coisa brilhar — Delaney pediu.

— Não sei. Poderia ser.

— Rosie, seu cu foi clareado, não mergulhado em materiais radioativos. Essa é a coisa mais hilária que já ouvi. Por favor, não me diga que realmente acreditava nisso.

Apenas dei de ombros porque, francamente, estava morrendo de medo de as coisas se acenderem lá embaixo com a luz negra. Não fazia ideia do que Marta fez comigo. Até onde eu sabia, ela poderia ter feito um piercing na maldita coisa, e eu não teria sentido, não depois da arrancada de pelos que ela me fez logo antes.

— Isso é irrelevante — Henry cortou. — Eu quero saber o que você fez.

Respirando fundo, continuei.

— Lance percebeu que havia algo errado instantaneamente, então começou a vir até mim, o que eu não queria, pelo que tinha acontecido, então recuei na pista e escorreguei na graxa que usam para ajudar as bolas a rolar, depois caí de bunda, expondo minha calça rasgada para Lance. Na verdade, dei uma visão privilegiada a ele.

— Oh, Jesus. — Henry balançou a cabeça enquanto Delaney e Derk tentavam conter a risada.

— É, mas ele foi bem gentil com isso. Me contou sobre uma vez que a calça dele rasgou, depois me deu seu cardigã para eu poder sair do boliche com uma mísera dignidade. Me trouxe de volta e foi quando ele me beijou do lado de fora do prédio. Foi fantástico.

— Além da calça rasgada e da exposição de Virginia para Lance na primeira noite, diria que você teve um bom encontro — Henry disse.

— Tivemos. Ele me chamou para sair de novo.

— Você quer vê-lo de novo? — Delaney perguntou enquanto Derk se ajeitava ao lado dela a fim de colocar a mão em sua coxa nua.

— Quero — admiti, querendo o que Delaney tinha com Derk. — Só estou nervosa por dois motivos. Primeiro de tudo, tenho aquele encontro com Alejandro amanhã. Será que cancelo ou ainda vou?

— Você não tem nenhum compromisso com Lance, não é exclusiva, então digo para ainda ir ao encontro — Delaney sugeriu. — Certo, Henry?

Henry estava olhando para sua caneca de café, como se estivesse refletindo.

— O quê?

Revirando os olhos, Delaney repetiu.

— Rosie ainda pode sair com Alejandro amanhã.

— Ãhhh, não. Acho que não é uma boa...

— Cale a boca — Delaney o interrompeu. — Só está falando isso porque não gostou de Alejandro, o que é bem esquisito, já que foi você que abriu a conta dela no site de encontros. Só pode culpar a si mesmo. — Ela se virou para mim e disse: — Você vai sair com Alejandro amanhã. Qual é o segundo motivo?

Me sentindo meio estranha, principalmente porque Derk estava ali e Henry estava agindo esquisito, me mexi no banquinho e terminei meu café antes de continuar.

— As coisas ficaram bem quentes ontem à noite. Ele usou muito as mãos, o que gostei, não me entendam mal, mas sinto que, se sairmos de novo, ele vai querer subir um degrau.

— Não é isso que quer? — Henry perguntou.

— É, mas não sei se estou pronta. Tipo, e se ele abaixar a calça?

— Como assim? — Henry perguntou. — Acha que os homens simplesmente entram em um quarto e já abaixam a calça?

— Talvez. — Dei de ombros. — Comecei um novo livro, e o cara entra no quarto toda vez sem a calça. E se acontecer comigo? E se ele abaixar a calça e começar a fazer movimentos pélvicos na minha direção? O que eu faço? Só abro a boca? Ou abro as pernas?

— Jesus — Henry disse, passando as mãos pelo cabelo. Descaradamente, observei seu tronco se flexionar com seus movimentos. Ele era meu amigo, mas eu ainda podia admirar. — Amor, me escute atentamente. Se Lance entrar no quarto e simplesmente abaixar a calça, você precisa ir embora, por que quem simplesmente tira a calça? É estranho pra cacete. E você perguntou se abre a boca? Sério?

Rindo, eu falei:

— Só quero garantir que faça a coisa certa.

— Não abra a boca se um pau vier voando na sua cara.

— Mas você me disse que homens gostam de boquete.

— Gostam — ele contra-argumentou —, mas só faça se você quiser, não porque ele está te estapeando no rosto com o pau. Jesus, você foi muito protegida do mundo.

— Ok, então digamos que ele abaixe a calça e eu queira fazer um boquete.

Como vou fazer se estou fazendo direito?

— Nós já falamos disso outro dia — Henry disse, segurando outra banana e balançando-a para mim. — Nos mostre o que treinou.

— Não vou chupar essa banana na frente de todos vocês, para me julgarem.

— Fiquei firme, eu tinha meus limites.

— Eu ajudo — Delaney se ofereceu, descendo do balcão e pegando outra banana. — Isso será fácil, devido ao tamanho. Nem chega perto do meu homem, certo, querido?

Derk deu uma piscadinha para ela e concordou:

— Isso mesmo, linda.

— Derk, venha aqui, vamos segurar as bananas para as meninas poderem usar as mãos. Segure a base assim — Henry orientou. — Amor, finja que meu punho são as bolas, ok?

— Isso é muito ridículo.

— Só imagine — Henry continuou. — Quando se aperfeiçoar, vai conseguir escrever um boquete no seu livro sem nem pensar, vai sair, sem se esforçar, bem naturalmente. Não é isso que quer, amor? — Sua voz era brincalhona, mas eu sabia que ele estava tentando ajudar, e era isso que eu adorava nele, sempre tentava ajudar, independente de qual era a tarefa.

— Certo, mas, juro por Deus, se algo mais um dia acontecer com um desses caras, vocês ficarão de boca fechada. Não quero que eles saibam que pratiquei em uma banana.

— Juro, isso fica entre nós, certo, pessoal? — Henry perguntou.

— Sim — Delaney e Derk responderam em uníssono.

— Ok, por onde devo começar? — questionei, olhando para a banana que Henry estava segurando.

— Tirar sua camiseta seria a primeira coisa. — Derk encarou Delaney.

— Cara — Henry o repreendeu. — Não, com camiseta. — Henry se virou para mim e disse: — Lembra do que conversamos? Comece por aí.

Inclinando-me para a frente, olhei para a banana e balancei a cabeça, desacreditando. Eu ia mesmo chupar uma banana? Queria aprender e, se ficasse em uma situação assim com Lance ou até Alejandro, não queria me atrapalhar, queria pelo menos ter um pouco de confiança, então foi por isso que envolvi os lábios na banana, fingindo que o punho de Henry eram as bolas.

— Está perfeito — Henry elogiou.

Olhei para Delaney e vi que ela e Derk estavam perdidos na própria bolha, enquanto ela dava prazer à banana e olhava para Derk, provocando-o.

— Chega — Derk disse, jogando a banana de lado e pegando Delaney no colo. Ele a levou para o quarto com Delaney rindo o tempo todo.

Me afastei e olhei para Henry.

— Isso é muito ridículo. As pessoas não praticam em bananas.

— Você pode praticar em mim. — Henry movimentou as sobrancelhas.

— Você continua oferecendo. Quando vai perceber que nunca vai acontecer?

— Você vai aceitar um dia, amor.

— Ok. — Revirei os olhos. — De volta à banana. E a camisinha? Li que os caras gostam quando as mulheres colocam a camisinha para eles. É verdade?

— Acabamos de chupar a banana?

— Não sei, é que parece estranho.

— Só chupe rapidinho e, depois, vamos falar de camisinhas.

— Certo. — Segurei o punho de Henry e comecei a massageá-lo levemente enquanto passava a língua ao longo do cume da banana, em seguida, por baixo, até chegar ao punho de Henry.

Lambi seu dedo enquanto ria e, depois, voltei para cima, exatamente como Henry ensinou. Quando voltei para a ponta da banana, coloquei a circunferência dela na boca e comecei a chupar. Olhei para Henry, que tinha olhos castanhos, e foi quando olhei para sua virilha e vi que ele estava excitado. Henry, meu Henry estava excitado. Ele flagrou meus olhos e se afastou, mas não ficou com vergonha.

Dando de ombros, ele confessou:

— Isso foi excitante.

Um sorrisinho se abriu em meu rosto, enquanto tentava evitar contato visual com sua ereção.

— Não cheguei à parte do hummm.

Deus, eu me sentia tão bizarra e detestava isso, detestava totalmente o fato de Henry ser tão confortável com sua sexualidade que poderia simplesmente ficar ali, excitado, e não ter problema com isso.

— Tenho certeza de que, quando fizer o humm, vai acertar. Não há nada de mais.

Ele deu uma piscadinha e foi para seu quarto arrumando um pouco a calça. Quando voltou, pouco depois, não consegui evitar olhar para sua virilha, mas, para meu desânimo, ele já estava sob controle. Aparentemente, eu o excitei, mas não tanto, não que estivesse tentando. Só teria sido legal vê-lo duro por mais tempo.

O que eu estava dizendo? Não, não queria vê-lo duro de jeito nenhum. Meu Senhor. Precisava começar a me controlar. Todos os romances na minha vida e as conversas de sexo faziam minha mente girar.

— Aqui — Henry disse, me entregando um pacotinho com Magnum escrito. Não era totalmente ingênua, sabia que Magnum era uma camisinha, via na TV. O fato de Henry simplesmente me entregar uma me fez pensar que ele deveria...

— Pare de olhar para o meu pau — Henry disse, me pegando desprevenida.

— Desculpe — pedi, com muita vergonha. — É só que, isto é uma camisinha — praticamente sussurrei, fazendo Henry rir e sussurrar de volta.

— Eu sei. Uso toda vez.

Simplesmente o encarei porque, naquele momento, as coisas ficaram íntimas. É, eu chupei uma banana enquanto ele segurava, algo que bloquearia da minha mente, mas, naquele instante, eu estava segurando uma camisinha, e isso era mais íntimo do que qualquer coisa que tínhamos feito juntos. Quase pareceu que eu estava segurando o pênis dele, o que sabia que não era na verdade, porém, ainda assim, não conseguia evitar pensar nisso.

— Rosie, é uma camisinha, não uma bomba para você desarmar. Abra-a e coloque na banana.

— Por que vocês mesmos não podem colocar? — resmunguei conforme o pacote se provou ser um pouco mais difícil de abrir do que eu esperava. — Eles deveriam facilitar para abrir. — Estava me esforçando. Quando rasguei o pacote, a camisinha voou pelo ar e caiu bem no café de Henry, que estava em cima do balcão.

Sorri para Henry e disse:

— Ainda bem que não vamos usá-la de verdade, senão você ficaria com o pau de café.

Dei muita risada da minha piada ruim. Henry só me analisou com um olhar confuso, como se estivesse tentando me entender. Eu não gostava daquele olhar, sempre me deixava nervosa.

Ele pescou a camisinha no café e a secou na calça. Me entregou e olhou para a banana. Com cautela, me mostrou como desenrolá-la e me contou sobre todo o processo e como tornar divertido para o cara ao mesmo tempo que o provoca lentamente. Também falou que, se eu ficasse bem experiente, conseguiria colocá-la com a boca enquanto envolvia o pênis do cara, mas isso parecia bem intenso.

Tudo que consegui imaginar foi engasgar com a camisinha no fundo da garganta e morrer sufocada. Já podia ver minha lápide. Rosie Bloom, morreu asfixiada com uma camisinha. Suas últimas palavras foram "me observe colocando isso".

É, não era o jeito que queria morrer, então fiquei longe do truque da boca.

— Parece bem fácil.

— É. Só desenrolar — Henry confirmou. — Agora, um cara deve estar bem aparado lá embaixo, mas, se não estiver, cuidado para não enroscar a borracha nos pelos pubianos dele. Essa merda dói.

— Espere, então eu vou e me depilo até o inferno, mas um cara pode aparecer todo peludo e tudo bem?

— Não é tudo bem, essa merda é nojenta, mas, sim, alguns caras acham que são mais homens por ter pelos saindo de cada ruga do saco.

— Eca, que horror. Não fica suando lá embaixo?

— Sim, extremamente suado às vezes, então, se um cara for peludo, sugiro desencanar, você não vai querer lidar com isso.

Anotado, pensei. E se Lance fosse peludo? Talvez esse fosse seu defeito. Se fosse esse o único defeito que ele tivesse, tenho certeza de que conseguiria lidar porque tudo que ele precisaria era de um pouco de encorajamento feminino.

— Você é peludo lá embaixo? — perguntei a Henry. — Você tem esse caminho da felicidade — indiquei. — Então significa que não apara?

Henry me olhou diretamente e disse:

— Amor, parece que eu seria um cara com uma pilha enorme de espaguete queimado com minhas bolas?

— Não, mas, às vezes, as pessoas podem te surpreender.

Com um sorrisinho, ele segurou seu cós e o puxou para baixo, então vi a parte de cima da sua região púbica, e era totalmente lisa. O único pelo que ele tinha era um caminho da felicidade bem aparado, que eu achava incrivelmente sexy.

— Sem pelo, amor, e não me provoque, porque vou te mostrar o resto se continuar espiando assim.

O clima começou a ficar denso de novo com essa tensão sexual não anunciada entre Henry e mim, conforme ele baixou o cós até a zona de perigo. Meu coração acelerou e fiquei com dificuldade de respirar ao observar tudo que ele tinha a oferecer. Seu peito subiu e desceu enquanto ele me encarava observá-lo. Senti o desejo de me jogar nele, passar as mãos em seu peito e além do cós. Nunca senti uma vontade tão forte de passar a mão em Henry, mas, naquele instante, eu o queria demais.

— Não é necessário. — Pigarreei e me virei, tentando espantar meus pensamentos safados. — É melhor eu ir tomar banho e escrever um pouco. Tenho umas coisas que quero testar. Me deseje sorte!

Parecendo desanimado, Henry me deu um sorriso e disse:

— Boa sorte, amor. Se precisar de ajuda, me avise. Pode usar meu pau de modelo. — Sempre querendo deixar o clima mais leve.

— Está tudo bem, mas obrigada, Henry. Sua disposição eterna em ajudar não passou despercebida.

— Qualquer coisa por você, amor.

Henry me puxou para seu peito e eu, instintivamente, o abracei enquanto apoiava a face em sua pele. Seus músculos das costas se flexionaram em minha mão e eu adorava a forma como seu peito musculoso ficava contra mim.

Eu realmente estava ficando louca.

Ele beijou o topo da minha cabeça e disse:

— Sabe, você não precisa mesmo sair com Alejandro...

— Pare. — Dei risada. — Eu vou, então aceite.

— Vai me falar onde é o restaurante de tacos. — Ele se afastou e apontou para mim.

— Continue a falar nisso e não vai ficar sabendo de nada!

— Cuidado, mocinha. Não sou contra te amarrar e te prender aqui só para não poder ir.

— Vai me espancar se eu for teimosa? — No instante em que as palavras saíram dos meus lábios, cobri a boca em choque.

Henry riu e balançou a cabeça.

— Esses livros estão começando a te influenciar. Gosto disso. Agora falando sério, fico feliz por ter se divertido ontem à noite e por ter conseguido se recuperar da calça rasgada.

— Eu também. Obrigada, Henry.

— Qualquer coisa por minha estrada de tijolos vermelhos, mutiladora de leiteiro e rasgadora de calça.

Capítulo Dez
O Bichano

— Já sabe aonde vai? — Henry perguntou no telefone.

— Não, Henry, não sei e estou ocupada agora. Se eu quiser ter alguma chance de ir ao encontro hoje, preciso terminar este artigo.

— Sobre o que é? — ele perguntou casualmente, como se eu não tivesse acabado de falar que estava com prazo curto.

Suspirando de um jeito frustrado, respondi:

— É sobre segredos que seus gatos querem que você saiba.

Henry riu um pouco. Não poderia culpá-lo, ler sobre a mente de um gato e tentar escrever um artigo respeitável sobre isso era quase impossível.

— Me conte um segredo.

— Bom, gatos não nos veem como espécies diferentes; eles nos veem como gatos maiores e inúteis.

— Como se gatos não fossem inúteis. — Henry deu risada.

— Claro que pensam que são superiores e consideram nós, humanos, inadequados quando se trata de nossas habilidades felinas. Por isso nos lambem com a língua áspera deles.

— Deus, adoro seu trabalho — Henry disse, divertindo-se.

Alguém falou com ele ao fundo, algo que não entendi, porém sabia o que viria em seguida.

— Preciso ir, amor. Me prometa que vai me contar aonde vai.

— Vou, agora faça seu trabalho. Tenho um pouco de pelo de gato para juntar e trançar em um tapete por aqui.

Nos despedimos e desligamos. Falar com Henry pelo telefone durante o trabalho sempre ajudava a me reenergizar, principalmente quando sentia um bloqueio de escritor chegando.

Para o artigo que estava escrevendo, precisava inserir quinze segredos e, no momento, eu só tinha dez. Tinha duas horas para escrever mais cinco antes de ter que sair para meu encontro. Iria trabalhar até tarde, mas, contanto que terminasse tudo antes do encontro, não importava.

Estava curiosa do motivo de Alejandro ainda não ter falado nada, o que me fez pensar se ele tinha outro encontro. Lance não tinha falado mais nada, o que me aterrorizava porque ele disse que me ligaria, no entanto, Henry me disse que ele estava fazendo o que todo cara faz e esperando uns dois dias para me contatar. De acordo com Henry, ele estava levando devagar. Eu preferia que Lance não levasse devagar, já que minha calça rasgou bem diante dele.

Porque eu estava bem nervosa pelo encontro poder ser cancelado, resolvi verificar meu perfil no site para ver se ele me deixou mensagem. Na noite anterior, passei boa parte do tempo excluindo todos os esquisitões que me mandaram mensagem, com Henry olhando por cima do meu ombro cada passo meu, naturalmente. Sua justificativa era que foi ele que me envolveu no site, então queria se certificar de que eu escolhesse homens respeitáveis para me levar para sair. Teve um cara que chamou minha atenção, seu nome era Greg e foi bem fofo quando me mandou mensagem. Falou sobre seu cachorro e como adorava levá-lo para passear no parque do outro lado da rua. Henry pensou que o cara era um "mala", como ele mesmo disse, mas eu o achei fofo, então, secretamente, respondi sua mensagem depois.

Se eu me sentia meio meretriz por falar com vários homens? Só um pouco, mas disse a mim mesma que estava mantendo as possibilidades abertas. Era melhor ter opções e ser sincera, porque eu não tinha compromisso com nenhum deles e não iria dormir com todos. Só tinha beijado um e chutado outro na virilha, o que mal chamaria de "ficar". Estava mais para diminuir a população masculina com um chute na virilha de cada vez.

Abri meu perfil e vi quatro mensagens na caixa de entrada. Como uma adolescente, abri a caixa e vi uma de Alejandro, uma de Greg e outras duas de dois novos caras. Uma estava em uma língua totalmente diferente, então a apaguei, e a outra era de um cara chamado Kyle. O assunto era como "Ei, Baby Boo".

Bufei e abri a mensagem. Demorou um segundo para o computador baixá-la, mas, quando o fez, o pau enorme de Kyle apareceu na tela com um laço amarrado na base. Havia uma mensagem anexa.

Rosie,

Embrulhei um presente para você. O que achou? Este pau pode ser seu com um simples "sim".

Kyle

— Aaaahh! — gritei bem quando Jenny entrou na minha sala.

— O que está vendo?

— Nada.

Praticamente caí da cadeira, tentando cobrir tudo que estava na minha tela. Eu não era do tipo que ficava analisando a genitália masculina, mas, recentemente, demorava um segundo para estudar o membro fálico de vez em quando. Para pesquisa, é claro.

— Oh, você está, sim, vendo alguma coisa — Jenny disse, dando a volta na minha mesa e mexendo as mãos. — Puta merda, que tipo de pornô você está assistindo? Esse pau é grande!

— Não é site pornô e pode, por favor, baixar a voz? Não quero que Gladys entre aqui com a bengala dela e bata na minha cabeça por exibir um pau em seu escritório.

Gladys era nossa estimada editora da revista, senhora máster dos gatos e possível lésbica, porque nenhum homem trabalhava no escritório e, se apenas falássemos sobre a espécie de homens, ela ficava toda irritada. Os únicos machos permitidos eram os gatos, e o sr. Se-Lambe-Muito era o líder.

— Bom, compartilhe, qual é a do pau?

— Um cara me enviou uma foto dele neste site. Claramente, não vou responder.

— Por que não? Ele parece delicioso.

— Jenny, tudo que dá para ver é o pênis dele.

— Exatamente, o que mais você precisa ver?

— Você é impossível. É um não para esse cara — eu disse, dando uma última olhada na espada carnuda latejante. Apaguei a mensagem e me perguntei: será que todos os paus eram tão cheios de veias de perto? Parecia que o pau dele estava sendo esticado. Será que era assim uma ereção de verdade?

— Você já está com saudade do pau, não está? — ela perguntou, enganando-se com o fato de eu pensar muito.

— Não, aquela coisa era muito para mim. — Querendo mudar de assunto, perguntei: — Precisa de alguma coisa?

— Não. — Ela balançou a cabeça. — Só queria ver como você estava desde a situação toda do chute na virilha.

— Estou bem. Na verdade, saí com um cara no sábado à noite e tenho um encontro hoje. Me sinto mal por Atticus, mas entendo por que ele não me ligou de volta. Não estou com raiva dele.

— Ele se divertiu. Disse que ia te ligar — Jenny disse, me bajulando.

— Tudo bem, Jenny, não precisa mentir para mim. Sei que o garoto está se escondendo. Não quer nada comigo.

— Não é verdade. Ele está viajando, mas acho que planejava te ligar quando voltasse.

— Claro. — Revirei os olhos e voltei a olhar para o computador.

Abri o e-mail de Greg e sorri quando apareceu uma foto dele e de seu cachorro. Greg era loiro e tinha olhos castanhos, quase uma pegada Bradley Cooper. Era bem atraente, e seu cachorro era algum tipo de cão-pastor australiano.

— Estou vendo que está ocupada, só queria saber se estava bem depois do que aconteceu sexta à noite.

— Obrigada, Jenny. Estou bem. Tenho um encontro hoje e estou ansiosa para que compense meu pé descontrolado.

— Acabou aquele artigo? — Gladys resmungou do corredor conforme passou mancando e com seu cabelo estranhamente grisalho.

— Quase — gritei de volta.

— Que bom, eu o quero na minha mesa antes das seis.

Com uma tosse que quase parecia que estava pigarreando uma bola de pelo, ela mancou de volta para seu escritório segurando um gato no colo, o sr. Wigglebottom.

— Estas são condições terríveis de trabalho — Jenny sussurrou para mim antes de sair, me fazendo rir.

Era verdade. Havia gatos demais. Gladys era doida, só ficava carregando gatos pelo escritório pela nuca deles. E, então, havia o bullying, o fato de todos sermos torturados e abusados pelo sr. Se-Lambe-Muito e seus truques. A vontade de escrever meu livro se tornava mais forte a cada dia. Me sentia confortável com meu enredo. Seria uma história para jovens adultos sobre dois amigos de faculdade que se apaixonam depois de se formarem, meio que uma homenagem ao meu relacionamento com Henry, tirando a parte de se apaixonar.

Antes de voltar ao artigo, dei uma olhada rápida na mensagem de Greg e depois na de Alejandro.

Ei, Rosie,

Aqui estamos Bear e eu na praia em Delaware. Lá é lindo. Bear ama correr pela praia com seu frisbee preferido na boca. Não é sempre que ele consegue correr livre assim, já que moramos na cidade, mas, quando temos espaço, eu o deixo correr. Ele sempre consegue voltar, então não precisa se preocupar.

Vi que trabalha em uma revista de gatos, isso significa que você gosta de gatos? Espero mesmo que não. Eu não odeio gatos, mas, vai, como poderia não amar mais um cachorro, eles fariam qualquer coisa por você.

Sei que é meio rápido, mas adoraria te conhecer ao vivo. Está livre na sexta à noite? Se estiver sendo muito abrupto, me avise. Podemos conversar mais sobre outras coisas até se sentir confortável.

Espero que esteja tendo um ótimo dia, Rosie.

Greg.

Deus, ele é tão fofo. Respondi para ele uma mensagem rápida, avisando-o de que eu estava livre na sexta. É melhor programar mais encontros, já que não tivera notícias de Lance e Atticus.

Depois, cliquei na mensagem de Alejandro, em que ele me falava o endereço de onde iríamos nos ver. Tínhamos um encontro para as seis e, se eu quisesse ir, precisava sentar a bunda na cadeira e acabar o artigo. Felizmente, levei uma troca de roupa, no caso de não ter tempo de voltar para o apartamento, que parecia ser o que estava acontecendo.

Passei a hora e meia seguinte escrevendo e reescrevendo os cinco últimos segredos que um gato esconde de você. O tempo todo me impedi de xingar e falar com as paredes sobre como aquele artigo era idiota e, em vez disso, me esforcei e consegui imprimir uma cópia e colocá-la na mesa de Gladys, que, no momento, estava dormindo com um gato cochilando em seus seios enormes.

Saí de fininho e voltei para a minha sala, onde peguei minha bolsa de roupa para me trocar e fui para o banheiro, no fim do corredor da minha sala.

Delaney me ajudou a escolher uma roupa. Falou que Alejandro provavelmente iria querer me ver em algo sexy e vermelho, então escolhi calça jeans skinny preta, saltos altos pretos e uma blusinha vermelha com bastante decote.

Troquei de roupa em tempo recorde e me olhei no espelho. Meu cabelo já estava enrolado, então só adicionei uma faixa preta e retoquei a maquiagem. Também passei um batom vermelho para combinar com a blusinha. O *look* em geral estava perfeito; eu tinha certeza de que Alejandro ficaria impressionado. Agora, só tinha que sair do escritório sem nenhum pelo de gato na calça.

Peguei minhas coisas e abri a porta para sair, mas parei de repente quando vi o sr. Se-Lambe-Muito e o bichano sentado atrás dele, me encarando.

Instantaneamente, fui transportada para *Amor, sublime amor*, em que os Jets andavam pelas ruas e estalavam os dedos conforme assustavam as pessoas.

Ali, juro que vi o sr. Se-Lambe-Muito erguer a pata e começar a estalar enquanto me encarava, analisando minha calça preta.

— Nem pense nisso — alertei. — Tenho um encontro e não posso ter pelo de gato na calça, não trouxe um rolinho de tirar pelo.

O sr. Se-Lambe-Muito ergueu a pata para mim ao soltar um miado medonho. Tenho certeza que ele apenas me ignorou, depois começou a andar na minha direção com sua gatinha o seguindo de perto.

— Não faça isso. — Entrei cada vez mais em pânico conforme as paredes do corredor começaram a se fechar. Será que eu tinha tanto medo assim de um gato?

Pelo olhar do sr. Se-Lambe-Muito, eu tinha um medo mortal do que o felino maluco poderia fazer.

— Psssst — comecei enquanto balançava a bolsa de um lado a outro e avançava. Disse a mim mesma repetidamente para não demonstrar fraqueza. Ele conseguia sentir o cheiro da fraqueza. — Pssssssst! Xô, saia daqui, seu demônio.

— Miau, rarara — o sr. Se-Lambe-Muito respondeu ao se abaixar na posição de caça.

— Não! — gritei como uma louca e saí correndo na direção deles, tentando usar o elemento surpresa.

A gatinha foi espantada, mas o sr. Se-Lambe-Muito ficou firme e saltou no ar, bem na minha virilha, com as garras prontas. Com os melhores reflexos que eu tinha, mexi a bolsa à minha frente bem na hora para bloquear o sr. Se-Lambe-Muito.

— Rá, boa tentativa, seu cretino — eu disse, indo na direção da minha sala.

Só quando ele arranhou minha mão foi que vi que ele grudou na minha bolsa como um pedaço de velcro e se segurou como se sua vida dependesse disso.

— Aff, sai — gritei ao balançar a mala, mas ele segurava forte.

Eu não tinha tempo para lutar com a fera, então joguei a mala de lado, com ele grudado, peguei a bolsa na minha mesa e corri na direção do lobby, onde apertei desesperadamente o botão do elevador. Me virei na direção da minha sala e vi o sr. Se-Lambe-Muito colocar a cabeça para fora da porta e me avistar. Como um predador, ele começou a andar na minha direção com pensamentos somente de espalhar montes e montes de pelo na minha calça.

— Vamos, vamos — falei para o elevador conforme ele se aproximava.

O apito mágico soou e as portas se abriram. Com pressa, entrei e apertei o botão do lobby o mais rápido possível. As portas começaram a se fechar e foi então que gritei para o sr. Se-Lambe-Muito.

— Ha, ha, seu merdinha, boa tentativa! Você e sua gatinha podem ir para o inferno.

Bem quando as últimas palavras saíram voando da minha boca, as portas do elevador se fecharam e eu descansei contra a parede.

— Ambiente interessante de trabalho — uma voz profunda soou do outro lado do elevador, quase me matando de susto.

Meu corpo voou para o outro lado e minha mão foi até meu peito, bem onde meu coração estava batendo acelerado.

— Oh, meu Deus, não te vi aí — disse para um homem de cabelo escuro usando terno e me olhando com desconfiança.

— Desculpe, eu acho. Devo te alertar da próxima vez que entrar no elevador?

— Não, me desculpe, eu só estava distraída.

— Por aquele gato aterrorizante? Entendo por quê. Meu palpite é de que trabalha na *Friendly Felines*.

— Trabalho, infelizmente — admiti e dei de ombros. — Paga as contas, mas, às vezes, tipo esta noite, penso se não seria melhor ser garçonete. Não teria que lidar com gatos possuídos pelo demônio.

— É, mas não poderia conhecer homens estranhos no elevador como eu. — Ele deu um sorriso bem brilhante.

— Isso é uma cantada? — perguntei, um pouco confusa.

— Foi muito ruim? — Ele se encolheu.

— Não, acho só que devo ser bem ingênua. — Dei risada.

Ele estendeu a mão e disse:

— Phillip.

— Rosie — respondi, apertando sua mão forte e grande.

— Que nome lindo, Rosie. Como nunca te encontrei no elevador?

— Normalmente, não trabalho até esta hora, mas tinha um prazo e procrastinei demais hoje. Então, aqui estou, saindo tarde do escritório.

— Faz sentido. Por que estava fugindo daquele gato? Você pareceu meio doida gritando para ele pela fenda das portas do elevador.

Rindo, respondi:

— Não queria que caísse pelo de gato na minha calça preta. Esqueci meu rolinho.

Normalmente, eu preferia cair morta a conversar com um cara no elevador, porque fui extremamente tímida a vida inteira quando se tratava do sexo oposto, mas, com meu novo objetivo de vida, estava me sentindo mais confiante, por isso consegui continuar a conversa sem suar e formar piscinas para os gatos do escritório nadarem.

Assentindo, ele olhou minha calça e, depois, toda a minha roupa. Sua análise provocou uma onda de calor no meu corpo. Ele não foi nada discreto.

— Não iria querer arruinar essa calça.

O que eu deveria falar depois disso? Em vez de pensar em algo inteligente, dei risada como uma idiota e esperei as portas se abrirem.

Quando chegamos ao lobby, olhei de novo para Phillip, sorri cordialmente e saí para o metrô.

Ouvi seus passos me seguindo, fazendo-me suar instantaneamente. Não gostava de pessoas que mal conhecia me seguindo. Fui pegar meu celular, então percebi que tinha deixado no escritório.

— Ei — Phillip chamou atrás de mim.

— Por favor, não me roube — eu disse, me encolhendo e erguendo as mãos.

— O quê? — Ele parou subitamente.

Olhei entre as mãos e vi que ele estava segurando uma folha de papel com o endereço que Alejandro me deu.

— Você, ãh, deixou cair isto.

Me sentindo uma completa idiota, peguei o papel e me desculpei.

— Sinto muito. Só... tenho uma imaginação bem fértil.

— Então pensou que eu iria te roubar? As pessoas roubam adultos?

— Talvez?

Um sorrisinho se abriu em seu rosto, e ele disse:

— Bom, vou ficar de olho nisso. Divirta-se no Manny's. Eles têm os melhores tacos.

— Obrigada — eu disse ao olhar o papel. — Alguma sugestão de taco?

— Sou um verdadeiro homem e escolho sempre os tacos de carne, mas soube que os de peixe são bons também. Mas cuidado com as margaritas, são boas, mas podem te derrubar.

— Entendi, obrigada, Phillip, e desculpe por ser esquisita.

— Você não é esquisita, Rosie. É totalmente o oposto. Espero te ver por aí.

Ele acenou, foi para a calçada e sinalizou para um táxi. Ele se mexia com tanta confiança que era difícil não observá-lo. Por algum motivo, quase desejei que fosse com Phillip que estivesse indo comer tacos, porque ele parecia ser uma boa companhia, além do mais, era bem atraente. Poderia me ver gostando dele.

Tentando esquecer isso, segui as direções para ir ao Manny's. Não demorou muito, foi um passeio rápido de metrô e alguns quarteirões a pé. Cheguei bem na hora.

O restaurante era meio exótico. Tinha umas luzinhas penduradas e, dentro, laranja, amarelo e vermelho decoravam as paredes. Havia um bar — onde as infames margaritas eram feitas — delineado contra um lado da parede, e lustres pendentes do teto, atravessando de uma parede a outra, criando um clima agradável.

Na mensagem de Alejandro, ele disse que estaria usando uma blusa preta, então olhei em volta para procurar e me lembrei da foto de perfil em que ele usava uma blusa preta.

— Olá, Rosie — uma voz grave e com bastante sotaque veio detrás de mim.

Me virei e vi Alejandro em pé, segurando uma única rosa e usando blusa preta. O decote em V da blusa exibia um pouco do pelo do peito, mas nada que me distraísse demais, e seu cabelo estava de lado, dando-me uma boa visão dos seus profundos olhos castanhos. Ele era um sonho espanhol.

— Alejandro? — perguntei, engolindo em seco. O homem era quase exótico demais para mim, com seu pós-barba intoxicante, a voz grave sedutora e o apelo suave.

— Sim, querida. Não me reconheceu?

— Reconheci, só não estava esperando que sua voz fosse tão sexy. Ah, meu Deus, eu acabei de falar isso em voz alta?

Um sorriso devastador se abriu em seu rosto por meu elogio.

— Venha — ele chamou ao pegar meu braço e me levar a uma mesa nos fundos, onde havia bastante privacidade. Seu toque quente me fez estremecer conforme ele me guiava. Sua mão forte me segurava firme, sem aplicar muita pressão, apenas o suficiente para me avisar que era ele quem estava no controle.

— Aqui, querida, deixe-me puxar esta cadeira para você.

Como um cavalheiro, Alejandro puxou a cadeira e me ajudou a sentar. Quando estava satisfeito, se sentou à minha frente. Eu fiquei de costas para a frente do restaurante, então podia focar apenas nele, e me perguntei se era esse seu objetivo.

— Estou muito honrado por ter decidido vir jantar comigo.

— Obrigada por me chamar. Este lugar é charmoso — adicionei, olhando em volta.

— Manny's é o meu restaurante preferido.

Uma garçonete muito bonita veio nos atender. Seu cabelo era escuro e estava arrumado em uma trança embutida com uma flor atrás da orelha. Ela era linda e, quando me virei para ver a reação de Alejandro a ela, fiquei surpresa ao ver que seus olhos estavam travados nos meus.

— Querem beber alguma coisa?

— Duas margaritas com sal, por favor — Alejandro pediu sem tirar os olhos de mim. Quando a garçonete saiu, ele me falou: — Espero que goste de margaritas.

— Gosto — admiti, mas me senti um pouco aflita com o pedido, já que Phillip me disse que elas derrubavam a pessoa. Jurei para mim mesma que iria beber só uma. Queria ter experiência de vida, mas não uma experiência bêbada com um total estranho.

— Se importa se eu pedir tacos para nós também?

— Não mesmo, você é o expert.

A garçonete voltou rápido com nossas margaritas e escutei Alejandro pedir os tacos em espanhol. A maneira como as palavras se enrolavam em sua língua me fez apoiar o queixo na mão e simplesmente encarar o homem moreno e exótico.

Quando a garçonete saiu, Alejandro se virou para mim e disse:

— Me diga, Rosie, por que uma mulher tão bonita como você está em um site de encontros? Aposto que tem milhões de homens na fila para te namorar.

Lisonjeada, eu sabia o que ele estava fazendo, mas caía nisso toda vez.

— É difícil conhecer homens em Nova York — menti.

Não queria que ele soubesse que há uma semana eu era uma ermitã no meu quarto, sonhando acordada com o toque de um homem, em vez de sentir na prática.

— *Sí*, é verdade, *no*? Namorar é difícil. Eu mesmo acho difícil encontrar uma mulher genuína, uma mulher de verdade como você, Rosie. Agora me conte sobre seus gatos.

— Gatos? — perguntei, tentando entender sobre o que ele falava.

— Sabe, gato. Sabe, miau — ele disse com uma voz fofa, rindo.

— Oh, meus gatos.

— *Sí*, seus gatos. Me conte sobre eles.

— Não tem muita coisa para dizer sobre eles. São irritantes e atrapalham meu trabalho. Consegui escapar de uma briga de pelo de gato com o líder antes de chegar aqui. Ele estava tentando sujar minha calça, mas consegui ser mais esperta do que ele.

— Parece que você não gosta dos seus gatos. — Ele deu risada.

— Não, não são meus preferidos, mas alguns deles são legais.

— Então os gatos são do seu escritório?

Não era a conversa mais romântica que eu já tivera, mas dei alguns dois goles na margarita e continuei.

— É, tem muitos lá. Nossa chefe, Gladys, acha que é necessário viver em um ambiente de gatos quando se escreve sobre eles.

— Deve ser... fedido às vezes. — Ele enrugou o nariz.

— Ah, tem um cômodo inteiro para eles fazerem as sujeiras. Fico o mais longe possível dele. O pobre estagiário é que tem que lidar com isso.

— Estagiário?

— É, humm, geralmente são alunos de faculdade que se voluntariam para ter experiência profissional. É bom para colocar no currículo.

— Ah, entendi. Então pegar cocô é bom para o currículo — ele zombou, me fazendo rir.

— Às vezes, você tem que aceitar o que tem.

— Fico feliz por não ser um estagiário, então.

Sugando meu canudinho, soltei e disse:

— O que você faz, Alejandro? — Eu sabia o que ele fazia, estava em seu perfil, mas estava tentando parar de falar em gatos.

Ele sorveu casualmente sua bebida e manteve contato visual comigo enquanto falava. Era bem impressionante, na verdade.

— Sou artista. Meu apartamento é, na verdade, ali na esquina. Se ficar à vontade comigo mais tarde, posso te mostrar algumas obras minhas.

Estranhamente, eu estava à vontade, embora ele fosse meio direto às vezes.

— Parece maravilhoso. Com que estética você trabalha mais?

— Óleo, só óleo. Acho que misturar as cores e trabalhar com a tinta densa me dá mais movimento nas telas.

— Tenho certeza de que sua arte é simplesmente sonhadora.

Sonhadora? Olhei para minha bebida e vi que tinha quase acabado com ela. Phillip tinha razão, elas eram boas, mas eu já conseguia senti-la subindo à cabeça. Hora de ir devagar.

— Nunca ouvi que era sonhadora, mas tenho uma galeria no Soho.

— Tem? Uau, você deve ser muito bom mesmo.

— Faço o melhor que posso — ele disse, sendo obviamente modesto, já que tinha uma galeria no Soho.

— Então, de onde você é? Claramente não é nativo de Nova York com esse sotaque lindo.

Ele sorriu e pegou minhas mãos, entrelaçando nossos dedos.

— Espanha é de onde sou. Meu pai não tinha muito orgulho das minhas habilidades artísticas, então, quando fiz dezoito anos, decidi ser independente e não ter meu pai me subestimando. Consegui me mudar para a América, ganhar a cidadania e me sustentar. Tenho bastante orgulho.

— E deveria mesmo.

Eu queria aplaudi-lo, mas pensei que seria demais, além do mais, nossas mãos estavam unidas e eu estava gostando dos pequenos círculos que ele estava fazendo no dorso.

— Aqui estão — a garçonete disse ao colocar na mesa dois pratos com tacos.

Havia, nas pequenas tortillas de milho, tacos de peixe com um molho cremoso, salada de repolho e limão. Ao lado, havia uma tigelinha de tortilla de feijão. A comida parecia bem fresca e mexicana, algo que gostei bastante.

— Isso parece maravilhoso.

— Sim, querida. Serão os melhores tacos que agradarão essa sua boca bonita. Quer que eu te mostre como se come?

— Por favor. — Gesticulei para ele continuar.

Tristemente, ele soltou minha mão e pegou os limões do seu prato. Observei suas mãos fortes apertarem o sumo sobre os tacos e, com um movimento rápido, ele pegou um taco e deu uma mordida.

— Simples.

— Acho que sim.

Exatamente igual Alejandro, peguei meus limões, apertei o sumo em meus tacos e dei uma mordida. A acidez do limão chegou à minha língua primeiro, seguida do molho apimentado e do sabor suave do peixe. Um orgasmo com a comida me atingiu quando me vi fechando os olhos de prazer e soltando um leve gemido.

— Isso é maravilhoso — admiti ao engolir.

— Assistir você comer é melhor ainda — ele respondeu com as pálpebras pesadas.

Oh, eu estava encrencada.

No resto do jantar, comemos nossos tacos, conversamos um pouco sobre a vida em Nova York e ficamos olhando um para o outro toda chance que tínhamos. Delaney estava certa, eu tinha que sair com Alejandro. Só pelo jeito que ele me olhava, podia sentir Virginia se agitando, concordando, e meus seios gritando "sim, por favor".

Alejandro pagou a conta, sem se incomodar em esperar minha ajuda. Ele se levantou e estendeu a mão.

— Gostaria de ver um pouco da minha arte, querida?

— Eu adoraria — concordei ao levantar e me sentir um pouco tonta. Depois de uma margarita, eu já estava tonta.

Com a mão no meu cotovelo, ele me levou para fora do restaurante, viramos a esquina e subimos um lance de escada. Ele não estava brincando, morava perto mesmo.

Esperei-o destrancar a porta e me levar ao segundo andar, onde havia uma porta enorme de correr de metal trancada. De novo, ele destrancou a porta, deslizou-a para o lado e acendeu as luzes, me levando para dentro.

A cor invadiu meus sentidos conforme eu analisava as pinturas coloridas, todas apenas de mulheres bem nuas.

Oh, meu Deus.

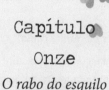

Capítulo Onze
O rabo do esquilo

— Gostou da minha arte? — Alejandro perguntou ao me levar para dentro do seu apartamento.

Mamilos grandes, mamilos pequenos, mamilos quadrados, mamilos abstratos, vaginas com pelo, vaginas totalmente lisas, vaginas abertas, vaginas com dedos dentro...

— Uau — eu disse ao olhar a ampla quantidade de mulheres nuas decorando cada centímetro das paredes. — Não sabia que vagina podia ser verde.

Ele deu risada perto do meu ouvido e sussurrou com voz grave e rouca:

— É arte, querida. Uma vagina pode ser de qualquer cor que você queira.

Assentindo, me aproximei de alguns dos quadros menores para dar uma olhada melhor.

— Você só pinta mulheres nuas?

— Não, também faço autorretrato.

— Faz? — perguntei, interessada e embriagada. Podia sentir que estava balançando de um lado a outro.

— Faço, gostaria de ver?

— Por favor, adoraria ver como você se captura.

— Por aqui, querida. — Ele me guiou para os fundos do loft, onde havia uma cama enorme no meio do quarto com o colchão mais macio que eu já tinha visto.

— Uau, sua cama parece confortável. Posso pular nela?

Me ouvi dizer isso, mas, mesmo assim, não me importei de parecer uma adolescente.

— Pode fazer o que quiser na minha cama.

Ouvi a insinuação em sua voz, mas escolhi ignorá-la enquanto tirava os sapatos e subia na cama. Instantaneamente, fui sugada para os confins macios do seu colchão.

— Oh, não consigo pular nele, é inacreditável. Que tipo de colchão é esse? De pena de ganso?

— Não sei muito bem. Posso olhar, se quiser.

— Não, quero ver seus autorretratos.

É, a margarita estava fazendo efeito. Disse a mim mesma para me controlar, mas meu cérebro estava me mostrando o dedo médio e fazendo o que queria.

Alejandro foi até um baú e o abriu com um clique. Suas costas se flexionaram com os movimentos e fiquei instantaneamente consciente do fato de estar em um pequeno loft com um cara extremamente atraente e deitada na cama dele. Era o mais longe que eu já tinha ido com um homem em todos os meus anos de virgem.

— Querida, está olhando? — ele perguntou, me encarando.

Percebi que estava viajando, então balancei a cabeça para clarear a mente e me concentrei no quadro que Alejandro estava segurando. O lado pintado estava de frente para ele, pronto para ser revelado.

— Estou — respondi, sentando-me de joelhos e colocando as mãos nas coxas.

Com um olhar jovial no rosto, ele virou a pintura e revelou seu autorretrato.

Demorou um segundo para meus olhos se ajustarem, porque eu estava esperando ver um quadro do rosto dele, com seu cabelo preto liso penteado e talvez uma camisa com alguns botões abertos, porém, em vez disso, estava encarando um quadro de sessenta centímetros do que eu presumia ser o autorretrato do pênis dele.

— Oh, nossa — analisei. — Hum, esse é o tamanho real?

Rindo, ele balançou a cabeça:

— Não, seria muito grande, querida, mas agradeço sua confiança em mim.

O quadro era interessante. O fundo dele era apenas um redemoinho de cores, mas a parte do pênis era definitivamente um pênis com uma cabeça, umas veias e bolas apoiadas em um par de pernas. Era erótico, com certeza e, depois do choque inicial, eu fui meio que envolvida pelas cores.

— Você tem um bom olho para cor — elogiei.

— Obrigado, vou te mostrar mais.

Ele voltou para o baú e começou a tirar mais pinturas, todas do seu pênis ereto. Conforme eu olhava todas, pensei: como alguém conseguia pintar tantos quadros do próprio pênis? Os quadros eram legais, mas ele deve se amar muito para ter tantas pinturas do seu pau. Ficando cada vez mais curiosa, percebi que tinha que ver o pênis dele, tinha que ver como era de verdade.

— Como você faz os autorretratos? — perguntei, curiosa.

— Como assim, bonita?

— Tipo, você, hum, senta com uma ereção e pinta?

— Ah, claro. Isso é estranho para você?

É estranho sentar em um cômodo com um pênis ereto e pintar enquanto olha para ele? Ãh, é, era estranho.

— Não sei — menti. — Só estou imaginando seu processo.

— Entendi. Geralmente me sento, nu, e penso em uma mulher bonita, como você, Rosie, e me acaricio suavemente até sentir que estou totalmente ereto. Então pego meu pincel e começo a pintar.

Isso podia explicar todos os ângulos dos quadros: eles eram feitos de cima.

— Interessante — eu disse, olhando para sua virilha.

— Vi o jeito que está me encarando, querida. Quer ver o muso dos meus autorretratos?

Que coisa esquisita de se dizer a uma mulher, principalmente quando se está falando de um pênis, mas me vi assentindo. É, aquela margarita tinha tequila demais.

Aceitando meu pedido, Alejandro subiu na cama e se apoiou nos travesseiros e na cabeceira. Com precisão, começou a abrir a calça e eu observei fascinada quando ele a abaixou um pouco e permitiu que apenas a cabeça do pau saísse dos confins da sua calça.

Puta merda, eu estava olhando para um pau de verdade. Um pau!

Me aproximei, curiosa para ver se realmente parecia emborrachado como nos quadros ou se era de uma textura diferente na vida real.

— Seus olhos estão me deixando duro, Rosie. O jeito que olha para mim... nunca nenhuma mulher me olhou assim.

Apenas assenti, querendo ver mais.

Suas mãos foram para o cós da cueca e da calça e, em um movimento suave, ele abaixou-as totalmente, libertando seu pênis.

Eu estava prestes a me aproximar mais, e dei uma olhada em tudo que estava entre suas pernas. Olhei de volta para o retrato e, então, de novo para a coisa na vida real. Dizer que seus quadros não retratavam seu modelo era eufemismo porque, bem diante de mim, havia um pênis comprido ereto, exibindo duas bolas cobertas por pelos bagunçados e enrolados. Parecia que o Chewbacca estava olhando para mim, dando uma piscadinha e gemendo seus sons malucos.

Henry me alertou para tal coisa, que homens não necessariamente pensavam que precisavam se depilar e, caramba, ele tinha razão. Alejandro nem sabia o que era uma lâmina, de acordo com os pelos que eu poderia trançar.

— Legal, não é? — ele perguntou.

— É. — Assenti, sentindo que, apesar de haver uma mata de pelos em suas bolas, eu ainda estava interessada no que ele tinha.

— Pode tocar.

Há momentos na vida em que você deseja ter uma experiência fora do corpo e ver tudo que está acontecendo de cima. Aquele instante era um desses momentos. Eu estava meio bêbada, graças à margarita, mas sabia que o que estava acontecendo era bizarro, não era normal, não era algo que eu lia em um dos meus romances.

Geralmente, quando o homem e a mulher começavam a ter encontros sexuais, era mais romântico, mais suave, mais quente e pesado, porém, naquele instante, eu sentia que estava conduzindo uma experiência científica.

Seguindo o fluxo, abri as pernas dele e me inclinei para a frente, a fim de inspecionar seu pênis um pouco melhor. Eu estava bêbada, então, se ele achava estranho o que eu estava fazendo, a culpa era da bebedeira, no entanto, pelo jeito que ele se acariciava e continuava a crescer, vi que não se importava com o que eu estava fazendo.

— Rosie, o jeito que me olha é demais, e seu decote é simplesmente espetacular.

Olhei para baixo e vi que estava lhe dando uma boa visão das meninas e, francamente, não me importava. Baixei a cabeça ainda mais e, surpreendentemente, abri a boca e lambi a lateral do seu pênis, mas errei e lambi a lateral do sua perna. Maldita margarita.

Seu peito arfava só com uma lambida. O que me levou a fazer isso, nunca vou saber, mas gostei da maneira como ele reagiu, então o lambi de novo, mas na outra perna, como se estivesse tentando lamber uma casquinha de sorvete.

— Oh, bonita, está me provocando.

Por que eu o estava provocando? Não sabia muito bem. Pensei em envolvê-lo na boca, mas sua mão ainda estava segurando seu pau, na cabeça, então decidi trabalhar na base do pênis, porém fui impedida por sua mão, que agora estava masturbando mais forte. Coloquei a língua para fora de novo e lambi sua perna mais uma vez, já que era onde conseguia lamber, no entanto, dessa vez, ele gemeu alto e se ajeitou mais confortável na cama.

Bom, pelo jeito, eu era boa com lambidas na perna, algo para colocar no meu currículo sexual.

Rosie Bloom: ainda tem um hímen intacto, mas sabe lamber a perna de um homem como ninguém.

Fiquei energizada e um novo senso de propósito percorreu minha mente conforme olhava seu "muso" inteiro. Eu iria fazer isso, iria longe. Já que seu pau estava ocupado, resolvi que lamberia suas bolas.

Mergulhei mais a cabeça, olhei o monte de pelo me encarando nos olhos e coloquei a língua para fora mais uma vez. Minha língua lambeu os pelos grossos e ásperos e tentou encontrar seu saco, mas estava com dificuldade com a bagunça emaranhada que minha língua estava tentando penetrar.

— Isso, isso, bonita. Lamba minhas bolas.

— Estou tintãndo — eu disse com uma boca cheia de cuspe. A saliva deslizou por minha língua e caiu em seus pelos pubianos, piorando muito mais a textura.

Lamber bolas de pelo era simplesmente tão desagradável quanto parecia, como aprendi rapidinho. Anotado.

Coloquei a língua de volta para dentro para tentar de novo — nunca fui de desistir — e foi quando senti um pelo na língua. Saber que era um dos pelos da bola de Alejandro me fez ficar seca em segundos, mas Alejandro não percebeu ao colocar a mão na minha cabeça e me empurrar para baixo.

— Lamba minhas bolas, bonita. Não me provoque.

Tossindo e tentando tirar o pelo que estava lentamente seguindo para o fundo da minha garganta, coloquei a língua para fora de novo e tentei mergulhar no rabo de esquilo que cobria suas bolas. A combinação de pelo na minha garganta e a textura molhada de seus pelos da bola acabaram comigo, já era para mim.

Tentei me afastar, mas ele não me deixava subir. O suor cobriu minha pele em questão de segundos conforme eu tinha ânsia com os pelos do meu encontro.

— Talvez eu romite — murmurei quando minha língua colidiu de novo com seu gramado.

— Isso, faça humm — Alejandro disse, pressionando minha cabeça para baixo de novo.

Meu estômago se revoltou, a margarita rugiu com vingança e, em questão de segundos, minha barriga se revirou e me vi vomitando na genitália do meu encontro conforme gritos de horror saíram de sua boca.

Observei os tacos que, antes achei deliciosos, agora espalhados no colchão lindo e misturados no brócolis de Alejandro.

— Qual é o seu problema? — Alejandro gritou ao correr pelo loft, com as calças nos tornozelos, o pênis voando e as bolas penduradas.

Eu não tinha que responder, eu não precisava responder. O que eu precisava era dar o fora do seu apartamento, e rápido. Sem olhar para trás, peguei minha bolsa, coloquei os sapatos e saí pela porta da frente.

Na pressa, não vi o autorretrato do seu pênis no chão, então, enquanto corria, insultei-o ainda mais e acidentalmente bati o pé em uma das pinturas, arrastando-a comigo, até lá embaixo e até a rua.

Só quando entrei em um táxi e falei meu endereço para o motorista, me recompondo, foi que tirei a pintura do pé e a coloquei de lado. Minha cabeça estava apoiada na janela do táxi conforme as luzes de Nova York passavam.

Não pensei no que aconteceu, em como simplesmente vomitei nas partes íntimas do meu encontro, em como um pelo pubiano tinha ficado preso na minha garganta ou em como arruinei outra chance de ficar com um cara.

O caminho até meu apartamento demorou mais do que o normal, graças ao trânsito, mas, enfim, cheguei. Paguei ao taxista, peguei a pintura do pau e subi com o coração pesado e o estômago mais vazio.

O apartamento estava escuro, então fui direto para o meu quarto, percebendo que era bem tarde. Devemos ter passado um bom tempo no restaurante para já ser tão tarde.

Antes bêbada, agora eu estava sóbria, graças à sessão de vômito, e pronta para me deitar. Acendi a luz e quase morri de susto quando vi Henry, sentado na minha cama com um olhar carrancudo.

— Henry, que porra está fazendo aqui sentado no escuro?

Seus olhos me perfuraram quando ele olhou para mim e, pela primeira vez desde que o conheci, vi que estava bravo comigo.

Meghan Quinn

— Por que não me contou aonde ia?

Merda, esqueci o celular no trabalho e não mandei mensagem para ele porque estava com muita pressa de sair do escritório.

— Desculpe, Henry. Esqueci o celular no trabalho.

— Você sabe como fiquei preocupado que esse cara poderia ter feito alguma coisa com você? Não tinha como eu conseguir falar com você, Rosie. Não tinha como poder ver como você estava.

— Henry, sou uma mulher adulta, sei cuidar de mim mesma.

— Não é essa a questão — ele falou severamente e se levantou, passando as mãos no cabelo. — Quero garantir que você esteja bem, que ninguém vá se aproveitar de você.

— Não precisa se preocupar com isso — eu disse, jogando a bolsa e a pintura no chão, indo para a cômoda pegar meu pijama.

— Aonde vai? — Henry perguntou, me seguindo.

— Ao banheiro, para me trocar e lavar o rosto. Posso? Ou preciso da sua permissão primeiro?

Ele parou de me seguir e perguntou:

— Qual é o seu problema?

— Você. Só me deixe em paz, Henry.

Entrei no banheiro e bati a porta, me certificando de trancá-la porque, conhecendo Henry, ele simplesmente entraria.

Lavei o rosto, escovei os dentes, coloquei shorts e uma camisetona com uma bandeira americana nela, todo o tempo com a sessão de vômito repassando na cabeça. Conforme secava o rosto, pensei em como minha sorte era impossível. Será que isso realmente tinha acontecido comigo naquela noite?

Tinha e, sinceramente, não foi totalmente minha culpa. Não fui eu que forcei minha cabeça em seu saco. Ele estava me forçando, eu o alertei, mas ele não cedeu. Talvez tivesse sido bom eu ter vomitado nele, talvez fosse o jeito que meu corpo reagia à pressão.

Apliquei hidratante no rosto e comecei a rir pela visão de fuga que eu tive de Alejandro. Seu pau balançando por aí enquanto ele corria para o banheiro a fim de se limpar. Na verdade, foi meio cômico. Se eu não estivesse com tanta vergonha, estaria gargalhando no momento.

Satisfeita com meu ritual noturno, saí do banheiro e entrei no quarto, esperando ver Henry me esperando, mas meu quarto estava vazio, com exceção de um livrinho no criado-mudo. Me aproximei para olhá-lo e vi que era um livro sobre sexo, um pequeno guia de relações sexuais. Abri e vi um recado de Henry dentro.

Amor,

Pensei que isto pudesse ajudar na sua pesquisa. Se tiver alguma pergunta, não tenha medo de fazê-la.

Te amo,

Henry.

Fui inundada por culpa. Henry podia ser preocupado demais às vezes, mas tinha boas intenções. Respirando fundo, deixei meu orgulho teimoso de lado e saí do meu quarto, indo para o de Henry, onde as luzes estavam apagadas e ele estava deitado de costas para mim.

— Henry? — perguntei ao avançar. — Henry, me desculpe. Só tive uma noite ruim e descontei em você.

Sem falar nada, ele rolou na cama e ergueu as cobertas, me convidando para deitar. Obedeci e me aconcheguei em seu peito nu, algo que não era estranho para mim. Durante a faculdade, às vezes, eu ia para seu quarto deitar com ele quando estava me sentindo solitária ou tendo um dia ruim. Ele acariciava meu cabelo e falava comigo baixinho até eu cair no sono, e não me decepcionou com esse tratamento naquela noite.

— O que aconteceu? — perguntou, sua voz agora leve, em vez de brava.

— Nem sei se consigo te contar, é humilhante demais.

— Não pode ser tão ruim, ouvi você rindo no banheiro.

— Ouviu?

— Ouvi — ele disse, beijando o topo da minha cabeça. — Eu ia ver como você estava e te ouvi rindo, então pensei que estivesse bem.

— Não muito bem, só estava pensando em como minha noite foi ridiculamente insana.

— Tem algo a ver com aquela pintura de um pênis no seu quarto?

— Oh, Deus, me esqueci disso — falei, cobrindo o rosto. — É, tem tudo a ver com isso.

— Presumo que Alejandro não era o homem que você estava esperando que fosse.

— Ele era, a princípio. Tivemos um ótimo jantar e ele não estava mentindo ao dizer que os tacos são maravilhosos. As margaritas são melhores ainda.

— Você bebeu? Ficou bêbada?

Sua mão penteou meu cabelo, me ajudando a relaxar em seu peito.

— Fiquei, mas só bebi uma, é que estava bem forte. Tipo, bem forte mesmo. Quando vi, eu estava em seu loft, olhando sua arte, que era só de mulheres nuas em todos os formatos e tamanhos diferentes. Vi tantas variações diferentes de mamilo que sinto que tenho uma fixação por mamilo agora, e preciso ver todos os mamilos e estudá-los.

— Como são os meus mamilos? — Henry brincou, estufando o peito.

— Bom, não são verdes.

— Você viu mamilos verdes?

— Sim, e vaginas verdes, mas isso não importa. Então, ele falou para mim "Quer ver meu autorretrato?". — Usei meu melhor sotaque espanhol, fazendo Henry rir. — Então, claro que, sendo a pessoa educada que sou, disse que sim. Mas, Henry, não eram autorretratos.

— O que eram? — Henry perguntou, curioso.

— Eram retratos... do pênis dele.

Henry caiu na gargalhada, e minha mão, que estava em sua barriga, sentiu a risada fluir para dentro e para fora do seu corpo.

— Não pode ser, ele tinha retratos do pênis dele? É isso que é aquela pintura?

— Sim, uma pequena recordação da noite. Sem querer, pisei nela e roubei a coisa horrorosa durante minha tentativa de sair correndo o mais rápido possível.

— Por que estava saindo correndo do apartamento dele?

Essa era a parte que eu não queria contar, mas, conhecendo Henry, ele iria me fazer falar.

— Ok, você tem que me prometer que não vai contar para Delaney, porque acho que ela nunca iria me deixar esquecer isso.

— Prometo. — Ele beijou minha testa. — Seu segredo está seguro comigo, amor.

— Ok, bom, ele decidiu me mostrar o negócio de verdade.

— O negócio de verdade?

— É, o muso dele, o pênis. O retrato da vida real, não o quadro.

— Tipo, ele simplesmente abaixou a calça?

— É.

— Porra de esquisitão. Os caras são muito bizarros. Desculpe, amor.

— Tudo bem. Na verdade, fiquei fascinada, a ponto de decidir, hum, lamber. Bom, lamber a proximidade.

— Lamber? — Henry perguntou, surpreso. — Amor, você tocou seu primeiro pênis — ele comemorou baixinho.

— Não realmente, foi mais só lamber as pernas porque a mão dele estava envolvida no pau, sem me dar a chance de realmente encostar no muso. Quando ele tirou a calça completamente foi que vi um gigantesco novelo de lã me encarando. Henry, você tinha razão, alguns caras não se importam em se depilar.

— Oh, cacete, sério? — Ele deu risada.

— É, tipo uma bucha de aço.

— Porra, que nojo. — Ele deu risada.

— Nem me fale, mas eu mesmo assim lambi. Lambi as bolas dele. A culpa disso é da margarita e da curiosidade extrema.

— Vamos colocar a culpa na margarita.

Assenti e continuei.

— Então lambi e babei um monte porque tinha muito pelo para atravessar e, quando me afastei para respirar, um pelo pubiano ficou preso na minha garganta.

— Oh, vou ficar com ânsia.

— Nem me fale. Fiz a mesma coisa, mas Alejandro não entendeu e pressionou minha cabeça para baixo para eu continuar lambendo.

— Ele te forçou. — Henry ficou tenso, mas o acalmei acariciando seu peito.

— Forçou, mas acho que aprendeu a lição.

— Como? Você mordeu as bolas dele?

— Não, eu vomitei nele.

Henry enrijeceu e se virou para me olhar nos olhos.

— Está falando sério?

— Estou, fiquei com tanta ânsia que meu estômago se cansou, e vomitei por toda a sua genitália. Deixei-o com um pênis vomitado.

Me analisando por um segundo, Henry ficou em silêncio, mas depois jogou a cabeça para trás e deu uma gargalhada pura e genuína. Me juntei a ele ao pensar na noite que tive. Foi realmente cômica.

— Essa é a minha garota. — Ele me puxou para perto. — Porra, que ótimo. O otário mereceu.

— É, então, obviamente ele gritou e foi se limpar, aí eu fui embora, pisei em uma de suas pinturas e arrastei-a comigo para as ruas de Nova York enquanto pegava um táxi.

Ainda rindo, Henry começou a mexer no meu cabelo.

— Apesar de ter tido uma noite ruim, estou feliz que conseguiu se cuidar, vomitando no cara. Que jeito melhor de falar não para ele do que vomitando em sua preciosa obra de arte?

— No muso dele.

— Exatamente. Adorei. Bom trabalho, amor.

— Obrigada, eu acho. — Dei risada.

Ficamos deitados em silêncio, encarando o teto juntos. Era reconfortante ter Henry ao meu lado, sabendo que, embora tenha tido uma noite ruim, ele sempre estaria lá para mim.

— Obrigada pelo livro e por hoje. Me sinto muito melhor depois de conversar com você.

— Imagine. Talvez amanhã a gente possa olhar o livro juntos. Aprender umas coisas novas. Sempre procuro me atualizar no assunto sexo.

— Isso não me surpreende — eu disse, me aconchegando mais. Ele me abraçou forte ao suspirar de satisfação, e nós dois dormimos assim, apreciando a companhia um do outro.

Meghan Quinn

Capítulo Doze
O chamado da hiena

9 de junho de 2014

Vi um pênis de verdade pela primeira vez ontem à noite. Foi interessante. Era um pouco mais murcho do que eu esperava, do tipo de murcho que ficaria uma baguete molhada. Queria poder ter encostado nele, em vez de lamber, porque meus olhos realmente não tinham ideia da textura, então não foi possível confirmar ou negar meus palpites sobre o quanto um pau é emborrachado. Embora seu pênis estivesse sobre um maço de brócolis, eu ainda consegui dar uma boa olhada, e o que mais me fascinou foi que estava duro, mas a pele ainda ficava solta. Como será que era isso? Será que Virginia tinha pele extra?

Tentei dar uma olhada hoje de manhã com meu espelho do pó compacto, mas me assustei quando Henry bateu na porta, me fazendo derrubar o espelho e quebrar o pó. Depois disso, deixei Virginia em paz e apenas presumi que a pele dela fosse normal. Ela não parecia solta lá embaixo.

Comecei um livro novo hoje e fui logo para a parte do sexo. Descobri que alguns romances eróticos falam mais sobre o sexo e menos sobre a história, e sabe por quê? Para uma garota interessada como eu, é o que prefiro. O único inconveniente foi quando estava lendo no almoço, e o sr. Se-Lambe-Muito se sentou em seu poleiro, mais conhecido como meu armário de arquivo, e se lambeu enquanto mantinha os olhos em mim o tempo inteiro. Sua perninha estava esticada no ar enquanto ele lambia suas bolas. Era bem desconfortável, como se ele estivesse tentando me dizer que aquele era o jeito que o sexo realmente acontecia. Então, quando li sobre uma mulher fazendo sexo oral em um homem, meu primeiro pensamento foi no sr. Se-Lambe-Muito, e há algo totalmente errado nessa imagem, em todos os níveis.

Mas voltando aos romances eróticos, vi que os autores descrevem a vagina de uma mulher como 1) o sexo delas e 2) uma flor florescendo, se abrindo para a semente do homem. Agora, na minha cabeça, quando penso nisso, tudo que consigo imaginar é uma vagina gigante abrindo suas camadas femininas para o pênis que escolher. Isso me confundiu mais em relação ao conceito de pele extra na área da vagina. Tentei pesquisar pele extra e vagina, e digamos que nunca mais vou fazer isso. Algo sobre um waffle azul apareceu e tenho certeza de que tive ânsia por uma meia hora depois disso.

Escrevi mais um pouco do meu livro, porém me sinto um pouco perdida, e não sei se é porque minha vida está um pouco parada. É difícil escrever romance quando ele está totalmente ausente na minha vida. Tipo, gosto de pensar que conheço o romance, contudo, quando se trata da minha experiência com o assunto, chego perto, mas falho no fim. Será que estou condenada a ficar solitária pelo resto da minha vida? Será que ia me transformar em uma Gladys, que anda por aí com um gato pendurado atrás da blusa sem perceber? Espero que não.

— Rosie, você vem? A pizza chegou — Delaney gritou da sala.

— Já vou — respondi ao fechar meu diário e guardá-lo.

Estava me sentindo um pouco melancólica porque não só Alejandro me tirou completamente do seu radar — não o culpava —, mas também Lance não me ligou e não fiquei mais sabendo de Greg, então todos as perspectivas de encontro falharam. Era bom demais para ser verdade.

Após um dia longo de trabalho, entrei na banheira quente e fiquei lendo, tentando ignorar a realidade por um tempinho, mas esse tempo foi curto, porque Delaney começou a bater na porta falando que precisava usar o sanitário com privacidade. Era a desvantagem de dividir o apartamento com mais dois outros humanos. A hora do banho não era um momento muito tranquilo, era para fazer o que tinha que fazer e sair.

Foi quando voltei ao meu quarto para ler um pouco do livro que Henry me deu e escrever em meu diário.

— A pizza está esfriando — Delaney gritou de novo, começando a me irritar.

Coloquei um moletom e minha pantufa de ursinho — é, eu tinha oito anos de idade — e fui.

— Aí está ela — Derk disse, batendo palma devagar. — Resolveu nos agraciar com sua presença.

Mostrando o dedo médio para ele, me sentei em um dos banquinhos altos e peguei um pedaço de pizza de brócolis e azeitonas pretas, minha preferida.

— Cadê o Henry? — perguntei, esperando vê-lo.

— Ele tinha um encontro. Tenho quase certeza de que não volta para casa.

Por algum motivo, uma dorzinha de ciúme percorreu meu corpo, mas a abafei tão rápido quanto apareceu. Não podia ter Henry para mim toda noite. Eu dependia demais dele.

Tentando parecer interessada, perguntei:

— Ah, com quem? Você a conhece?

— Não sei. O nome dela é Rindy.

— Rindy? — perguntei, já conseguindo visualizá-la em minha mente. Se ela fosse como uma típica garota de Henry, era peituda e loira. Ele falava que amava morenas, mas quase toda garota com quem saía era loira.

— Não sei como ela é, mas ele disse que ela era cheerleader do New York Knicks. Acho que é modelo agora, não me lembro.

— Parece bem o tipo de Henry, então. Ele não sabe sair com uma garota normal.

— Ele tem um ótimo gosto — Derk disse, mastigando sua pizza e olhando-a como se fosse um presente direto do paraíso.

— Ele tem um gosto horrível — Delaney retrucou. — Lembra daquela loira com a "marca de nascença" no rosto? Juro por Deus, aquela maldita coisa se mexia toda vez que eu olhava para ela. Tenho certeza de que estava na ponta do nariz um dia.

— Amorzinho — Derk falou baixinho. — Isso é chamado de exagero. Nós dois sabemos que não estava no nariz dela.

— Estava. Lembra? Ela saiu cambaleando do banheiro na noite em que fomos naquele barzinho no Meatpacking District. Seu cabelo estava todo bagunçado e sua marca de nascença estava na ponta do nariz.

— Baby, você estava completamente bêbada naquela noite. Pensou que meu pau estivesse brotando da minha orelha, lembra?

— Por que está defendendo-a? Gosta dela? Está falando com ela pelas minhas costas? — Delaney acusou.

Derk jogou as mãos no ar e disse:

— Desisto, ela tinha uma marca de nascença no nariz.

Sorrindo com satisfação, Delaney se voltou para mim e declarou:

— Funciona toda vez. Lembre-se disso quando tiver um homem na sua vida, é só ficar pressionando até ele ceder.

— Ótimo conselho, baby. Ensiná-la como mostrar uma lápide antecipada para um cara. Muito legal.

— Só estou tentando ajudar a garota — Delaney disse, dando uma piscadinha. — Então, o que aconteceu com o bonitão do Alejandro? Era tudo que pensei que seria? Aquela foto fala por si mesma, só fiquei em dúvida de por que tem uma pegada de pé 37 nela.

Todos nós olhamos para a lareira da sala, onde Henry colocou a tela perfurada para todos verem. Era nossa nova obra de arte, e eu não consegui me conter e dei risada só de olhar para a coisa idiota.

— Fiquei pensando o que era aquela obra de arte — Derk falou, analisando-a. — Esse cara está com tudo nessa imagem.

— Bom, não é muito precisa — resmunguei.

— O quê? — Delaney perguntou, empurrando meu ombro para eu ter que olhá-la. — Desculpe, mas será que ouvi direito? Você viu o pênis dele ontem à noite?

— Vi — confirmei fazendo Delaney ficar boquiaberta no balcão. — Não quero entrar em detalhes, mas digamos que vi o pênis dele, e era extremamente peludo, então saí o mais rápido possível do seu apartamento.

— Ahh, qual é? — Derk disse, soando decepcionado. — Caras que não raspam realmente nos difamam. Uma aparadinha nas bolas não dói nada, principalmente quando sua parceira mantém as coisas lisinhas.

— Obrigada, baby. — Delaney beijou Derk nos lábios. — Ele tem razão, se ele não raspasse nem aparasse lá embaixo, eu nunca colocaria as bolas dele na boca, e serei sincera com você, Rosie, gosto de pôr bolas do meu homem na boca.

Ela acabou de falar que gosta de pôr bolas de homem na boca? Não acreditava que aquilo era uma frase que um dia ouviria, porque, após minha experiência na noite anterior, não achava que conseguiria olhar para um par de bolas sem engasgar.

— Desculpe, mas você acabou de falar que gosta de colocar bolas na boca?

— Falei — Delaney confirmou despreocupadamente. E, de forma apaixonada, completou: — Tem alguma coisa diferente em ter as bolas do seu homem na boca, poder morder a posse mais preciosa dele com uma mexidinha da mandíbula, não que eu fosse fazer isso, mas é muito poderoso. Além de tudo, gosto de lamber o saco de Derk; ele praticamente ronrona quando faço isso. É divertido.

— Sabe, baby, tem coisas que você pode manter entre nós, não tem problema fazer isso.

— Qual é a graça? — Delaney contra-argumentou. — Aí eu não poderia ver como seu rosto fica vermelho quando falo de como você ronrona. — Delaney se virou para mim e continuou. — Ele também gosta quando passo o dedo na fenda de sua coxa, bem onde suas pernas se encontram na cintura. Ele fala que faz cócega, mas, na verdade, o deixa mais duro...

— Baby, sério. Chega — Derk a repreendeu, ruborizando em um tom horrível de vermelho.

— Não seja tão rígido, Derk. Estamos compartilhando.

— Estamos? Tudo bem. — Derk soltou sua pizza, limpou as mãos e olhou diretamente para mim. — Sabe o barulho que sai da boca de Delaney quando estamos fazendo sexo, o som de hiena?

Assenti quando Delaney cobriu a boca dele com a mão.

— Não ouse contar essa porra — ela alertou.

Bom, agora eu estava interessada. Quando Derk e Delaney estavam juntos no quarto dela, não era incomum escutar um som animalesco de alma penada. Eu achava que era Delaney se divertindo com Derk, mas agora parecia que ela tinha um segredo sexual escondido, e eu estava intrigada.

Soltando-se dos seus braços, Derk a prendeu no balcão e olhou por cima do seu ombro para mim. Com um sorrisinho diabólico, ele divulgou o segredo.

— Sua amiga tem um fetiche sério por dedos do pé e, se eu faço qualquer coisa em seus dedos, ela começa a chiar e a gritar como uma hiena. Se quero que ela goze, é só mexer em seu dedão do pé enquanto estou dentro dela, e aí já era.

Ele se afastou de Delaney, feliz consigo mesmo. Delaney alisou sua camisa amarrotada e ergueu o queixo conforme se virou para me encarar.

— Descobri que gosto que mexam no meu dedão durante o sexo. Não tem nada de errado nisso. Apenas sei do que gosto. Facilitei para você — ela disse para Derk.

Tentei me conter, mas não consegui. Soltei um ronco instantaneamente, me fazendo cobrir a boca. Quando voltei a olhar para Delaney, ela estava com uma cara de brava.

— Só aguarde, quando você tiver transado algumas vezes, vai descobrir o que te excita, porque, por mais que homens gostem de pensar que enfiar em você com o cajado duro deles faça mágica, é muito mais do que isso. É preciso acariciar a garota do jeito certo.

— Cabeça, ombros, joelhos e pés, certo, Delaney? — perguntei com um sorrisinho.

— É, ria quanto quiser. Só espere sua hora chegar, Rosie. Depois do massacre inicial de um homem se apossando da sua vagina para ter orgasmo, você vai começar a descobrir do que gosta e vai depender disso. Conhece isto? — Delaney questionou, enfiando o dedo em um buraco que fez com a outra mão. — Isto se chama o melhor amigo de um homem, mas, para nós, mulheres, é simplesmente penetração, nada bajulador. A gente gosta é de uma carícia no clitóris.

— Espere — parei Delaney por um segundo. — Então, quando um cara entra em você, não é prazeroso? Tudo que li discorda disso.

— Não estou dizendo que não é bom e, sim, já tive orgasmo só com penetração, mas, se você quer aquele orgasmo que flexiona seu dedão, tem que ter ação envolvendo o clitóris ou, se o cara conseguir encontrar seu ponto G, aí sim, isso que é orgasmo. Humm, só de pensar nisso fiquei com tesão.

Derk se animou e olhou para Delaney de cima a baixo, colocando a mão nas costas dela.

Meghan Quinn

— É mesmo, baby?

— É, talvez possamos ir para o quarto...

— Olá, estou bem aqui — relembrei-os, mas ambos me ignoraram, jogaram suas bordas de pizza na caixa e saíram para o quarto dela, me deixando de novo sozinha.

— Que figuras — eu disse, fechando a caixa e colocando-a na geladeira. Eu deveria saber que isso aconteceria. Era raro quando Delaney e Derk não estavam no quarto dela, em ação.

Assim como nos velhos tempos, quando meus dois amigos estavam fora em encontros, peguei meu laptop e me sentei na cama. Entrei no site de encontros e vi que havia uma mensagem. Rezando para ser de Greg, e não de um cara aleatório, eu a abri.

Felizmente, era de Greg, e havia um círculo verde em seu nome, o que eu não fazia ideia do que significava, mas comecei a ler a mensagem quando uma caixa de mensagens instantâneas apareceu com um texto de Greg.

Greg: Ei, linda. Estava torcendo para te encontrar aqui hoje.

Eu não deveria ser afetada por ele me chamar de linda, provavelmente chamava a irmã de linda, mas não consegui evitar e me senti nas nuvens com isso.

Rosie: Oi, não sabia que esta coisa tinha caixa de mensagens instantâneas.

Greg: Eu também não, até um velho solitário me mandar mensagem, querendo companhia. Pensei que era legal até ele me mandar uma foto dos seus mamilos enrugados, perguntando se a mancha neles parecia ser cancerígena.

Rosie: Mentira!

Greg: Verdade. Dizer que vou mais à academia por causa disso é eufemismo. Ver as tetas de um homem faz isso com você.

Rosie: Você vai à academia agora?

Greg: Quero te impressionar e falar que vou sempre, praticamente vivo lá, mas acho que, se um dia nos encontrarmos, você saberia que estou mentindo. Sou magro, mas não chega nada perto de um fisiculturista.

Dava para ver que ele era magro nas fotos. Tinha até uma foto sem camisa, e ele era definido em todos os lugares certos, mas, como falou, não era um fisiculturista.

Rosie: Não sei, você parecia bem musculoso e viril nas fotos.

Greg: Estou lendo isso com sarcasmo. Estou certo?

Rosie: Nem um pouco. :)

Greg: Sarcasmo total, mas vou conviver com isso. Me diga, Rosie Bloom, o que comeu de jantar esta noite?

Rosie: Pizza com meus amigos.

Greg: Pizza? Minha refeição favorita. De onde comeram? Espere, deixe-me adivinhar, era artesanal, normal ou com crosta fina?

Rosie: Normal.

Greg: Pouco ou muito molho? E o queijo estava sobre o recheio ou embaixo?

Rosie: Pouco molho e o recheio estava debaixo do queijo.

Greg: Bingo! Boriellos. Acertei, não acertei?

Dei risada do entusiasmo de Greg. Estranhamente, ele acertou. Ele tinha razão, adorava pizza e, depois do seu questionário, vi que ele as conhecia muito bem.

Rosie: Estou impressionada. Sim, pedimos no Boriellos. Agora, para realmente me impressionar, você tem que me falar o que eu pedi.

Greg: Humm, isso é difícil porque sinto que não te conheço tão bem assim, mas, se tivesse que dar um palpite, vou dizer que foi de azeitonas pretas e... brócolis.

Rosie: Não é possível que acabou de acertar. Está me perseguindo?

Greg: Haha! Não! Mas se eu disser que meu amigo faz entrega para eles e que, quando mostrei a ele uma foto sua outro dia, falou que entrega sempre em seu apartamento e que você é a única que pede essa pizza, acreditaria em mim?

Rosie: Seu amigo é nosso entregador? Isso significa que ele te contou sobre todas as camisetas de gato vergonhosas que uso quando atendo à porta?

Greg: Talvez ele tenha mencionado uma ou duas camisetas de gato...

Rosie: Eu as ganho! Trabalho em uma revista de gatos, então constantemente ganho camisetas grandes de gatos. O que posso dizer? São confortáveis.

Greg: Ei, nunca consigo ignorar uma camisa grátis, então entendo perfeitamente.

Me conte, elas têm arco-íris, talvez um unicórnio?

Rosie: É o sonho de uma garota. Não, só têm gatos de verdade. Geralmente, o gato do mês. Minha chefe ama colocá-los nas camisetas.

Greg: Seu trabalho parece maravilhoso, apesar de que seria melhor se fosse com cachorros porque eles são muito mais legais.

Rosie: Me diga, se você tivesse uma camiseta com a cara do seu cachorro, usaria em público?

Greg: Está brincando, né? Se eu tivesse uma foto do Bear em uma camiseta, usaria todo dia. Na verdade, Bear teria uma camiseta combinando com minha cara feia nela.

Rosie: Haha, eu adoraria ver isso, e você não tem uma cara feia. Tem uma cara atraente.

Greg: Olha só, Rosie. Está me bajulando. Como fui ser tão sortudo?

Rosie: São os deuses da internet.

Greg: Acho que está certa. Então, está combinado para sexta?

Depois da conversa, eu estava definitivamente mais do que pronta para sair com ele. Greg parecia ser divertido, intrigante e senti que nos daríamos bem, dado como nossa conversa fluiu facilmente.

Rosie: Sim, me fale quando e onde, e estarei lá.

Greg: Caramba, Rosie, você acabou de alegrar meu dia. O que gosta de fazer?

Rosie: Qualquer coisa, de verdade. Só não me leve ao cinema, quero poder conversar com você.

Greg: Filmes são para amassos e não vou enfiar a língua na sua goela no primeiro encontro, a menos que seja uma exigência sua. É uma exigência? Eu ficaria feliz em obedecer.

Rosie: Haha, boa tentativa, mas não, não é. Desculpe.

Greg: Um cara tem que tentar. O que acha de irmos a um lugar em que fazemos nossa própria pizza no forno à lenha? Nós pagamos para podermos fazer esse trabalho.

Rosie: Parece intrigante. Estou dentro.

Greg: Perfeito. Olha, poderia falar com você a noite toda nesta coisa, mas tenho que ler uns artigos antes da aula de amanhã à noite do meu mestrado. Vai me perdoar por sair daqui cedo demais?

Rosie: Acho que sim. Tenha uma boa noite, Greg, estou ansiosa para sexta.

Greg: Eu também, Rosie. Boa noite.

Nós dois saímos e coloquei o computador de lado enquanto sorria, pensando no encontro com Greg. Sentia-me rejuvenescida com minha vida de encontros depois de me sentir meio deprê.

Com sede, fui para a cozinha, onde ouvi Delaney e Derk transando no quarto. Dei risada ao ouvir um som abafado de hiena vir por debaixo da porta. Claramente ela estava tentando disfarçar o fato de que Derk estava brincando com seus dedos do pé. Que coisa bizarra, mas só dizia respeito a eles.

A porta da frente do apartamento se abriu rápido e bateu, me assustando. Me virei e vi Henry bravo e determinado. Ele passou direto por mim, foi até a geladeira e pegou uma cerveja. Com um barulho alto, começou a drenar o líquido enquanto segurava no balcão. Ele estava tenso, bravo e, francamente, não era o Henry com o qual eu estava acostumada. Além disso, chegou cedo em casa do seu encontro... Ele nunca chegava cedo em casa quando saía para um encontro.

Quando ele colocou a garrafa no balcão, me aproximei e perguntei:

— Henry, você está bem?

Ele olhou para mim.

— Não, parece que estou bem? — A raiva em sua voz me sobressaltou.

— Não, mas não precisa gritar comigo — me defendi. Detestava ser o saco de pancada para os problemas de outra pessoa e me recusava a ser um para Henry.

— Será que não preciso? Não é tudo culpa sua?

— O que disse? — questionei, colocando as mãos na cintura.

Henry pegou outra cerveja e a bebeu inteira em um gole.

Secando a boca, seus olhos desafiaram os meus enquanto falava.

— Seu azar de encontros foi transferido para mim. Antes de começar a compartilhar as coisas, eu era bom, era perfeito, na verdade. Conseguia uma boceta sem nem tentar, mas, então, você entrou no jogo, e não consigo mais nem subir.

— O quê?

— Você me ouviu — ele disse em um tom raivoso. — Cheguei nos finalmentes com Rindy, uma das mulheres mais gostosas que peguei em um bom tempo, e o que acontece comigo? Visões de você vomitando no pau de um cara percorreram minha mente, impossibilitando que meu pau subisse.

— Uau! — exclamei, me sentindo insultada. — Então, porque você tem problema para controlar seus pensamentos, está me culpando? Você é um babaca, Henry.

— Vai, como se não tivesse me contado todas aquelas histórias de propósito. — ele disse ao andar atrás de mim.

Eu estava voltando para o quarto, porque não queria lidar com ele bêbado. Claramente, ele tinha bebido, e não foram só as duas cervejas que o vi consumir.

— De propósito? Desculpe, mas pensei que estivesse conversando com um amigo. Você me perguntou sobre as histórias. Era para eu não ter te contado nada? Você nunca deixaria isso acontecer.

— Acredite em mim, se eu não tivesse que ouvir sua justificativa para uma vida triste de encontros, seria mais do que feliz.

Meu coração se partiu pelo veneno que saía da boca dele. Não entendia muito bem por que ele estava sendo tão maldoso, por que estava sendo tão malvado comigo, mas não gostava disso e não iria aceitar.

— Então me deixe em paz. Não pedi para você ficar na minha cola, então me deixe em paz, porra. — Deixei a raiva me possuir e o palavrão sair com facilidade.

— Certo. — Ele jogou as mãos no ar. — Fácil, fique com seu azar.

— Saia — berrei, empurrando o peito de Henry para ele sair, mas ele segurou meus pulsos e me puxou para seu peito.

Seu bafo estava alcoolizado conforme ele respirava pesadamente e olhava para mim. Seus olhos estavam vidrados e o Henry verdadeiro estava, lentamente, começando a aparecer enquanto ele fixava o olhar no meu. Seus traços suavizaram conforme ele acariciou meu rosto com o polegar. Era meio assustador como era rápida a mudança em seu comportamento quando eu estava em seus braços.

A dor tomou sua voz quando ele disse:

— Rosie, você é linda, sabe disso?

— Saia daqui, Henry — falei fracamente, tentando empurrá-lo. — Você está bêbado e está sendo um cretino. Não o quero perto de mim.

Suspirando, ele virou a cabeça para longe e murmurou:

— É, você nunca me quer. História da minha vida. — Ele me afastou e saiu pela porta, me confundindo mais do que nunca.

Meghan Quinn

Capítulo Treze
O gargarejo de melaço

Eram somente onze da manhã e eu queria arrancar os olhos, ou pelo menos deixar o sr. Se-Lambe-Muito fazer isso. Depois de expulsar Henry do meu quarto na noite anterior, não consegui dormir nada ao tentar interpretar tudo que ele disse e por que estava sendo tão grosseiro comigo. Eu não achava que tinha feito algo errado, mas ele claramente achava.

Consegui me aprontar naquela manhã mais cedo do que o normal e sair sem interagir com ele, o que foi melhor porque eu não fazia ideia do que lhe dizer.

Delaney me enviou mensagem mais cedo, perguntando se eu estava bem, porque ela ouviu Henry e eu discutirmos, mesmo com seu grito de hiena. Falei que estava bem e que Henry estava bêbado na noite anterior, falando coisas que provavelmente não eram verdade, principalmente quando falou que me acha linda. Aquilo foi coisa de bêbado, certeza. Vejo as garotas com quem ele sai; elas eram bem acima do meu nível de beleza. Eu era bonita, mas, como já disse, tenho mais curvas do que outras e tenho meu próprio estilo, que não chega nem aos pés das modelos de Henry.

Eu detestava ficar triste, especialmente no trabalho, porque, na maior parte do tempo, o trabalho era terrível com Gladys respirando no meu cangote, certificando-se de que eu representasse os gatos da melhor maneira possível, e eu tentando ficar o mais longe possível do seu bichano, o que era bem difícil devido ao espaço do nosso escritório.

A única coisa que me fez sorrir naquele dia foi a foto de um gato voando no espaço sideral com um body de Pop-Tart e um arco-íris saindo da bunda que Jenny me enviou. Era, de longe, a coisa mais bizarra que eu já tinha visto, mas me fez rir. Até imprimi a foto e coloquei no meu quadro de avisos. Estava só esperando Gladys ver o gato Pop-Tart e me dizer que era uma representação ruim dos nossos amigos felinos, mas, até lá, o gato Pop-Tart ficaria ali.

— Ei — uma voz grave que reconheci instantaneamente veio da minha porta.

Olhei para cima e vi Henry apoiado no batente com as mãos nos bolsos. Estava usando um terno azul-marinho com uma camisa branca com os dois primeiros botões abertos e sapatos marrons. Ele sempre se vestia bem para trabalhar.

Francamente, fiquei surpresa ao vê-lo ali, não só por causa da nossa briga da noite anterior, mas porque ele nunca me visitava no trabalho pelo simples motivo de que odiava gatos, principalmente o sr. Se-Lambe-Muito, que parecia ter uma grande queda por Henry e não o deixava em paz quando ele estava presente.

— O que está fazendo aqui? — perguntei, desviando o olhar do computador.

— Podemos conversar?

— Não tem que trabalhar?

— Peguei bastante tempo para o almoço. Por favor, Rosie?

Me recostei na cadeira e cruzei as mãos à frente do peito, falando:

— Certo, feche a porta se não quer que o sr. Se-Lambe-Muito te encontre.

Henry fechou-a rapidamente e se sentou na cadeira à minha frente. Desabotoou o paletó para poder se acomodar e se posicionou um pouco para a frente na cadeira ao falar comigo.

— Rosie, quero me desculpar por ontem à noite. Passei do limite, estava bêbado e fui um completo babaca com você. Sinto muito mesmo.

— É, foi, Henry. Falou umas coisas bem chatas para mim.

Ele balançou a cabeça e olhou para as mãos.

— Eu sei e sinto muito. Estava irritado e resolvi colocar toda a culpa em você, quando nada disso é sua culpa.

— Então não me culpa por não conseguir subir?

— Não. — Ele balançou a cabeça. — Nem um pouco. Isso foi problema meu. As coisas têm sido diferentes para mim ultimamente.

— O que quer dizer? Como as coisas têm sido diferentes?

Pigarreando, ele se mexeu no assento ao ajustar a calça.

— Estou passando por muita coisa recentemente, Rosie, e...

Jenny bateu na porta, segurando uma caixa. Acenei para ela entrar com um olhar confuso.

— O que é isso? — perguntei quando ela a colocou na minha mesa.

— É uma entrega para você. Talvez seja de Atticus.

— O cara que ela chutou nas bolas? — Henry perguntou, soando desacreditado.

— É, ele disse que gostou dela.

— Não é de Atticus, Jenny. Acredite, ele nunca mais vai me ligar.

— Então de quem é? — ela perguntou, praticamente saltitando.

Dei de ombros e peguei a caixa para descobrir. Dentro, havia um buquê de rolinhos de pelo. Ver os cinco rolinhos me fez rir alto. Aninhado no buquê, havia um cartão que li em voz alta.

> — *No caso de não conseguir fugir dos gatos com facilidade da próxima vez.*
>
> *Phillip.*

— Ohh, ele parece fofo.

— Quem é esse tal de Phillip? — Henry perguntou, mudando totalmente seu comportamento.

— É um cara que conheci no elevador antes do meu encontro com Alejandro. Ele me viu esquivar dos gatos e impedir que ficasse cheia de pelos, o que fiquei grata, já que não tinha um rolinho comigo.

— Então ele te mandou rolinhos. Que adorável — Jenny comemorou ao se sentar na minha mesa e começar a tocar o "buquê".

— Parece meio brega — Henry disse, recostando-se na cadeira com um olhar rabugento.

— Não é nada brega, você só está com inveja por não ter pensado nisso — Jenny contra-argumentou.

O negócio com Henry e Jenny é que eles nunca se deram muito bem. Saíram umas duas vezes e toda vez foi um desastre. Por algum motivo, eles só discordavam, então eu tentava mantê-los separados o máximo que conseguia. Já que Henry nunca ia ao meu escritório, não tinha muito problema. Até agora.

— Para quem eu ia mandar rolinhos?

— Oh, não sei, talvez para a garota que você gosta há anos.

— Do que está falando? — Henry perguntou, cuspindo veneno.

— Não se faça de besta comigo, todo mundo sabe que você gosta da Rosie.

— O quê?! — perguntei, provavelmente caindo da cadeira. — Jenny, Henry e eu somos apenas amigos.

Henry ficou branco conforme absorvia as palavras de Jenny. De novo, ele pigarreou e ajustou o paletó.

— É, apenas amigos, Jenny, então pare com isso.

Tanto Henry quanto Jenny trocaram olhares odiosos, depois Jenny revirou os olhos, saiu da mesa e foi para a porta.

— Que seja, viva em negação. Rosie, Gladys queria que eu te avisasse que ela vai te enviar as alterações que fez no seu artigo dos segredos do gato. Ela quer mais paixão por gatos nele.

Balancei a cabeça, confusa.

— O que isso significa? Ela quer que eu lamba as costas da minha mão e esfregue meu cabelo enquanto escrevo o artigo? Será que isso mostraria mais paixão?

— Possivelmente. Tente. — Ela sorriu e saiu, fechando a porta.

Henry me olhou desafiadoramente e disse:

— Não gosto nem um pouco dela.

— Percebi isso pelo jeito que você rosnou no minuto em que ela entrou aqui.

— É só que ela acha que sabe de tudo, mas não sabe.

— Sendo bem maduro hoje, pelo que estou vendo — eu disse, movendo o buquê para a estante de livros atrás de mim. Era um presente perfeito, mas um pouco espaçoso demais para minha mesa. Gostava de manter as coisas organizadas e em ordem para o sr. Se-Lambe-Muito não poder destruí-las. Houve muitas vezes em que entrei na sala no dia seguinte e vi todos os papéis que organizei em pilhas espalhados no chão porque os gatos achavam divertido jogar tudo de cima da minha mesa.

Peguei-os fazendo isso muitas vezes. Eles sentavam na mesa, agindo como se fossem inocentes, mas, de vez em quando, empurravam algo com a pata até cair, só para serem cretinos. Malditos gatos.

— Que seja, vou indo.

— Espere, você ia falar alguma coisa antes de Jenny entrar.

— Esqueça — Henry disse, levantando-se e alisando o paletó.

— Por que está sendo tão esquisito? Não estou te entendendo, Henry.

— Não se preocupe com isso. Estamos bem? — ele perguntou, um pouco preocupado e menos irritado.

— Acho que sim. Por favor, não me trate daquele jeito de novo. Você é meu melhor amigo, Henry, não quero que fique bravo comigo ou que seja maldoso.

Expirando de um jeito frustrado e passando os dedos por seu cabelo estilizado, ele foi para a lateral da minha mesa e se sentou nela, pegando uma das minhas mãos.

— Desculpe, Rosie. De verdade, me desculpe. Só estou passando por umas coisas no momento, então peço perdão por ter descontado em você. Não foi minha intenção te magoar.

— Pelo que está passando? Pode conversar comigo, sabe?

— Eu sei, mas não é nada com que precise se preocupar. — Mudando de assunto, ele adicionou: — Quer assistir Indiana Jones esta noite? Talvez comprar comida chinesa? A menos que tenha outros planos...

Balancei a cabeça, negando.

— Não que eu saiba. Não tenho nada planejado.

— Então está marcado — Henry disse, puxando minha mão para sua boca e beijando-a. — Desculpe de novo, Rosie. Nunca quero te magoar, nunca mesmo.

— Obrigada, Henry. Eu agradeço.

— Te vejo hoje à noite?

Eu estava prestes a dizer que sim, quando alguém bateu na porta. Olhei e vi Phillip parado com um sorriso no rosto. Acenei para ele entrar, me sentindo um pouco animada por ele ter ido me visitar.

— Desculpe, estou interrompendo alguma coisa? — Phillip perguntou, olhando para Henry e mim.

— Não, nada. Phillip, este é Henry, meu amigo. Henry, este é Phillip.

Henry assentiu e apertou a mão de Phillip.

— Ah, o cara do rolinho.

— É. — Ele sorriu, erguendo o queixo. — Vi que os recebeu, fico feliz.

Tanto Henry quanto Phillip olharam para baixo em silêncio, medindo um ao outro. Eles tinham a mesma altura e estrutura. Seria uma competição equilibrada, com certeza, mas eu apostava em Henry. Ele podia ser bonito, mas também era bem homem e tinha opinião, sem dúvida.

— Aham — pigarreei. — Henry, você não estava indo embora?

Com um último olhar, Henry se virou para mim e disse:

— Te vejo hoje à noite, amor?

— Sim — concordei, detestando que ele estivesse agindo de um jeito charmoso e gentil agora, diante de Phillip, como se tentasse marcar território.

— Me avise se precisar de alguma coisa. Vou pedir comida chinesa. Tenha um bom dia, amor. — Com isso, ele me puxou para um rápido abraço, depois me deixou sozinha com Phillip.

Ele se virou para mim com um olhar confuso no rosto, depois disse:

— Tem certeza de que são só amigos? Parece que há mais coisa entre vocês.

— Não, acredite em mim, somos só amigos. Não sou o tipo dele.

— Que bom, porque eu teria que brigar com ele para um encontro com você, se fosse o tipo dele.

— Você quer sair comigo?

Ele assentiu e abriu aquele sorriso lindo. O homem que estava diante de mim era diferente de todos que eu já tinha conhecido. Era bem convencido, arrogante e confiante. Na verdade, era bem atraente, e eu podia ver por que todas as heroínas nos livros que eu lia se apaixonavam pelo homem do tipo dominante: eles eram diretos e sabiam o que queriam e simplesmente pegavam.

Esse era Phillip. Ele tinha esse ar em volta dele para o qual eu não conseguia evitar ser sugada. Talvez fosse o branco dos seus dentes, ou como seus ternos eram feitos especificamente para seu corpo. O que quer que fosse, eu queria conhecê-lo melhor e, mais ainda, queria conhecê-lo no quarto.

Deus, eu precisava parar de ler um pouco, porque minha mente estava ficando cada vez mais pervertida.

— Venha almoçar comigo. — Foi mais uma exigência do que um convite.

— Aonde iríamos? — perguntei, tentando não demonstrar que estava pronta para pular em suas costas e atravessar o corredor com ele.

— Há um pequeno café a um quarteirão daqui, juro que não vamos demorar. Não quero que a chefe felina fique brava com você.

— Não, não podemos deixar que isso aconteça. Só me deixe mandar um e-mail rápido e aí já vamos.

— Ok, se importa se eu esperar na sua sala?

— Claro que não. Sente-se, se quiser.

Balancei o mouse para acordar meu computador e abri uma janela de novo e-mail. Comecei a digitar uma mensagem para mim mesma, me lembrando de tomar minhas vitaminas quando chegasse em casa. Por algum motivo, queria parecer importante para Phillip, então, na minha cabeça, enviar um e-mail antes do almoço me fazia parecer que estava no mesmo nível profissional que ele, em vez de parecer que trabalhava em uma revista de gatos onde os gatos literalmente mandavam no meu trabalho.

Feliz com meu e-mail, enviei e me levantei.

— Está pronto?

— Claro.

Com a mão na minha lombar, ele me levou para o elevador e saímos do prédio, o tempo todo em silêncio, o que foi um pouco esquisito para mim, já que eu não gostava de silêncios estranhos.

Quando saímos, Phillip se virou para mim e acenou na direção que gostaria de ir.

— Por aqui.

Eu o segui com a mão dele nas minhas costas o tempo todo, me guiando pelas ruas de Nova York, onde carros buzinavam constantemente, as pessoas nas ruas tentavam vender suas bolsas falsas e o cheiro podre flutuava no ar. Eu adorava cada segundo daquilo.

Viramos a esquina, e a placa de um pequeno café pelo qual eu passava quase todos os dias apareceu, mas nunca pensei em entrar lá.

— Vejo este lugar quase todos os dias, mas nunca entrei.

— Sério? Bom, você terá uma surpresa. Eles têm a melhor sopa de brócolis e cheddar que você vai comer na vida.

— Melhor do que da Panera? — perguntei.

Ele me olhou engraçado e assentiu.

— Você acabou de me perguntar isso mesmo?

— Se eu disser não, você acreditaria?

Rindo, ele balançou a cabeça e abriu a porta para mim.

O café era bem pequeno, exatamente como todo lugar em Nova York, já que era difícil encontrar imóveis vagos. O piso era xadrez em preto e branco e as paredes, de um laranja queimado. Havia uma vitrine de pães em uma parede e uma de carnes frias do outro lado. Era um típico café que se encontraria em Nova York.

A única coisa que realmente parecia diferente era Phillip. Ele parecia ser um homem que jantava no Loeb Boathouse do Central Park todos os dias, não alguém que ansiava por uma sopa de brócolis com cheddar de um café local.

— Então, você acha que vai pedir a sopa? — Phillip perguntou perto do meu ouvido.

— Já que você acha que é a melhor, acho que preciso provar.

— É assim que eu gosto. — Ele sorriu.

Observei-o pedir para nós, adicionando água e um cookie para dividir, todo o tempo mantendo a postura forte e confiante que transpirava alta sociedade. Ele era um contraste gritante de se olhar, de estar perto, era bem fascinante e só me deixou ainda mais curiosa para ver como ele era na cama. Não que eu estivesse pronta para deitar em uma com ele, só estava curiosa.

Ele me guiou para uma mesa no canto do café e colocou a bandeja na mesa com nossa comida. Era fofo vê-lo cuidando de tudo.

Quando nos acomodamos e estávamos tomando a sopa, Phillip ergueu os olhos para os meus e perguntou:

— Me diga, Rosie, em que faculdade estudou?

Engolindo a sopa, que realmente era deliciosa, respondi:

— Na NYU, com meus dois melhores amigos com quem moro agora.

— Você mora com mais gente? — ele perguntou, um pouco surpreso.

— Moro, infelizmente. Como sabe, é caro aqui e viver com salários da *Friendly Felines* não vai me fazer morar em um barracão em Manhattan.

Rindo, ele comentou:

— Entendo. Você tem aspirações de trabalhar em outro lugar?

— Tenho. Na verdade, estou trabalhando em um livro no momento. Adoraria poder escrever minhas próprias coisas e não ter que ouvir uma pessoa me falar qual artigo de gato tenho que escrever no dia. Oh, ou como preciso de mais miau nas minhas histórias.

— Miau? Sério? Sua chefe fala isso?

— O tempo todo. — Dei risada. — Temos reuniões toda segunda de manhã e você tinha que ouvir algumas coisas que ela fala. Miau é sua palavra favorita, mas também fala coisas como peeeer-feito.

— Mentira! — Ele riu.

— Verdade, infelizmente. A mulher é a própria imagem da louca dos gatos. Tenho certeza de que ela tem um travesseiro de pelo de gato.

— Isso é horrível.

— Nem me fale. — Dei risada. Se um dia precisar de uma mulher louca na história que estou escrevendo, será baseada em Gladys; ela é o material perfeito para um livro.

Assentindo, ele perguntou:

— Que tipo de livro quer escrever?

Engolindo em seco, dei um gole na água e respondi:

— Hum, romance.

Um sorrisinho se abriu em seu rosto.

— Estava torcendo para falar isso.

— Estava? — perguntei, meio confusa.

— Sim. Acho que mulheres que conseguem escrever sobre romance, sobre sexo e descrevê-lo em detalhes vívidos são criaturas únicas e singulares. Adoro uma mulher que é confortável com sua sexualidade.

Seus olhos queimaram em mim, me acendendo por dentro. Ele estava flertando, caramba, ele estava cantando para minhas partes femininas apenas com os olhos.

— Faço meu melhor — menti, pensando na minha última tentativa de escrever uma cena de sexo, em que eu falava sobre os pelos pubianos e seios diferentes. Aparentemente, aquilo não era sexy e aprendi isso com Delaney, que tinha zero filtro ao me dizer quando havia algo errado.

— Não vou mentir, Rosie, isso me faz querer você ainda mais.

— Me querer? — Engoli em seco.

Parecia que estava naqueles romances eróticos em que, em um segundo, você está curtindo uma boa refeição e, no outro, inocentemente, lambe os lábios porque eles estão seriamente secos, mas o macho-alfa sentado à sua frente pensa que você está lambendo os lábios para lhe mostrar como sua língua é "rosada" e é então que as coisas saem do controle.

Estava esperando o momento em que Phillip me mandaria me curvar sobre a mesa para poder me pegar por trás, enquanto batia na minha bunda e me falava para gozar, algo que eu tinha certeza que nunca conseguiria fazer. Será que as mulheres realmente gozam com um homem falando para elas fazerem isso? Quando o vibrador ficou preso em Virginia, tentei me convencer a gozar, pensando que talvez as contrações do canal vaginal libertariam a maldita coisa, mas Virginia me mostrou o dedo do meio e segurou firme seu mini-amigo.

— No que está pensando? Parece que está longe — ele perguntou com uma voz grave, agindo como macho-alfa comigo e, caramba, estava funcionando.

— Humm, nada?

— Estava pensando em transar comigo?

É, isso era um romance. Ninguém era tão direto já no primeiro encontro, era? Estava pensando em transar comigo? Tipo, acabei de conhecer o cara em um elevador e ele já estava perguntando sobre sexo?

— Estava. — A palavra caiu da minha boca antes de eu conseguir impedir.

Quem tinha acabado de possuir meu corpo?, pensei, quando a humilhação me percorreu com minha confissão.

Secando a boca com um guardanapo, ele assentiu e se levantou, oferecendo a mão para mim. Olhei para minha sopa pela metade e, então, para o calor no olhar de Phillip, e decidi pegar sua mão.

Isso ia mesmo acontecer?, pensei quando ele me levou de volta ao nosso prédio e subimos pelo elevador, o tempo todo mantendo a mão na minha lombar e sem falar uma palavra. Passamos por meu andar e subimos para o último, onde eu sabia que as pessoas chiques trabalhavam.

As portas do elevador se abriram e, com um olá da sua secretária, ele me fez passar por ela e entrar em um escritório grande de canto. O homem tinha um cargo meio alto, mas eu não tive muito tempo para pensar conforme ele trancou a porta e se voltou para mim.

— Sente na minha mesa e tire a calça.

Ele soltou sua gravata e tirou o paletó em um movimento rápido.

Humm, ele estava falando sério? Tirar minha calça em plena luz do dia? Eu sabia que a estrada de tijolos vermelhos já não existia mais, mas, mesmo assim, ele não podia diminuir a luz do sol? Eu tinha quase certeza de que a luz seria severa com minha pele, lançando um brilho desagradável em minhas curvas.

— Rosie, não me faça repetir.

Puta merda! Eu queria falar "Sim, senhor, sr. Grey", e bater os cílios como Anastasia, mas resolvi não fazer isso, já que sabia que ele não iria gostar.

Chegando à conclusão de que eu estava vivendo uma cena de romance erótico, afastei todas as minhas inseguranças, minhas responsabilidades no trabalho e tirei a calça, revelando a calcinha branca que escolhi usar que tinha um coraçãozinho na frente. Não era a lingerie mais sexy que eu tinha, mas não tinha costura, e era tudo que eu queria.

— Tire essa calcinha de criança — ele exigiu ao arregaçar as mangas com precisão, me analisando.

Não era calcinha de criança, comprei na Victoria's Secret, mas fiquei calada, respirei fundo e tirei a calcinha, que ele pegou e jogou no lixo.

Autores de romance eram enfáticos quando se tratava de alfas e lingerie: elas eram descartáveis para eles assim como papel higiênico. Eu queria reclamar falando que aquela calcinha custou cinco dólares, não era um papel de dois centavos que ele podia jogar no lixo, mas acabei ficando calada.

— Quero te provar — ele disse ao me prender em sua mesa. — Desde quando te vi no elevador, quis saber qual é o gosto dessa boceta.

Ok, quando conheci Phillip, pensei que ele era atraente, forte e confiante, mas nunca pensei que ele tivesse uma boca suja.

Provar minha boceta? Puta merda, os homens realmente falam isso? Essa era uma experiência totalmente nova. Queria poder falar para ele ir mais devagar, se poderia gravar o que ele disse, talvez tomar nota para meus livros futuros e comparar com outros romances eróticos porque, naquele momento, a ceninha era bem adequada!

De uma vez, ele me colocou sentada em sua mesa, nua da cintura para baixo e com as pernas abertas.

— Assim — ele disse ao pegar minhas pernas e levá-las para perto do seu peito, expondo cada centímetro da minha metade inferior.

Fiquei instantaneamente vermelha só de pensar em como minha vagina parecia junto com minha bunda clareada. Eu só rezava para não ser um contraste de preto e branco.

— Rosie, sua boceta me agrada. Não achei que depilasse, mas não podia estar mais feliz.

Minha boceta o agradava? Bom, ainda bem que tinha sua aprovação, pensei, sarcástica.

Com um mergulho, sua cabeça estava entre minhas pernas, e seus dedos abriram minhas camadas femininas. Não consegui deixar de pensar que estava realmente sendo tocada por um homem nas minhas partes mais íntimas. Se ao menos não estivesse tão aberta, me sentiria mais confortável. Ele literalmente tinha prendido minhas pernas em meu peito e as aberto o máximo que conseguia. Se quisesse conduzir um exame, faria um ótimo trabalho.

Quando pensei que ele fosse apenas ficar ali, com a cabeça entre minhas pernas, sem fazer nada, ele colocou a língua no meu clitóris, fazendo o som mais hediondo sair da minha boca.

Soou como se eu estivesse fazendo gargarejo com um barril de melaço enquanto era mordida na bunda por uma cascavel. O prazer me percorreu com apenas uma lambida dele.

Agora eu sabia por que os peitos das mulheres arfavam e suas pernas estremeciam, porque, com uma lambida, Phillip me deixou ofegante. Literalmente, eu estava arfando, com a língua para fora, a perna tremendo para cima e para baixo, a baba escorrendo da minha boca conforme ele lambia o ponto certo.

Um completo estranho estava me lambendo, lambendo Virginia, que, por sinal, não estava protestando nadinha. Não, ela estava batendo suas camadas com alegria, me avisando que minhas decisões repentinas e inapropriadas eram altamente apreciadas.

A língua dele entrou e saiu de Virginia e, depois, viajou para cima até meu clitóris, onde ele me provocou, soprando e lambendo de novo.

O tormento que ele estava me causando fez meu corpo acordar, suar abundantemente, e palavras, como bolas de merda, fadas mágicas da foda e obrigada, deuses do orgasmo estavam na ponta da minha língua quando essa necessidade, essa necessidade ardente na boca do meu estômago começou a aumentar a uma velocidade alarmante. Parecia que meus dedos do pé não estavam mais presos ao meu corpo, mas, sim, flutuando para o lado, balançando para mim.

Meus joelhos tremeram quando o centro do meu cacto feminino começou a se hidratar, preparando-se para uma monção.

Joguei a cabeça para trás e subi o quadril na direção do rosto dele. Podia sentir a pressão se formando na minha bunda e, com uma lambida, meu corpo relaxou de uma vez e um som alto e bem feio escapou de mim, mas minha boca estava fechada, percebi, e o som não saiu da minha boca, mas... da minha bunda.

Phillip se afastou, interrompendo todo o prazer, e enrugou o nariz ao olhar para mim entre minhas pernas.

Repassando os últimos segundos, precisei pensar no que tinha acabado de acontecer. Será que eu acabei de peidar enquanto um homem estava lambendo Virginia? Não, não era possível, mas o olhar de desgosto que estava na expressão dele me fez acreditar que era verdade.

O pânico se instalou conforme tentei pensar no que dizer. Tinha uma única coisa que veio à mente, então falei o que estava percorrendo minha mente.

Olhei para Phillip e disse:

— Quem peidou está com a mão amarela?

De longe, ouvi Virginia me gritar "vá se foder" e a senti se encolher para acabar com toda a humilhação. A pobrezinha nunca mais sairia para brincar. Xinguei minha bunda, querendo pôr uma rolha nela e ensinar-lhe uma lição.

Eu peidei, peidei na cabeça do cara. Peidei em seu queixo, em seu maldito queixo.

Sem falar nada, Phillip se afastou e foi até uma porta fechada, que presumi ser um banheiro privativo, para lavar o pum que transmiti a ele.

Sem se importar se tinha fechado meu zíper, coloquei a calça e dei o fora do seu escritório o mais rápido possível, o tempo todo de cabeça baixa e tentando evitar qualquer contato visual com todo ser humano do prédio.

No elevador até meu escritório, xinguei todos os romances eróticos, porque nenhum nunca mencionou a possibilidade de peidar no queixo enquanto está sendo lambida. Por que não?

Oh, já sei, porque não era sexy! Vá se foder, bunda, vá se foder.

Meghan Quinn

Capítulo Catorze
O melhor amigo

O trajeto de táxi de volta ao meu apartamento depois do trabalho foi solitário enquanto eu me mexia inquieta no assento gasto de couro, sentindo falta da minha calcinha, principalmente porque o zíper da minha calça estava se esfregando na pobre Virginia. Normalmente, eu pegava o metrô para ir para casa, já que era mais barato e rápido, mas, naquele momento, não conseguia encarar o mundo subterrâneo de Nova York.

Podia me sentir começar a entrar em um vazio obscuro de negação. Passei uma boa parte da minha vida lendo livros sobre romance e nenhuma vez fui exposta a tal realidade deprimente que não fosse tão fácil quanto parecia, mas Delaney e Henry demonstravam facilidade quando se tratava de ter um relacionamento. Então chegava à conclusão do que eu era, era amaldiçoada, não havia outro motivo.

Talvez tivesse altas expectativas, talvez estivesse querendo demais?

Meu telefone começou a tocar na bolsa e, sem olhar para o número, atendi.

— Alô?

— Rosie? — uma voz familiar perguntou.

— Sim? — Não consegui identificar a voz, mas sabia que já a tinha ouvido.

— Ei, é o Lance.

— Lance? — perguntei, um pouco surpresa em ouvi-lo do outro lado da linha. Depois da minha situação de calça rasgada, pensei que não tivéssemos mais chance. — Uau, não estava esperando uma ligação sua.

— Por que não? Eu falei que ia ligar — ele disse em um tom relaxado, mas eu não estava nada relaxada, porque, francamente, estava mais do que nervosa quando se tratava de homens agora. Era quase impossível relaxar.

— É, mas sem querer ter muita frescura, isso foi há alguns dias. Depois de não ter mais notícia sua, meio que desencanei da ideia de te ver de novo.

— Desculpe. — Lance suspirou de forma exasperada. — Não estava esperando gostar tanto de você.

— Nossa, obrigada — eu disse, revirando os olhos e olhando pela janela do táxi.

— Isso não soou bem — ele tentou justificar. — Eu só... fiquei com medo.

— Depois de falar que queria sair comigo? Depois de falar que queria ser colocado em outra sessão de fotos? Pare de brincar comigo, Lance. Não sou burra.

É, eu estava sendo meio ríspida, mas, naquele momento, não queria falar com ninguém, principalmente homens. Estava ranzinza, irritada, envergonhada e tudo que queria era colocar um moletom e afundar as mágoas em um pote de sorvete.

— Não estou brincando com você, Rosie. Desculpe te fazer pensar o contrário. Sou um idiota e, sim, deveria ter ligado antes. Espero mesmo que me perdoe e que pense em sair comigo de novo. Desta vez, só você e eu, sem boliche nem oportunidades para rasgar sua calça. — Seu toque de humor amenizou a tensão no meu corpo. — O que me diz, Rosie? Posso te levar para um passeio de barco no Central Park no sábado?

— Humm, depende. Você planeja virar o barco? Com minha sorte, isso poderia acontecer.

— Juro que o barco não vai virar.

Será que eu queria mesmo sair com ele de novo? Pensei nisso por um segundo e, sinceramente, queria. De todos os encontros, foi da companhia de Lance que mais gostei. Atticus era divertido, mas quebrei as bolas dele, então não tinha chance, Alejandro era um não com todo o gnu que crescia em sua calça, e Phillip, bom, certeza que não teria mais notícia dele.

— Acho que posso estar livre no sábado.

— Está bancando a difícil. — Ele riu no telefone.

— Talvez, está funcionando?

— Está. Estou começando a ficar desesperado. Adoraria te ver de novo, Rosie.

— Seria legal te ver de novo mesmo — cedi. — Mas não vou remar.

— Eu cuido disso. Que tal um piquenique também?

— Depende, o que você leva em um piquenique?

— Hum, o que acha de sanduíches de mortadela? Faço um caprichado com mostarda e os corto em pequenos triângulos.

— Triângulos, bom, tenho que falar sim para isso. Nem acho que tenha escolha.

— Não tem mesmo. — Ele riu. — Então quer que eu te busque?

— Posso te encontrar, não precisa me buscar. Só me fale quando e onde.

— Que tal ao lado da casa de barcos lá pelo meio-dia? Fica bom para você?

— Fica perfeito — respondi, me sentindo um pouco melhor.

— Que bom, estou ansioso por isso. Antes de desligar, me diga, como está o mundo dos gatos?

— Como acha que está? — perguntei, rindo. — Tenho quase certeza de que, se baixasse minha guarda hoje, os gatos teriam me comido viva. Eles conseguem sentir quando estou tendo um dia ruim e minha determinação está enfraquecida.

— Você teve um dia ruim? — ele perguntou baixinho, provocando um frio na minha barriga. — O que aconteceu?

Ha! Até parece que eu ia contar a Lance o que aconteceu. É, não, obrigada. Não iria contar a um homem que queria namorar que tinha acabado de soltar um peido alto na cara de outro homem. Com certeza seria um suicídio romântico.

— Só algumas coisas do trabalho, mas não quero te entediar com isso — respondi, evasiva. — Nada que não vá desaparecer, mas obrigada por perguntar.

— Bom, se quiser conversar, me avise.

— Obrigada, Lance — eu disse ao chegar em casa. — Ei, preciso pagar o táxi, então tenho que ir. Te vejo no sábado?

— Sim, não se atrase.

Desligamos e dei ao taxista uma gorjeta decente por não me fazer esperar demais no trânsito durante o horário de pico. Ele fez umas manobras ousadas, sim, me fez mijar na calça algumas vezes, mas me levou para casa.

Quando entrei no apartamento, fiquei surpresa ao ver que Henry já estava em casa e por ver que havia comida chinesa no balcão da cozinha, uma calça de moletom e uma camiseta grande dobrada na cadeira, além de um Henry sorridente de short e camiseta justa me esperando.

— Bem-vinda em casa, amor — ele disse, andando até mim e pegando minha muda de roupa. — Pensei que pudesse querer se trocar antes do nosso encontrinho começar. Delaney vai dormir na casa do Derk hoje, então temos o lugar só para nós.

— Você fala como se fosse acontecer alguma coisa. — Dei um sorriso triste e peguei as roupas. — Obrigada por isso. Vou me trocar e já volto.

— Espere — Henry pediu, segurando minha mão e me puxando. — Tem alguma coisa errada? Ainda está brava comigo? Quero que saiba que sinto muito mesmo, Rosie, e desculpe por ter agido como um babaca com aquele cara do rolinho mais cedo.

— Não é isso — retruquei, me afastando. — Só tive um dia ruim. Já volto. Faz meu prato?

Deixei-o cuidando da comida enquanto me trocava. Me despi, tirei o sutiã e fiquei sem calcinha mesmo. Não queria nada me apertando naquela noite. Depois de prender o cabelo em um coque bagunçado e colocar minha meia felpuda, saí para a sala e vi Henry ligando o aparelho de DVD e colocando dois pratos enormes de comida na mesa de centro.

— Já está tudo pronto — anunciou, dando a volta no sofá.

Me sentei com as pernas cruzadas estilo indiano no sofá e coloquei uma almofada no colo. Henry sentou ao meu lado e ia me entregar meu prato quando viu as lágrimas se acumulando em meus olhos.

Instantaneamente, ele me abraçou perto do seu peito.

— Rosie, o que aconteceu? Por que está chorando, amor?

— Desculpe — eu disse em sua camiseta, tentando evitar deixar ranho nele. Me afastei e enxuguei os olhos. — Só tive um dia difícil.

— Você falou isso. Quer conversar?

— Na verdade, não — admiti. Parecia que não conseguia nem contar a Henry o que tinha acontecido.

Ele torceu a boca para o lado, enquanto me analisava.

— Rosie, você me conta tudo. O que está acontecendo? Tem a ver com aquele cara do rolinho?

— O nome dele é Phillip.

Respirando fundo, Henry respondeu:

— Certo, tem a ver com Phillip?

— Talvez. — Mais lágrimas começaram a escorrer em minhas bochechas só de pensar no que tinha acontecido.

Ficando bravo em um segundo, Henry me fez olhar para ele e perguntou:

— Ele te machucou?

— Não — engasguei ao soluçar.

— Amor, você precisa falar comigo. O que aconteceu? Está me assustando.

Suspirando, simplesmente desabafei tudo.

— Peidei no queixo dele quando estava me fazendo um oral.

O carinho calmante de Henry em minhas costas parou e pude senti-lo tentando compreender o que eu tinha acabado de falar.

— Espere, o quê?

Limpando o ranho do meu nariz, expliquei:

— As coisas esquentaram um pouco no almoço e ele me levou para seu escritório, onde fez sexo oral em mim, algo que eu nunca tinha vivido, e fiquei um pouco relaxada demais, então, quando ele estava lá embaixo, toquei uma trombeta.

A expressão de Henry se contorceu e pude ver que ele estava tentando ser educado e não rir na minha frente. Ele se conteve ao me afastar e beijar o topo da minha cabeça.

— Não se preocupe, amor. Isso acontece o tempo todo.

— Não é verdade. Está querendo me dizer que uma garota já peidou enquanto você estava lá embaixo?

— Aconteceu duas vezes comigo. Tomo isso como um elogio, que consegui relaxar tanto uma mulher que ela se esqueceu de suas inibições. Claro que não é a coisa mais sexy para acontecer no quarto, mas também não é a pior coisa. O que Phillip fez?

Com nojo de mim mesma, respondi:

— Ele se afastou como se eu tivesse acabado de acender um fósforo perto da bunda para soltar o fogo de dragão e foi ao banheiro. Saí correndo do seu escritório, sem calcinha, o mais rápido possível e, depois, me escondi na minha sala até o fim do dia.

— Oh, amor. — Henry beijou o topo da minha cabeça. — Sinto muito por ter acontecido isso com você.

— Não vai rir de mim, me zoar?

— Não, claramente você está chateada e o cara deveria ter sido mais cavalheiro com isso. Não é incomum, amor. É difícil manter tudo preso quando está tendo prazer, o que presumo que estivesse.

— Sinceramente, não consigo acreditar que permiti que isso acontecesse. No que estava pensando? Tipo, nem conhecia o cara e o deixei enfiar a língua em mim. Acho que estava achando que era uma fantasia.

— E qual é essa fantasia? — Henry perguntou, beijando a lateral da minha cabeça e me aconchegando nele.

— Você sabe, a fantasia de macho-alfa, de empresário. Em que o cara te quer bem ali e você deixa acontecer, esquece do cuidado e deixa o homem te dominar.

— Não sou familiarizado com essa fantasia — Henry zombou um pouco. — Mas parece algo que poderia me interessar.

— Pare. — Dei risada e o afastei.

— Fiz você dar esse seu sorriso lindo, não fiz?

Eu ia responder quando meu celular tocou. Esticando-me, peguei-o e vi que era o número dos meus pais.

— Alô?

— Oi, querida — minha mãe disse na linha. — Tudo bem?

— Estou bem, mãe.

Henry se animou ao me ouvir dizer mãe. Ele adorava meus pais, que o adoravam; às vezes, parecia que gostavam mais dele do que de mim.

Ele pegou o celular e apertou minha coxa ao dizer:

— Oi, sra. Bloom. Estou muito bem, e a senhora? Ah, verdade? Bom, fale para o sr. Bloom que eu comeria seu espaguete qualquer dia, mesmo que usasse pasta de tomate como molho.

Me encolhi ao ouvir isso. Minha mãe não era a melhor das cozinheiras e, quando eu era mais nova, meu pai e eu nos certificávamos de ter refeições extras pela casa para situações em que ela só fazia espaguete com molho de pasta de tomate.

— É bom falar com a senhora também, espere um pouco. — Henry me entregou o celular e disse: — É sua mãe.

— Sério? Não fazia ideia — respondi, sarcástica, ao colocar o telefone na orelha. — Oi, mãe.

— Oh, estou com tanta saudade de Henry. Por favor, me diga que virão para o brunch no domingo. Nós adoraríamos ver vocês dois.

— Brunch no domingo? Não sei. — Olhei para Henry, que estava assentindo e me fazendo sinal de joinha. — Você vai cozinhar, mãe?

— Que engraçadinha. Não, você sabe que seu pai não me deixa chegar perto da cozinha para o brunch, principalmente quando ele vai fazer sua famosa torrada francesa.

— Torrada francesa? É, eu vou.

— E Henry?

Que novidade, minha mãe estava mais preocupada com Henry.

Me virei para o homem que estava sorrindo brilhantemente, os olhos felizes e o rosto lindo iluminado apenas para mim. Independentemente do que estivesse acontecendo em minha vida, eu sempre podia contar com Henry, podia sempre contar com ele para me fazer sentir melhor.

— Henry, gostaria de ir ao brunch comigo no domingo na casa dos meus pais?

— Precisa perguntar?

— Ele vai, mãe.

Minha mãe comemorou do outro lado da linha, me fazendo revirar os olhos.

— Isso é simplesmente maravilhoso, querida. Estou com saudade de vocês dois. Quando finalmente ficarem juntos, vão formar um casal tão perfeito.

— Certo, vou indo, mãe — eu disse, terminando a conversa.

Sem dúvida, minha mãe sempre fazia a pergunta sobre meu estado civil com Henry. Ela estava crente e determinada em garantir que acabássemos namorando. Não entrava na cabeça dela que éramos apenas amigos.

— Ok, querida. Eu te amo e fale tchau ao Henry por mim.

— Vou falar.

Desliguei o celular e o joguei na mesinha de centro. Me sentindo exausta, apoiei a cabeça no braço do sofá e olhei para Henry.

— Ela perguntou de novo se estávamos namorando?

— Nunca deixa de perguntar.

Rindo, Henry puxou meu braço e me sentou para ficar envolvida em seu abraço de novo. Fazia pequenos círculos em minha pele com o polegar, provocando arrepios.

— Por que não deixa acontecer simplesmente? Faça sua mãe feliz.

Era sempre a mesma conversa provocante que tínhamos quando eu desligava o telefone com minha mãe. Henry descobria que minha mãe perguntava sobre a gente como um casal, falava para tentarmos e eu apenas revirava os olhos, porque sabia que ele estava só brincando. Ele tinha uma ideia diferente de mulher com quem ficava, mas, naquele instante, não parecia que ele estava brincando, porque soou mais sério.

— É, porque isso não seria um erro — respondi, tentando aliviar o clima.

Senti Henry enrijecer com minhas palavras e, por um segundo, pensei se talvez o ofendi, porém o senti relaxar de novo quando falou:

— É, provavelmente.

— Acho que a comida está esfriando — sugeri, tentando mudar de assunto.

— É melhor reaquecer?

— Não, vamos só comer.

Me soltando, Henry se inclinou para a frente e pegou a comida. Me entregou meu prato e um garfo e, então, pegou a sua.

— Você me conhece bem demais. Bife e brócolis, meus preferidos.

— Nosso preferido. — Ele deu uma piscadinha ao enfiar o garfo, sem parar para respirar ao comer tudo que estava em seu prato. Com a boca cheia, perguntou: — Então, o que isso significa para seu livro? Ainda vai escrevê-lo?

— Vou. — Assenti, cobrindo a boca com a mão enquanto mastigava. — Só vai demorar um tempo. Te contei que é uma homenagem à nossa amizade?

— Sério?

— É, queria modernizá-lo um pouco, então estou escrevendo um livro sobre amigos da faculdade que têm sentimentos um pelo outro.

— Alguma coisa dessa história é verdade? — quis saber, mexendo as sobrancelhas.

Pressionei a mão na testa dele e disse:

— Você e minha mãe vão me deixar louca.

— Não seria tão ruim, sabe. Nós nos conhecemos, ficamos confortáveis um com o outro, somos melhores amigos...

— É, e iríamos arruinar essa amizade quando as coisas não dessem certo.

— E como sabe que as coisas não dariam certo? — Seu tom foi zombeteiro, embora seus olhos estivessem sérios.

— Porque nós dois sabemos que eu não sou seu tipo, Henry. Além do mais, sou inexperiente demais para você. O mais perto que cheguei foi peidar num cara.

Rindo, Henry balançou a cabeça.

— Desculpe, precisava rir um pouco.

— Tudo bem. Estava esperando você finalmente perder essa máscara que colocou para não rir.

Dando de ombros, ele disse:

— Sou apenas humano, mas de volta a nós dois. — Balançando a cabeça, deixei-o continuar: — Pensei nisso, amor. Minha experiência pode ajudar sua inexperiência. Posso te ensinar tudo que precisa saber. — Baixinho, ele me olhou e completou: — Seríamos perfeitos juntos.

Meu coração caiu quando pensei na possibilidade. Deus, naquele momento, eu o queria, queria ver como seria ser dele, ter seus lábios nos meus, conviver com outro lado de Henry, o único lado que eu não conhecia.

Em vez de jogar os braços em volta dele, empurrei-o, sem estar preparada para jogar fora uma das melhores amizades que já tive.

— Pare com isso, não vai acontecer.

— Por quê? — perguntou, me fazendo suar. Estava falando sério agora?

— Sério? — retruquei, nervosa.

O silêncio pairou entre nós conforme Henry olhou nos meus olhos, buscando algo em mim, e eu não fazia ideia do que era.

— Esqueça. Não estou a fim de ver filme. Acho que só vou para o meu quarto ver um pouco de TV e dormir. É bem-vinda para ir comigo.

Podia senti-lo se afastando e não queria isso, então perguntei:

— Festa do pijama?

Seu rosto se iluminou de novo quando ele assentiu e pegou meu prato vazio. Desliguei a TV da sala e o ajudei a arrumar o resto dos pacotes de comida chinesa. Trabalhamos em conjunto, sem falar uma palavra, mas terminando tudo de forma eficiente. Dei risada sozinha ao pensar nisso. Não me admirava que minha mãe nos quisesse juntos, a gente já agia como um casal casado há bastante tempo.

A cozinha estava limpa e as luzes, apagadas, então fomos para o quarto de Henry, que era sempre imaculadamente limpo, mais limpo do que o meu quarto e muito mais limpo do que o de Delaney, já que ela achava que viver em um ninho de rato era bem mais fácil do que simplesmente limpar.

Nos deitamos na cama de Henry, ambos olhando para a TV, mas com Henry atrás de mim e me abraçando. Começamos a deitar juntos na faculdade e era algo que fazíamos com frequência, então, ter Henry me abraçando não era nada novo, mas esse sentimento de formigamento que estava se formando na boca do meu estômago toda vez que estava perto dele era novo sim.

— Cadê o controle? — ele perguntou, olhando em volta. — Estava na cama. — Ele se esticou por cima de mim e começou a procurar.

— Ei, cuidado — alertei quando sua mão encostou no meu seio.

Nós dois prendemos a respiração quando ele me olhou por cima.

O tempo parou enquanto procurávamos um ao outro, tentando entender a energia elétrica que estava nos percorrendo. Naquele instante, pela primeira vez até onde me lembrava, vi o fogo em seus olhos conforme ele analisou meu peito subindo. Meus mamilos ficaram duros pelo pequeno contato, pelo olhar ardente que ele estava me lançando, pela proximidade dos nossos corpos, era muita coisa.

Minha mente estava gritando para ele me beijar, me tocar de novo. Nunca pensei que sentiria isso por ele, um desejo tão escandaloso, mas, naquele momento, com ele me encarando, tão perto do meu corpo, com um calor se formando em minhas veias, eu queria seu toque, precisava do seu toque.

Meticulosamente, sua mão se moveu devagar para a frente da minha camiseta, onde meus seios estavam. Pude sentir minha respiração começar a acelerar por sua proximidade. Sua cabeça baixou apenas o suficiente para seu nariz se aproximar do meu, mal encostando. Meu coração parou quando sua mão acariciou levemente meu seio por cima da camiseta. E acelerou quando ele se abaixou um pouco e seus lábios dançaram contra os meus. Era sutil, mas eletrizante pra cacete, como se malditas estrelinhas estivessem explodindo entre nós.

Toda a ousadia que eu tinha tentado com os outros caras desapareceu e o que sobrou foi um sentimento intenso de euforia. Mas aquele era Henry, meu Henry, meu melhor amigo, o cara com quem eu podia contar. Será que simplesmente o deixaria me beijar? Será que eu estava tendo todos esses sentimentos que me consumiam por ele?

Nem uma vez ele me pressionou ou apertou forte. Manteve o beijo leve, a mão suave e o corpo relaxado, o que me fazia sentir cada centímetro dele, cada centímetro de doçura com que ele estava me tratando, cada pedacinho de posse que ele tinha por mim.

Eu estava perdida.

No minuto em que ele se afastou, me senti vazia e, por um motivo estranho, quis mais e foi isso que mais me assustou. Não queria que ele parasse de me beijar ou me tocar. Queria que ele me despisse e pegasse o que eu estava oferecendo a outros homens. Naquele momento, queria que fosse Henry que tirasse minha virgindade.

Seus olhos brilharam conforme ele olhou para mim.

— Desculpe, amor.

O sorriso que se abriu em seu rosto me disse que ele não estava verdadeiramente arrependido, o que só me confundiu ainda mais.

Ele colocou a mão debaixo do travesseiro e tirou o controle que estava escondido, ligando a TV. Apoiou a cabeça na minha conforme me puxou para mais perto do seu corpo. Não falou nada, mas não precisava, seus lábios literalmente falaram por ele.

Pelo amor de Deus, eu não conseguia entender os motivos de Henry ou o que ele estava planejando fazer com a situação que acabara de criar entre nós, mas, depois da conversa que tivemos sobre ficarmos juntos e provavelmente o beijo mais maravilhosamente fantástico que já dei, eu estava mais do que confusa, mas, caramba, estava satisfeita.

Enquanto a TV fazia barulho no fundo, pensei em tudo que aconteceu entre Henry e mim. Isso realmente iria acontecer? Iríamos mesmo ultrapassar o limite da amizade?

Podia senti-lo pescando enquanto me segurava, então planejei minha fuga ao desligar a TV depois de um tempo e apenas fiquei deitada na cama dele, em seu abraço, pensando no que o amanhã reservava.

Me sentia estranha, não sabia o que dizer para ele, o que fazer. Simplesmente ignoraríamos o que aconteceu e seguiríamos nossa vida feliz, ou conversaríamos de manhã enquanto tomávamos um bom café da manhã?

O calor me percorreu ao pensar em ter essa conversa. Não tinha como eu conseguir fazer isso. Eu era covarde demais.

Em vez de dormir com Henry, lentamente saí da sua cama e o cobri. Antes de sair, olhei-o e analisei seu rosto lindo. Desde que me lembrava, eu tinha uma queda por ele, grande, mas sempre soube que era melhor sermos amigos, e tinha razão. Ele era meu melhor amigo no mundo inteiro e eu não trocaria isso por uma queda. Nunca iria querer perdê-lo.

Quando saí do quarto, comecei a pensar em qual foi sua intenção no beijo, por que ele faria isso e arriscaria tudo que temos juntos. Será que era realmente um caçador de virgens como Delaney disse? Eu ficaria devastada se ele fosse.

Voltei para o meu quarto e fechei a porta em silêncio. Peguei meu Kindle e comecei a ler para clarear a mente e me perder em outros pensamentos, que não os meus. Caí no sono, ignorando o sentimento esmagador que estava começando a se formar em meu peito ao tomar consciência de que, na verdade, Henry e eu ultrapassamos um limite naquela noite, um que eu tinha quase certeza de que causaria um enorme impacto na nossa amizade.

Na manhã seguinte, o evitei a todo custo, enquanto me arrumava para trabalhar. Geralmente, nos encontrávamos no banheiro ou ele iria ao meu quarto enquanto eu estava me maquiando e veria como estou, mas isso não aconteceu. Mantivemos distância, e aquela sensação torturante ficava maior a cada minuto que não conversávamos.

Vesti uma saia lápis preta de cintura alta e uma blusa de seda de bolinhas, combinando com saltos pretos. Meu cabelo estava cacheado, graças ao babyliss, e eu estava com meu batom vermelho de sempre. Não fazia ideia do porquê me arrumei tanto, já que meus colegas de trabalho eram um monte de bolas de pelos, mas tudo no que conseguia pensar era que me vestir bem para trabalhar me fazia sentir melhor.

Já que Delaney ficou no Derk na noite anterior, éramos só Henry e eu no apartamento, tornando isso muito mais desconfortável.

Saí para ir à cozinha abotoando a blusa, decidindo se poderia sair com dois ou três botões abertos, quando vi Henry apoiado no balcão, em um de seus ternos imaculados e bebendo café.

— Bom dia, amor — me cumprimentou casualmente por cima da caneca, como se não tivesse me dado o beijo mais apaixonado da minha vida na noite anterior.

— Bom dia — respondi, olhando para o chão e procurando minha bolsa. Eu estava pronta para dar o fora do apartamento, mesmo que significasse chegar cedo ao trabalho.

Mas não conseguiria, porque senti Henry vir até mim por trás e colocar as mãos em minha cintura. Ele baixou a cabeça para minha orelha e me arrepiou.

— Você está linda, amor.

Virginia gritou com prazer conforme tentei acalmar meu coração descontrolado. O que estava acontecendo?

— Obrigada — guinchei.

— Vire-se — ele pediu, e o obedeci sem nem questionar.

Erguendo meu queixo, ele me fez encarar seus lindos olhos, desejando poder ler sua mente.

— Desculpe se te peguei desprevenida ontem à noite, mas não estou arrependido do que fiz. Não consegui me conter com você tão linda com o cabelo espalhado no meu travesseiro e os olhos azuis me encarando. Tinha que te provar, amor.

Humm, não era algo que eu esperava ouvir do meu melhor amigo.

— Ok — disse como uma idiota.

Sorrindo, ele beijou minha testa e anunciou:

— Tenha um bom dia, amor. Conversaremos mais tarde.

Com isso, ele abotoou o paletó e guardou o celular no bolso. Observei-o ir embora, com tranquilidade, como se a tensão entre nós não estivesse nos assombrando como um elefante branco.

Quando a porta do apartamento se fechou, soltei o ar que estava prendendo e me apoiei no balcão da cozinha. No que eu tinha me metido?

Meghan Quinn

Capítulo Quinze
O caldeirão dos melhores fluidos corporais de Nova York

— Cadê Delaney? — perguntei a Derk, que estava em nosso apartamento, parecendo bem inquieto.

— Foi fazer compras.

Ele olhou pela sala, e eu peguei um rolinho e comecei a limpar minha blusa.

Estava me arrumando para meu encontro com Greg, pelo qual estava só um pouco ansiosa agora. Sentia que era apenas mais uma tarefa do que qualquer outra coisa àquele ponto. Mas estava empolgada com a parte da pizza.

Os dois últimos dias foram os mais bizarros da minha vida, graças ao beijo espontâneo de Henry. No dia anterior inteiro, pensei em como ele me tratou de manhã e como pareceu certo, mas também estranho. Quando cheguei em casa de noite, fingi estar me sentindo mal e garanti que ninguém entrasse no meu quarto, apagando as luzes e praticamente me escondendo sob as cobertas, para que meu Kindle não brilhasse muito.

Estava evitando Henry? Lógico que sim. Não sabia o que falar para ele, como reagir a ele, e a única pessoa com quem eu queria conversar, a única para quem eu contava meus problemas, era o problema daquela vez. Pensei em falar com Delaney, mas não queria que ela entrasse no meio desse nosso drama de amigos, principalmente porque era provável que ela não nos deixasse em paz.

Sobrou Jenny, então, quando cheguei ao trabalho no dia anterior, me sentei na sala dela e a esperei chegar. Infelizmente, ela e Henry não se davam bem, então ela não ajudava muito quando se tratava disso. Ficou me falando para esquecê-lo e seguir em frente, que ele só estava brincando comigo, o que eu não acreditava ser verdade ou, pelo menos, torcia para que não fosse. Ele não teria motivo para fazer tal coisa, a não ser que...

Caçador de virgens.

Não tinha como ele ser um caçador de virgens, eu não conseguia acreditar nessa ideia nem na de que ele arruinaria nosso relacionamento por isso, de jeito nenhum.

Naquela manhã, quando me aprontei para trabalhar, saí rápido, evitando-o de novo, e eu sabia que ele sabia porque, mais tarde, ele me enviou uma mensagem me avisando que ficou aborrecido por não me ver de manhã. Me senti culpada, muito culpada, porém ficava uma pilha de nervos agora quando estava perto dele e detestava isso. Não deveria ficar nervosa perto dele, nunca.

Tentei esquecer o drama com Henry quando cheguei em casa e comecei a me arrumar para o encontro. Estava torcendo para que fosse pelo menos divertida a noite com Greg. Ele parecia ser bonzinho. Recebi uma mensagem dele mais cedo falando que não conseguiu fazer nossas reservas na pizzaria, contudo, achava que seria divertido fazer a pizza na casa dele mesmo, o que decidi ser confortável. Dei a Jenny as informações do cara — normalmente uma tarefa para Henry — e lhe disse que, se eu não enviasse mensagem mais tarde, ele tinha me abduzido.

Analisei Derk mais um pouco e vi que ele estava bem nervoso, tipo batendo o pé e olhando constantemente para o relógio.

Parando um pouco, me sentei ao seu lado e perguntei:

— Está tudo bem, Derk? Você está meio estranho.

— Tudo bem — ele disse rápido, ainda olhando para o relógio.

— Não acredito. O que está havendo?

Derk passou as mãos no cabelo, olhou em volta de novo e, então, tirou algo do bolso. Estendeu para mim e arfei ao ver o que era.

— É o que acho que é?

— Sim.

— Vai pedir hoje à noite?

— Estava pensando nisso, mas ela está demorando uma eternidade para chegar em casa. Vou ficar louco.

— Por quê? Acha que ela vai falar não?

— Pode ser. Não conversamos sobre casamento nem nada assim, Rosie. Mas sei que não posso mais ficar sem ela. Não aguento mais essa coisa de ter a casa dela e a minha. Quero morar junto, compartilhar uma vida juntos.

Meu coração derreteu bem ali. Eu gostava de Derk, mas gostei ainda mais depois desse pequeno discurso.

— Ela vai falar sim, Derk. Sem dúvida. Ela é louca por você.

— Acha mesmo? — ele perguntou, claramente querendo confete, mas entrei na onda porque ele parecia realmente precisar de distração.

— Eu sei, Derk. Ela vai ficar muito empolgada. Como planeja fazer?

Ele deu de ombros.

— Não sei, na verdade. Pensei em fazer algo elaborado, mas não é o tipo de casal que somos. Estava pensando simplesmente em encontrá-la no quarto e me ajoelhar, simples assim.

— Será uma surpresa total. Oba! Estou muito animada por vocês dois. — Uni as mãos.

— Obrigado, Rosie.

Pensei no relacionamento de Derk e Delaney ao longo dos anos e como eles começaram como amigos, mas descobriram que eram muito mais do que isso conforme passaram um tempo juntos. Não os culpava, eles tinham muita química.

— Vai acontecer para você, Rosie — Derk interrompeu meus pensamentos. — Só tenha fé. Vai acabar com um garanhão, sei disso.

— Obrigada, Derk. — Sorri com as palavras que ele escolheu. — Mal posso acreditar que vocês vão finalmente se casar, parece que estão juntos desde sempre.

— Estamos, mas estou feliz que começamos como amigos, porque não há relacionamento a menos que tenha amizade antes.

— Mas não ficaram preocupados em perder essa amizade, se as coisas não dessem certo? — perguntei, tentando soar casual, mas, pelo jeito que Derk me olhava, ele conseguiu enxergar meu motivo para a pergunta.

— Estava mais preocupado em não ter Delaney na minha vida, todos os segundos do dia. Sabe aquela sensação de quando acontece alguma coisa com você e só tem uma pessoa no mundo que vai te entender e para quem você precisa contar?

— Sei — respondi, pensando em Henry; era a ele que eu recorria.

— Era Delaney para mim. Percebi que, em certo ponto, não a queria mais só como amiga, eu a queria na minha vida o tempo todo.

— Mas ultrapassar esse limite de amigos para... mais que amigos não foi esquisito?

— Não — ele disse, afinal. — Quase parecia que era para ser, como se fosse loucura não termos ficado por anos.

— Humm. — Torci as mãos no colo conforme pensava na outra noite, como meus lábios se grudaram tão facilmente nos de Henry, como sua mão percorrendo meu corpo não me fez querer afastá-lo, e sim puxá-lo para mais perto.

Tinha lido livros em que melhores amigos ficaram juntos, e sempre parecia bem fácil. Será que era assim? Começava a ver seu melhor amigo de forma diferente? Ele me via diferente? Ou eu só estava sensível?

— Você deveria investir. Henry é ótimo e te adora.

— O que disse? — perguntei, meio chocada por Derk poder ler minha mente.

— Vai, a química sexual entre vocês dois é muito desconfortável quando estamos por perto. Seria ótimo se vocês nos fizessem um favor e fossem logo para os finalmentes.

— Mas não quero isso, só ter uma noite com ele. Isso arruinaria tudo, Derk.

— Não acho que ele só queira uma noite com você, Rosie. Dá para ver nos olhos dele, a forma como ele te olha, a forma como ele é superprotetor com você.

— Isso é ele sendo meu amigo.

— Será? Bom, ele não faz isso por Delaney, faz?

Abri a boca para responder, para lhe dizer que ele fazia, mas, quando pensei nisso, ele realmente não fazia. Delaney e ele eram amigos, mas não tão próximos quanto Henry e eu éramos.

— Ele não a trata assim porque ela tem você, ele não precisa ser protetor com ela — retruquei.

— Isso é mentira, e você sabe disso. — Derk se levantou do sofá e foi até o quarto de Delaney, onde presumi que iria esperá-la. — Só admita, Rosie, você gosta de Henry, e ele gosta de você. Quanto mais rápido vocês perceberem isso, mais rápido poderão encontrar o que Delaney e eu temos, e, acredite quando digo, eu desejaria meu relacionamento para qualquer um; é a melhor coisa da minha vida.

Com um sorriso, ele entrou no quarto dela e fechou a porta.

Me joguei no sofá e tentei enxergar o que meu coração estava sentindo. Em vez de conseguir acalmar os nervos em meu estômago, eles apenas continuaram a se torcer cada vez mais.

A imagem da personagem principal do meu livro me veio à mente e pensei no que ela faria naquela situação, no que eu iria querer que ela fizesse. Levando em conta que sou totalmente romântica, eu estaria batendo meu Kindle no travesseiro, falando para ela desistir de suas preocupações idiotas e simplesmente se jogar. Não é assim que são todos os românticos? Dão uma chance ao amor? Isso era o básico em todo romance por aí, dar uma chance ao amor.

Parecia muito fácil, simplesmente se jogar, ceder aos sentimentos que você escondera por tanto tempo para colocar a coisa mais importante da sua vida em risco.

Se um dia eu perdesse Henry, porque pensava que ele poderia, realmente, querer começar um relacionamento comigo, nunca me perdoaria. Ele é importante demais para mim.

Aff, eu era esse tipo de garota. Aquela que não consegue se decidir. Aquela, no romance, que eu queria chacoalhar descontroladamente, dar uns tapas para clarear a mente. Podia ver as críticas já: Deus, Rosie é muito irritante. Rosie é tão sem graça. Rosie não percebe quando o amor está próximo.

Bom, pela perspectiva de uma pessoa de fora, o amor parece fácil, porém, quando é você que está na linha de frente, tomando as decisões, não é tão fácil abrir o coração e reunir coragem suficiente para se jogar no desconhecido. O amor não é fácil nem gentil, o amor é algo pelo qual você sacrifica tudo pela esperança de que talvez, apenas talvez, haja uma pessoa neste mundo que te aceitará como você é.

A porta da frente se abriu e eu sabia, sem nem olhar, que era Henry, pelo jeito que seus sapatos tocavam no piso de madeira.

— Rosie, estou feliz que está aqui. Queria ver se estava a fim de ir ao clube de swing comigo. Sexta de swing. — Ele mexeu as sobrancelhas conforme se sentava ao meu lado.

Detestava como ele estava casual comigo quando, no fundo, eu estava me remoendo.

— Não posso — falei ao me endireitar e olhar para ele. — Tenho um encontro com Greg hoje.

A testa de Henry franziu quando ele pensava no que eu disse.

— É o cara do cachorro?

— É, vou à casa dele fazer pizza.

— Vestida assim? — ele perguntou, me olhando de cima a baixo.

— É, qual é o problema com minha roupa?

— Muito escandalosa, não acha?

Me levantei e fui até um espelho da sala. Analisei a roupa preta que tinha vestido. Eram calça preta e uma blusinha preta, mas a blusinha era rendada no decote da frente, sem realmente mostrar nada.

— Não. Está boa.

— Acho que deveria se trocar e, enquanto se troca, coloque um vestido de swing para poder ir dançar comigo hoje.

— Henry, eu te disse que tenho um encontro.

— Cancele — ele disse ao vir até mim, pegar minhas mãos e me puxar para perto do seu corpo. Sua cabeça baixou até a minha, e nossas testas se tocaram. — Saia comigo, Rosie. Deixe-me te levar para sair. — A forma como ele falou foi bem vulnerável, como se estivesse me oferecendo o mundo, mas fiquei nervosa com isso.

Meus pulmões pararam de funcionar e eu sabia que ia começar a hiperventilar. Por que ele estava fazendo isso? Estava mudando a dinâmica do nosso relacionamento. Era incrivelmente assustador.

Tentando não magoá-lo, eu disse:

— Vamos sair no domingo, vamos ao brunch.

Com o dedo, ele ergueu meu queixo e me olhou nos olhos.

— Quero um encontro de verdade, Rosie. Quero um encontro com você e apenas você, não com seus pais nem com nossos amigos. Quero te levar para sair, abrir portas para você, te mimar e te levar para casa. Eu quero tudo, Rosie.

Sendo sincera, respondi:

— Você está me confundindo, Henry. Está fazendo parecer que você, tipo, tipo... gosta de mim.

Ele inclinou a cabeça para o lado e respondeu.

— Isso seria tão ruim?

Seria? Bom, Virginia ficaria feliz com isso, mas, até aí, Virginia ficaria feliz com um peru qualquer lubrificado. Minha garota interior, a garota que tinha uma queda por Henry há tanto tempo, queria, o queria, mas meu coração não estava pronto para perder meu melhor amigo.

— Não sei — respondi com sinceridade. — Só estou muito confusa, Henry. O jeito como está me tratando, as coisas que está falando, tenho medo de te perder.

— Como assim? — ele perguntou, genuinamente confuso.

— Você é meu melhor amigo, não quero que aconteça algo conosco que me faça te perder. Ficaria arrasada.

— Você ficaria arrasada? Porra, Rosie, eu não saberia o que fazer se não tivesse mais você na minha vida.

— Exatamente — adicionei, dando um tapinha no peito dele. — Por que mexer com uma coisa que está boa, certo?

Ele uniu as sobrancelhas e deu um passo para trás, claramente insultado, embora não tivesse sido minha intenção.

Esfregou o queixo e me analisou.

— Sabe, Rosie, fico surpreso com o quanto você consegue ser sem noção e ingênua às vezes.

— O que disse?

— Você me ouviu. Não vê o jeito que te olho todo dia, o jeito que encosto em você, que converso com você? Não consegue enxergar meu coração batendo acelerado toda vez que estou perto de você?

— É, mas isso é porque você é meu amigo, não é?

Balançando a cabeça, ele passou a mão no rosto e se afastou.

É, eu mereço o prêmio de mais idiota do ano.

— Henry, sinto muito.

— Eu também, Rosie. Divirta-se com seu amante de cachorros hoje. Ficarei fora no fim de semana. Mikey me convidou para ir aos Hamptons.

— Espere, isso significa que não vai ao brunch?

— É, significa que não vou ao brunch, já que provavelmente estarei bêbado desde hoje até segunda de manhã.

— Você não vai mesmo? — perguntei, me sentindo bem triste e chateada por ele estar começando a me ignorar.

— Não vou mesmo, Rosie. Desculpe, mas não estou a fim de ficar perto de você no momento.

— Mas, Henry... — Minha voz sufocou em um soluço que queria escapar. No minuto em que ele ouviu a rigidez em minha voz, suspirou, veio até mim e me puxou para seu peito. — Não pode simplesmente me abandonar. Era por isso que eu não queria que nada acontecesse. Não consigo suportar você bravo comigo, Henry. Por favor, não se afaste, não consigo suportar.

Suspirando de forma frustrada, Henry assentiu e se afastou.

— Desculpe, amor. Só me dê um tempo agora, ok? Te vejo na segunda. Tenha um bom fim de semana e se divirta com o amante de cachorros. Não se meta em encrencas.

Um sorriso fraco se abriu em seu rosto conforme ele se afastou.

Eu conseguia sentir que era o começo do fim para Henry e mim. Sabia que tinha dito que não nos afetaria, mas já tinha afetado. Ele já estava se afastando e, por causa disso, um pedacinho de mim morreu. Eu não seria capaz de sobreviver sem Henry. Ele era tudo para mim, absolutamente tudo.

Meu clima para o encontro com Greg foi destruído, graças à conversa estranha com Henry, mas tentei ficar com uma cara boa ao encontrar Greg, que era tão lindo ao vivo quanto nas fotos.

Junto com Greg, estava seu melhor amigo, Bear, que parecia ser um cachorro amável, mas bem protetor. A dinâmica entre os dois era cativante e pude apreciar a ligação dos dois, apesar de achar estranho que Greg praticamente beijava o cachorro toda chance que tinha.

Depois de apresentações meio esquisitas, pulamos direto para a parte da pizza, o que era bom para mim, porque estava morrendo de fome.

Greg morava no Upper West e tinha um apartamento pequeno, mas legal. Se o apartamento não fosse pequeno em Nova York, então você tinha dinheiro. Greg era um jovem corretor de investimentos, mas, de acordo com ele, estava com tudo na empresa e logo seria promovido. Falava animado, como se realmente gostasse dele, e me surpreendeu ver alguém tão entusiasmado com o trabalho.

Talvez fosse porque eu detestasse meu emprego. Delaney e Henry, de vez em quando, falavam sobre o trabalho, mas, na maior parte do tempo, mantinham a empolgação em um nível mínimo.

— Então, me conte, Rosie, o que a trouxe a Nova York? — Greg perguntou ao abrir uma garrafa de vinho, algo com que provavelmente eu iria engasgar, porque vinho não era minha bebida alcoólica preferida.

— Meus pais moram em Long Island.

— Ah, eu nunca teria adivinhado que você era uma garota de Long Island.

— É, acabo com todos os estereótipos — brinquei. — Quando estava no Ensino Médio, queria ir embora da ilha, então ralei muito na escola e fui aceita na NYU, onde me formei em Letras.

— Letras? Interessante. Me diga, qual é seu livro preferido?

— Sem dúvida, *Orgulho e Preconceito*. É o melhor romance do mundo, na minha opinião.

Assentindo, Greg me entregou uma taça de vinho e foi até a geladeira, de onde pegou uma tigela de massa, que deve ter feito mais cedo porque parecia que tinha crescido ao longo do dia.

— Quem é o seu sr. Darcy?

— Está me perguntando mesmo isso? Colin Firth, claro. — Sorri.

— Ok, só verificando porque, se você dissesse o cara que estava na nova versão de *Orgulho e Preconceito*, sabe, aquela com Keira Knightley...

— Matthew MacFadyen — ajudei.

— Sério? É esse o nome dele? — Greg perguntou com um olhar confuso. — Huh, nunca teria acertado. Enfim, se dissesse esse cara, eu teria que acabar com este encontro.

— Não sabia que você era tão fã de *Orgulho e Preconceito*.

— Elizabeth Bennet é uma mulher forte e determinada para enfrentar o sr. Darcy.

Um sorriso lento se abriu em seu rosto, amenizando a tensão no meu corpo. Talvez eu tenha tido uma conversa dura com Henry que realmente magoou meu coração, mas sentada ali com Greg, bebendo vinho, quase parecia muito natural.

— Você realmente sabe como conquistar o coração de uma mulher com esse tipo de conversa.

— Sou um Janete, o que posso fazer? — ele disse, referindo-se ao nome que os fãs de Jane Austen se davam.

— Para, não é, não. A próxima coisa que vai me falar é que é um Brony.

— Qual é o problema nisso? Francamente, Rainbow Dash é meu preferido My Little Pony, mas Toola-Roola às vezes ganha meu coração.

Cuspi um pouco de vinho com sua confissão e peguei um guardanapo a fim de enxugar os lábios quando ele apenas jogou a cabeça para trás e deu risada.

— Por favor, não me diga que você é mesmo um Brony? Como sabe o nome deles?

— Tenho uma sobrinha de seis anos que é obcecada por eles. De vez em quando, fico com ela para meu irmão, será que adivinha o vício mais recente dela?

— My Little Pony?

— Bingo — Greg disse, dando um tapinha no meu nariz. — Fico envolvido assistindo ao maldito programa e brincando com as figurinhas dela. Tenho que admitir, alguns dos pôneis são bem guerreiros.

— Imagino, têm que superar muito brilho no mundo.

— Verdade. — Ele balançou a cabeça e sorriu. — Chega de falar de pôneis, vamos para as pizzas?

— Claro. Deixe-me lavar as mãos rapidinho, e aí vou ajudar.

Desci do banquinho e fui até a pia. Realmente admirava sua cozinha pequena, mas moderna. Era clara e bem decorada. Ele tinha estilo, com certeza.

— Quantos anos você tem mesmo? — perguntei.

— Uau, sendo direta, não é? — Ele deu risada e respondeu. — Trinta.

— Trinta? Uau, você é velho.

— Velho? Sério? Bom, acho que vou comer a pizza sozinho.

— Não quis dizer isso — falei rápido, secando as mãos. — Você é... culto.

— Ha, certo, boa tentativa. Aqui. — Ele me entregou metade da massa. — Comece amassando e esticando-a para podermos colocar molho e queijo. Tenho uns recheios na geladeira para você escolher.

— Você fez esta massa do zero? — perguntei, realmente impressionada.

— Posso ver em seus olhos que isso a impressiona, mas detesto dizer que não. A pizzaria da esquina vende a massa deles, então pensei em pegar uma para nós.

— Esperto. Quando faço pizza em casa, pego uma caixa de receita de pizza do Jiffy, e digamos que fica bem ruim.

Rindo, Greg concordou.

— A pior receita de pizza do mundo. A única coisa boa da Jiffy é a mistura de milho. Aquilo é legítimo.

— Você sabe que todo cozinheiro do sul está te xingando por falar isso.

— Ei, sou da cidade, não sei nada disso. Um pouco de mel na broa de milho, e pronto. Não dá para ficar melhor.

— Tenho certeza de que fica — zombei ao me esforçar para sovar a massa. Greg não parecia ter a mesma opinião que eu. — Por que sua massa está ficando toda esticada e a minha está murchando como bolas em água fria?

Eu tinha acabado de falar isso? Coloquei a mão na boca, chocada por ter dito tal coisa em um primeiro encontro. Quando olhei para Greg, ele estava boquiaberto, e um sorriso se abriu em seu rosto bonito.

— Oh, meu Deus, não sabia que o pacote incluía uma boquinha suja. Gostei.

— Ele deu risada. — Respondendo sua pergunta, você precisa sovar a massa, fazer amor com ela.

Era fácil para ele, pensei. Definitivamente não era virgem, não com aquele corpo, aquele rosto e aquelas mãos. Não, ele era experiente.

Como se faz amor com a massa? Imagens de mim fazendo amor com a massa, enfiando a língua nela e acariciando-a até ela ficar lisa passaram por minha mente. O pensamento era totalmente absurdo, mas talvez pudesse dar certo.

Baixei a cabeça por um segundo e, então, o senso comum me atingiu e me disse para ser um ser humano normal. Em vez de fazer amor com a massa de pizza, olhei para Greg e vi o que ele estava fazendo, imitando seus movimentos.

— Acho que meus punhos são muito pequenos — comentei ao socar a massa.

Greg se afastou da sua pizza e segurou minhas mãos. Colocou-as perto do seu rosto e analisou-as com cuidado.

— Sabe, acho que tem razão. Essas mãos são muito frágeis. Aqui, pegue minha massa e eu vou pegar a sua.

— Que cavalheiro — brinquei.

— Não se esqueça disso.

Esticamos nossa massa de pizza mais um pouco e, quando estávamos satisfeitos, colocamos na assadeira.

— Certo, esta é a parte divertida: rechear. — Ele foi até a geladeira e começou a tirar tigelas cobertas com plástico filme. — Tenho pimentões picados, pepperoni, azeitonas pretas e brócolis — ele deu uma piscadinha e continuou —, linguiça e cogumelos.

— Azeitonas pretas e brócolis... tentando ganhar uns pontinhos, não é?

— Está funcionando?

— Extraordinariamente — respondi, sabendo que estava mesmo.

— Isso! — Ele socou o ar como um nerd, me fazendo rir.

Surpreendentemente, eu estava me divertindo com Greg e tentando descobrir qual era o problema dele. Sempre havia um problema.

Depois de rechearmos as pizzas, colocamos no forno e aguardamos ficarem prontas. Ele me convidou para sentar no sofá, e aceitei. Me sentei, cruzando a perna debaixo do corpo, para olhá-lo. Ele se virou para mim com os braços no encosto do sofá. Estava usando uma polo azul-marinho e jeans, parecendo casual, mas bem arrumado.

O que me fez rir foram suas meias com estampa interessante. Eram amarelas com donuts com cobertura de morango.

Apontei para elas e disse:

— Meias legais.

— Obrigado, minha mãe sempre me dá meias com estampas estranhas.

— E você as usa? Que exemplo de filho.

Ele deu de ombros.

— Ela tornou isso um hobby. Gosta de encontrar meias estranhas em lugares diferentes. De vez em quando, recebo pacotes no correio de apenas um par de meias.

— Sério? Que fofa. Qual é seu par preferido até agora?

— Humm, pergunta difícil. Tenho tantas. Provavelmente o par em homenagem ao duque e à duquesa de Cambridge.

— Está falando do Príncipe William e de Kate Middleton?

— Eles mesmos. — Sorriu. — Uma meia tem o duque e a outra, a duquesa. Minha mãe ficou muito animada com o casamento real. Ela voou até a Inglaterra para ficar lá fora e balançar uma bandeira na cara deles enquanto passavam pelas ruas de Londres.

— Sua mãe foi para lá? — perguntei, totalmente abismada. Tipo, eu não era obcecada pelo casamento real, mas admito que talvez tenha assistido e comprado algumas revistas, mas era só porque Kate Middleton estava vivendo um sonho dos plebeus. Ela era plebeia de manhã e virou princesa à tarde. Quando algo assim acontece?

— Foi. Começou a guardar dinheiro para a passagem de avião quando William e Kate iniciaram o namoro.

— Sério? Mas eles não terminaram uma vez?

— Eles seguiram caminhos separados por um breve período, mas minha mãe confiou neles e se manteve positiva. Queria ter gravado quando minha mãe me ligou para me contar que eles tinham voltado, oh, e depois, quando ficaram noivos. Deus, realmente achei que ela fosse ter um ataque do coração, a mulher ficou gritando na minha orelha. Foi bem intenso.

— Acho que amo sua mãe. — Dei risada.

— Você acompanhou o casamento real?

— Tipo, não guardei uma moeda comemorativa para lembrar do dia, mas assisti, e posso ter comprado uma ou duas revistas. E não ligo para o que as pessoas dizem, Pippa não roubou a cena.

— Concordo, ela estava linda, mas nada supera Kate naquele vestido de renda.

Parei e o analisei por um segundo, curvando os lábios.

— Você é gay? — perguntei.

Uma risada gutural saiu dele conforme jogou a cabeça para trás.

— Não, só fico ouvindo minha mãe falar do casamento real o tempo todo. Sem brincadeira, ela me liga para contar qualquer coisa que acontece.

— Como ela se sentiu quando o Príncipe George nasceu?

— Ela fez um scrapbook para o evento. Imprimiu fotos da internet do Príncipe William quando bebê e as colou ao lado do Príncipe George. Ela jura que eles são idênticos, mas não são. Para agradá-la, eu só concordo.

— Você é um filho muito bom. — Dei um tapinha em sua bochecha.

— Tento ser, então, obviamente, quando ela me enviou um pacote de Londres, eu sabia que seriam meias reais, e tinha razão. Ela também colocou um pouco de chá e bolo seco, declarando que era o melhor que ela já tinha comido.

— Parece que era para ela ter nascido em Londres.

— Nem me fale. Ela se mudaria para lá rapidinho, se não fosse por mim e meu irmão. Ela é ligada à minha sobrinha, então nunca viveria longe dela. Mas estamos nervosos porque minha mãe já começou a falar com minha sobrinha sobre a família real e se tornar princesa um dia. Ela acredita que poderia ser a esposa do Príncipe George. Até fala para meu irmão que não há nada de errado com a filha dele ser papa-anjo.

— Oh, isso é maravilhoso. — Dei risada. — Sua mãe parece ser demais.

— Ela é.

O forno apitou, indicando que as pizzas estavam prontas, então ajudei Greg a tirá-las, cortá-las e servi-las. Coloquei um pouco demais de recheio na minha, então precisei usar um garfo e uma faca para cortar porque, toda vez que pegava um pedaço, derrubava-o, fazendo todo o recheio cair.

Comemos as pizzas, que estavam muito boas, e conversamos sobre amenidades, mantendo a conversa leve e divertida. O encontro que eu temia mais cedo, na verdade, estava sendo bem divertido. Deveria ter imaginado que Greg seria bonzinho, pelas mensagens que estava me mandando.

Depois de comermos, limparmos tudo e arrumarmos a pia, Greg pegou minha mão e me levou de volta ao sofá. Desta vez, ele se sentou muito mais perto, colocando a mão no encosto do sofá conforme a outra segurava a minha.

— Obrigado por ter vindo — ele disse, me olhando diretamente nos olhos.

Meu coração decolou acelerado por sua proximidade. Nunca parava de me surpreender o que um pequeno contato humano poderia fazer comigo. Quando um cara começava a se tornar íntimo, meu corpo formigava e minha mente quase derretia.

— Obrigada por me convidar — respondi quando Bear se sentou ao nosso lado e começou a se lamber.

O barulho alto de sua língua lambendo suas partes íntimas ecoou pela sala silenciosa, e eu só conseguia pensar que ele estava lambendo o saco.

Olhando para baixo, vi Bear mordendo de leve sua virilha, aparentemente tentando se aprofundar em suas bolas. O barulho, o cheiro e a aparência dele se limpando me enojou e me fez querer ter ânsia. Pensava que o sr. Se-Lambe-Muito era ruim quando limpava suas bolinhas, mas aquilo era cem vezes pior, porque o barulho parecia uma baleia bêbada tentando soprar água. Era nojento.

— Fazendo sua limpeza diária, amigo? — Greg perguntou, olhando carinhosamente para o cachorro.

Tirei a expressão de desgosto do rosto conforme observei Greg admirar as táticas de limpeza do seu cachorro e pensei em como um homem conseguia gostar de olhar isso, e escutar.

— Ele está realmente se limpando, não está? — Tentei ser educada.

— Ah, está — Greg respondeu, quase orgulhoso do maldito cachorro. — Bear deve ter as bolas mais limpas do Upper West, não é, amiguinho? — Greg se inclinou e acariciou Bear na cabeça.

— Bom, isso é um elogio — eu disse, tentando esconder o sarcasmo escorrendo da minha boca, fazendo um bom trabalho, porque Greg se virou para mim e sorriu.

Ele me puxou para mais perto e começou a brincar com meu cabelo.

É, ele queria me beijar, percebi pelo jeito que ficava olhando para meus lábios e a forma como estava se aproximando cada vez mais.

A adrenalina de alguém se inclinando para me beijar nunca parecia diminuir, porque toda vez era igual. Eu ficava nervosa e empolgada ao mesmo tempo.

Fechando os olhos, também me inclinei para a frente, bem quando a mão de Greg envolveu minha nuca e me puxou esse último centímetro. Seus lábios macios me atingiram e gentilmente começaram a me beijar, conforme eu respondia ao movimento.

Ele beijava bem, enquanto o deixava me explorar, abrindo a boca bem lentamente, mas não o suficiente para ele se animar muito. Foi um beijo inocente, um beijo doce e do qual gostei completamente.

Tudo estava perfeito, exceto pela sensação de alguém estar nos encarando. Com cuidado, abri os olhos e olhei para Bear enquanto continuava a beijar Greg. Para meu horror, vi Bear me olhando conforme lambia sua virilha devagar, como se estivesse assistindo a pornô e tendo prazer. Seus olhos entraram na minha alma e não consegui evitar me afastar de Greg. Eu conseguia suportar coisas facilmente, mas um cachorro tendo prazer enquanto me observava beijar seu dono era algo que não dava para aguentar.

— O que foi? — Greg perguntou, sem entender por que parei.

Pigarreando, olhei para Bear e disse:

— Bear parece estar com um problema de encarar.

— O quê? — Greg pareceu um pouco insultado.

— Ele fica olhando para a gente e se limpando, enquanto estamos beijando. É meio estranho.

— Não é estranho. — Greg deu risada ao se inclinar e dar um tapinha na cabeça de Bear. — Você só está curioso, não é, amigo?

Em câmera lenta, observei a língua comprida de Bear com uma pinta preta na ponta — nojenta — voar de sua boca e começar a lamber o rosto e os lábios de Greg, sim, até a língua, conforme Greg ria do ataque de amor do seu cachorro.

Meus olhos se transformaram em microscópios, analisando cada germe que antes estava nas bolas de Bear ser passado para o rosto de Greg em questão de segundos.

Depois de alguns minutos, Greg se afastou e se voltou para mim.

— Ele é só um cachorro, não precisa se preocupar.

Com um sorriso, Greg se inclinou para a frente e franziu os lábios conforme minha mão voou para cima e impediu sua aproximação, basicamente segurando sua cabeça como uma bola de basquete.

— Ãh, o que está fazendo? — Greg questionou entre meus dedos.

Tentei enxergar Greg, tentei enxergar o homem que via mais cedo, mas era impossível porque só conseguia ver bolinhas de cachorro penduradas em seu rosto, fezes de cachorro e xixi de cachorro contaminando aqueles lábios.

Pensei em quantas vezes Greg tinha beijado seu cachorro antes de eu chegar ao seu apartamento. Será que ele tinha feito isso com Bear logo antes de eu chegar? Será que eu tinha beijado as bolas de Bear por tabela?

— Eca — eu disse, me levantando e chacoalhando a mão.

— O que foi?

— Você tem bolas de cachorro no rosto?

— O quê? — Greg perguntou, realmente confuso.

— Bolas de cachorro, você tem bolas de cachorro no seu rosto. Jesus, beijei um homem com bolas de cachorro na cara.

— Do que está falando?

— Do seu cachorro — eu disse, apontando para Bear, que estava em posição de lamber bola, mas olhando para nós com uma cara inocente. — Primeiro de tudo, seu cachorro lambe as coisas como se estivesse lambendo areia, segundo, você percebeu que a última coisa que seu cachorro lambeu foram as bolas dele e depois ele lambeu seu rosto? Pode me chamar de fresca, mas não quero ter bolas de cachorro na minha cara.

— Está falando sério? — ele quis saber, confuso.

— Estou! — Tirei a mão. — Não pode achar que eu iria querer te beijar depois dessa demonstração de afeto com seu cachorro.

— Sinto que está insultando Bear. Não gosto disso, Rosie.

Jesus.

— Bom, não gosto do seu cachorro praticamente se fazendo oral enquanto nos vê beijar.

— Uau, você mudou completamente. É meio esnobe, Rosie.

— Eu sou esnobe porque não quero restos de cachorro na minha cara? Ok, só pensei que estava sendo higiênica.

— Acho que é hora de você ir embora.

— Você acha? — Soei sarcástica ao pegar minha bolsa e sair mais brava do que qualquer coisa.

12 de junho de 2014

Ter sorte no amor está sendo quase impossível. Se não é um pelo pubiano preso na garganta, então é o melhor amigo do homem, e não estou falando sobre o pênis.

Sério? Ele realmente achava que eu ia beijá-lo depois de ter beijado seu cachorro? Mesmo que o cachorro não estivesse lambendo as bolas antes disso, ainda teria exigido uma limpeza no rosto antes de voltarmos a nos beijar.

Todo mundo sabe que cachorros carregam milhares de germes em um milímetro da língua deles. Se não estão se lambendo, estão comendo o próprio cocô ou o de alguém, ou estão bebendo água da privada ou lambendo o poste de luz em que todo vagabundo da cidade mijou.

Lembre-se, não saia com homens que têm cachorro, a menos que planeje beijar um caldeirão dos melhores fluidos corporais de Nova York.

Meghan Quinn

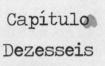

Capítulo Dezesseis
A mistura do leiteiro

— Delaney, mal posso acreditar que você está noiva! — exclamei ao ver o anel no dedo dela. Derk realmente investiu no anel.

— Eu sei. Dei-lhe o melhor boquete da minha vida ontem à noite como agradecimento.

— Era ele gritando?

— Era. — Ela sorriu quando me encolhi.

Ouvi uns sons hediondos vindos do quarto deles e presumi que fosse Delaney, embora parecesse um pouco grave para ela, mas, ao descobrir que era Derk, achava que não poderia mais vê-lo da mesma maneira.

Embora estivesse um pouco perturbada, ainda estava meio curiosa.

— O que você fez para que ele soltasse barulhos tão horríveis?

— Não julgue os barulhos. — Delaney balançou o dedo para mim. — Até você sabe como é perder todo o controle no auge da paixão, não pode julgar.

— É verdade.

Ela estava certa. Eu realmente não tinha como julgar, principalmente porque não tinha experiência. Na única vez que cheguei perto do grande momento orgásmico com Phillip, o homem que sentiu meu peido acariciar seu queixo — pobre Phillip —, fiz barulhos que só um gato feroz emitiria enquanto buscava seu parceiro no calor do momento.

— Então o que estava fazendo? — perguntei, conforme meu rosto esquentou só de pensar na tarde com Phillip, no desastre que foi.

Inclinando-se para a frente, Delaney apoiou o queixo na mão e disse:

— Então, Derk tem uma coisa com as bolas, ele ama que toque nelas, chupe, lamba, o que quiser, mas a questão de Derk é que suas bolas são enormes.

— Aff, que nojo, Delaney. — Me afastei.

— O que foi? Elas são grandes, Rosie. Precisa saber disso, nem todos os paus e bolas são iguais. Alguns são até irregulares, outros são tortos, outros são pequenos e largos, outros, finos e compridos. São todos especiais de um jeito único. Derk só nasceu com bolas de um grande deus grego, isso se deuses gregos tiverem bolas gigantes. Você já viu bolas?

— Já — respondi na defensiva.

— Ok, bom, imagine essas bolas.

As únicas bolas na vida real que eu tinha visto foram as de Alejandro, e nós sabemos que elas eram cobertas por seu gramado masculino, então tentei imaginar o que tinha debaixo daquelas ervas daninhas.

— Ok — fingi porque tudo que conseguia imaginar eram seus pelos pubianos... em todo lugar.

— Bom, triplique o tamanho dessas bolas. Não, quadruplique.

— Humm... ok — eu disse, ainda não enxergando, o que Delaney percebeu, então bufou e olhou pela cozinha.

— Oh, já sei. — Ela foi até a geladeira e começou a procurar até encontrar uma laranja e pegar uma banana do balcão. Ela as juntou e segurou diante de mim. — Assim, Rosie, é disso que estou falando. As bolas dele são como esta laranja, simplesmente enormes.

Analisando a laranja, balancei a cabeça. Não tinha como Derk ter bolas daquele tamanho, onde ele as guardaria?

— Sei o que está pensando, ele usa cuecas normais. Tentou boxer uma vez e nunca vi uma assadura tão feia na vida toda. Cuecas normais são como um invólucro protetor para as bolas dele, elas as mantêm altas e juntas do corpo, então ele pode andar sem ninguém perceber isso. Da primeira vez que vi suas bolas, tenho certeza de que desmaiei por um segundo. Quando ele tirou a calça, observei suas bolas penduradas na cueca e balançando entre as pernas como um maldito kettlebell[2]. Foi a coisa mais sexy e intrigante que eu já tinha visto. Há algo diferente em um

---

2   Bola de ferro fundido com uma alça utilizada em exercícios de musculação. (N. T.)

homem com bolas gigantes.

— É mesmo? O que é diferente?

— A quantidade de gozo que sai quando têm orgasmo poderia derrubar o Titanic. Fica sempre tudo sujo com a gente.

— Sujo? O quê? Como assim sujo?

— Rosie, quando um cara goza e não está usando camisinha, para onde acha que vai tudo?

— Para dentro da sua vagina — eu disse obviamente.

— E quando está em sua vagina, para onde vai de lá?

— Hum, não sei. As paredes uterinas não sugam tudo? Sabe, tipo hidratante.

— Está dizendo que gozo é um hidratante para a vagina?

Dei de ombros.

— Não é?

— Não! — Delaney riu. — Ah, meu Deus, Rosie. Primeiro de tudo, vaginas não precisam de hidratantes; segundo, o gozo tem que sair.

— Então o que está dizendo? Ele simplesmente... escorre de você?

— Ãh, é. Já não me viu correndo do quarto para o banheiro usando apenas um roupão?

— Sim, mas pensei que só precisasse fazer xixi.

— Não. É chamado de mistura do leiteiro. Você flexiona os músculos da vagina, mantém as pernas fechadas o mais apertadas possível, nem ousa respirar, e corre para o banheiro, depois senta na privada para deixar tudo sair.

Minha mão voou para a boca conforme eu buscava em meu cérebro alguma cena em que aconteceu isso nos livros que li.

Nada.

Nada sobre a mistura do leiteiro.

Perturbada, perguntei:

— Simplesmente escorre tudo?

Assentindo e dando uma mordida enorme na banana, ela respondeu:

— É, simplesmente escorre tudo. O pior é quando você transa no banheiro de um bar ou algo assim e não tem tempo suficiente para a gravidade fazer a mágica dela. Então se vê na pista de dança depois, dançando pra caramba e, de repente, escorre uma onda de mistura de leiteiro bem na sua calcinha...

— Não. — Balancei a cabeça. — Não, nunca ninguém me contou isso. Onde está essa informação nos livros de sexo? Onde está isso na vida?

— No caso de não ter percebido, isso é meio que um tabu, Rosie. Ninguém quer falar de como o gozo escorre das vaginas.

— Obviamente! — Apoiei a cabeça nas mãos. — Quanto mais aprendo sobre sexo, mais quero evitar. Talvez doa, embora os livros descrevam como um "beliscão", aparentemente é para você sangrar por todo lado... estou ansiosa para isso... e agora você me deixou preocupada com o gozo escorrendo.

— Bom, não deveria se preocupar com isso primeiro, porque tem que usar camisinha. Além do mais, Derk é exceção, já que tem bolas enormes. Com um cara com bolas normais, não terá que lidar com muito creme.

— Não chame de creme.

Rindo, Delaney terminou a banana e disse:

— Enfim, não será ruim, Rosie. Juro. Quando passar da esquisitice inicial de tudo, você vai amar. Tem algo no sexo que é bem primitivo, tão absolutamente fantástico pra caralho que você precisa provar, que você precisa tê-lo na sua vida.

— Então, quando estiver escrevendo meu livro, será que incluo a coisa do gozo escorrendo da vagina?

— Não, Deus, Rosie. Primeiro de tudo, pelo bem do seu livro, precisa colocar as pessoas fazendo sexo seguro porque isso se chama ser responsável, e segundo, acha mesmo que falar sobre a cachoeira de molho de bebê será algo que os leitores vão querer ler?

— Você não chamou de molho de bebê.

— Chamei porque é isso que Derk tem. É tão denso...

— Pare, por favor, só pare. Há um limite, Delaney, e ouvir sobre a textura do gozo do seu namorado está bem além desse limite.

— Por que estamos falando sobre meu gozo? — Derk perguntou com um sorriso tolo e o cabelo espetado em todas as direções, provavelmente por causa dos dedos de Delaney.

— Eu estava tentando contar para ela o que te fez gritar como uma garota ontem à noite, mas acabei falando sobre suas bolas enormes.

— Baby, você sabe que essa informação sobre minhas bolas de melão é só para a gente.

— Aparentemente, não — resmunguei.

— Eu não tenho a noiva mais linda? — Derk me perguntou, abraçando Delaney e beijando a lateral da sua cabeça.

— Tem. Estou muito feliz por vocês. Bom trabalho com o anel também, Derk.

— Obrigado. Valeu a pena, segundo o boquete de ontem à noite.

— O boquete mais caro da sua vida — Delaney zombou ao dar um tapinha na barba por fazer dele.

— O que vocês vão fazer hoje? — perguntei, assim que meu celular tocou. — Esperem um pouco.

Olhei para meu celular e vi o número de Lance.

— Alô?

— Oi, Rosie? Como você está nesta manhã?

— Bem, por favor, não me diga que está ligando para cancelar o encontro.

Suspirando, ele respondeu:

— Estou.

Meu estômago afundou. Poderia realmente ter usado o encontro com Lance para esquecer o erro da noite anterior, mas também para me distrair de Henry. Como disse, ele não ficaria em casa e não iria atender o celular. Queria seu espaço.

— Mas ainda quero te ver hoje. Só preciso mudar nossos planos.

Me animando de novo, perguntei:

— Mudar como?

— Sou bem idiota e quebrei o pulso ontem à noite, então remar está fora de questão.

— Oh, não, você está bem?

— Sim, mais envergonhado do que qualquer coisa.

— Por quê? Como quebrou?

— Não posso te contar. Na minha opinião, se te contar antes do encontro, você pode não querer sair, então, se ainda sair comigo, te conto como quebrei.

— Está chantageando bem, mas vou aceitar. Quais são os planos agora?

— Gostaria de vir e ficar de boa? Talvez jogar algo? Tomei alguns analgésicos e não quero muito passear pela cidade no momento.

— Por mim, tudo bem. Me envie seu endereço que eu levo o almoço.

— Mas que tipo de encontro seria se eu deixasse você fazer isso? Podemos pedir comida. Só venha para cá lá para o meio-dia, ok?

— Está bem.

— Estou ansioso para te ver, Rosie.

— Eu também — disse, tímida, depois desliguei.

— Ohh, quem era? — Delaney comemorou.

— Meu encontro de hoje, Lance. Lembra dele? O cara com quem rasguei a calça.

— O fotógrafo de gatos — Derk explicou.

— Ele não tira fotos só de gatos, só fez isso umas duas vezes — respondi com um tom irritado.

— Mesmo assim... miau — Derk soltou, erguendo sua "garra" falsa para mim.

— Eu te odeio. — Dei risada. Mudando de assunto, perguntei: — O que os recém-noivos vão fazer hoje?

— Provavelmente transar o dia todo — Derk respondeu com um olhar esperançoso.

— Não — Delaney o repreendeu. — Temos almoço com nossos pais para comemorar, mas podemos transar até lá.

— Sério? Então, o que estamos esperando?

— Vá se despir. — Delaney bateu na bunda dele. — Já vou.

— A melhor noiva do mundo!

Nós observamos Derk saltar no ar e bater os calcanhares enquanto tirava a camiseta. Delaney balançou a cabeça para ele, mas seus olhos expressavam amor. Eu estava tão feliz por eles. Realmente se mereciam, eram perfeitos juntos.

Antes de o monstro verde feio da inveja ganhar vida, parei de pensar nisso e girei o celular no balcão.

— O que está havendo entre você e Henry? — Delaney perguntou assim que Derk fechou a porta do quarto.

— Do q-que está falando? — gaguejei.

A última coisa que queria era que Delaney se envolvesse nesse melodrama. Não queria que se intrometesse e sentisse necessidade de consertar as coisas porque, conhecendo Delaney, era exatamente o que ela iria querer fazer.

— Henry me ligou ontem à noite enquanto Derk e eu estávamos no meio da coisa toda, então não respondi, mas ele deixou uma mensagem de voz e estava caindo de bêbado, murmurando sobre você não dar uma chance a ele.

Droga.

Meu coração se contorceu no peito de pensar em Henry se embebedando e desabafando com Delaney. Não gostava que minhas ações o tivessem levado a beber e detestava o fato de ele ter ligado para Delaney. Era para mim que ele sempre ligava quando estava bêbado, era comigo que ele falava quando estava chateado, mas, agora que eu era o problema, não poderia ser a solução.

— Não precisa se envolver nisso. Só não estamos nos comunicando direito no momento — respondi, tentando ser o mais politicamente correta possível.

— Não acredito nisso. — Ela me enxergava bem. — Derk falou que umas coisas estranhas estavam acontecendo com vocês dois e também disse que ouviu Henry te convidar para dançar swing ontem à noite.

— Derk precisa cuidar da vida dele — resmunguei.

— Ele é bem xereta, você sabe disso, principalmente quando está desconfortável. Já que ia me pedir em casamento e estava me esperando, claro que iria ouvir a conversa de vocês. Agora me conta, o que está havendo?

— Nada — irritei-me. — Só esqueça isso, Delaney.

— Ele está tentando ficar com você? Te falei que é um caçador de virgens.

— Não é — eu o defendi. — Ele não arriscaria nossa amizade só porque gosta de dormir com virgens, o que não é verdade, de qualquer forma.

— Já perguntou a ele?

— Não — respondi. — Como posso ter essa conversa com ele? Não tem clima para esse tipo de assunto.

— Tem razão. Eu simplesmente perguntaria a ele.

— Não vou perguntar, é inconveniente. Só estamos meio brigados agora.

— Ok. — Delaney me olhou desconfiada. — Só vou te falar uma coisa: não gosto quando meus amigos não estão se falando.

— Estamos nos falando — menti.

— É, se estivessem se falando, Henry teria ligado para você ontem à noite, não para mim. Não deixe o que quer que esteja acontecendo atrapalhar sua amizade, porque o que vocês dois têm é perfeito. Você não quer perder isso.

Dãh.

Delaney me desejou sorte no encontro e foi para o quarto, onde a ouvi gritar no instante em que fechou a porta. Morar com dois seres bem sexuais era difícil, principalmente quando estavam animados por terem ficado noivos.

Já que ainda era cedo, resolvi escrever algumas páginas do livro e ouvir música para abafar os sons vindos do quarto de Delaney.

— *Você nunca esteve tão bonita* — *Brian disse a Vanessa, que estava usando um vestido amarelo forte que enfatizava as mechas de seu cabelo loiro.*

— *Obrigada, Brian* — *Vanessa agradeceu*, tímida, pensando se aquele seria realmente a reviravolta de seu relacionamento com Brian.

Secretamente, ela estivera abrigando sentimentos por Brian desde que o conheceu durante a orientação de calouros, porém estava nervosa demais para fazer algo quanto a isso, então, virou grande amiga dele, o tempo todo observando-o sair com garota atrás de garota, lentamente desbastando seu coração a cada encontro.

Ela se perguntava por que nunca era uma daquelas meninas, pendurando-se em seu braço. Por que ela não conseguia segurar a mão dele e andar pelo auditório enquanto ele contava piadas em seu ouvido que só eles conseguiam ouvir.

O que ela não faria para ser aquela garota, mas, agora que via seus sonhos se tornando realidade, começava a pensar mais na base da amizade que construíra com Brian.

Não estava duvidando da estabilidade dela, não, estava repensando seus sentimentos em relação a Brian. Ela tinha um melhor amigo que estaria ao seu lado para tudo. Será que realmente queria perder isso para a possibilidade do amor?

Conforme olhava nos olhos de Brian, estava paralisada. Deveria continuar? Deveria tomar a iniciativa?

— Droga — resmunguei ao me afastar e olhar para o livro.

Esfreguei as mãos no rosto e saí de perto do computador. Queria escrever uma homenagem à minha amizade com Henry, e não uma autobiografia, e era praticamente o que estava acontecendo.

Em vez de escrever, fechei o laptop e voltei para a cama. Uma pequena lágrima escorreu pela minha face enquanto pensava em Henry e no que estava acontecendo. Eu ia perdê-lo e temia que a única forma de impedir que saísse da minha vida era lançando meu coração para ele como um salva-vidas, e não sabia se conseguiria me recuperar se ele o partisse.

Capítulo Dezessete

A minhoca com pescoço quebrado

Bati à porta de Lance e o esperei pacientemente abri-la. Sei que falou que poderíamos pedir comida, mas resolvi levar cookies. Pensei que talvez o açúcar faria seu pulso se sentir melhor, pelo menos, era isso que me ajudava quando me machucava quando era mais jovem. Montes e montes de açúcar.

Lance abriu a porta e sorriu para mim. Ele estava usando jeans gasto e uma camiseta verde-escura; parecia bem casual, mas gostoso, com o cabelo arrumado e óculos de armação grossa.

— Ei, Rosie.

— Oi, Lance, como está o braço? — perguntei, apontando para seu gesso, que era de um laranja neon fantástico.

— Está melhor, agora que você chegou.

— Humm, clichê, mas legal — zombei. — Escolha maravilhosa de cor, aliás. Não sabia que permitiam que adultos escolhessem cores assim.

— Precisei chupar o dedo e choramingar como uma criança de dois anos para conseguir, mas, ah, agora eu pareço descolado.

— Aw, não perdeu nenhum amor-próprio.

— Nunca. — Ele deu risada. — Entre.

Seu apartamento era bonito, pequeno como qualquer outro em Nova York, mas bonito mesmo assim. Uma lateral inteira era de tijolinhos aparentes com prateleiras de metal saindo deles, expondo câmeras antigas. O resto do apartamento era elegante, moderno e receptivo. Definitivamente ele sabia como decorar, dada a paleta de cores da casa, além dos enfeites e das fotos emolduradas em preto e branco bem colocadas.

— Uau, adorei sua casa — admiti enquanto olhava para uma foto em preto e branco da ponte do Brooklyn. — Esta é extraordinária, você que tirou?

— Foi — ele disse, vindo atrás de mim. Seus braços envolveram minha cintura e me viraram.

Quando encontrei seus olhos, tudo que consegui ver foi desejo, conforme sua cabeça mergulhou para a minha e suas mãos seguraram meu rosto. De leve, ele mordiscou meus lábios até eu responder, aprofundando suas mordidas em um beijo que nos fez ficar ofegantes quando ele se afastou.

— Deus, por que esperei tanto para fazer isso? — ele perguntou, lambendo os lábios, como se estivesse sentindo meu gosto de novo.

Virginia era uma campista feliz.

— Pedi uns sanduíches frios, tudo bem? — ele anunciou ao me levar para a sala com a mão pressionada em minha lombar.

— Está bom para mim. Trouxe cookies para você.

Ele me agradeceu e os colocou no balcão da cozinha, olhando-os com cautela, como se quisesse um logo.

Deixei-o encarando os cookies, sentei no sofá quando ele também sentou, e me virei para ele.

— Então, me conte como machucou o pulso. Estou aqui, quero os detalhes.

Ele deu a mão para mim e disse:

— Mas não pode ir embora assim que te contar.

— Não posso prometer nada. — Dei de ombros.

— Então não vou te contar.

— Então acho que vou indo — comecei a levantar, mas ele me puxou de volta para baixo, desta vez ficando bem mais próximo. Segurou minhas pernas e as colocou por cima das dele, então eu estava praticamente sentada em seu colo. — Você não vai a lugar nenhum, agora que está aqui comigo.

Aquele sorriso malicioso estava fazendo Virginia unir suas camadas em forma de oração. O encontro já estava bem melhor do que o primeiro, porque eu tinha Lance só para mim. Gostava de estar só com ele, e não com um grupo de amigos.

— Certo, me conte o que aconteceu e então posso te julgar depois, tudo bem?

— Acho que vou ter que aceitar isso.

Meghan Quinn

— Desembucha — disse, ficando mais confortável.

Brincando com seu cabelo, ele olhou para longe e começou a contar.

— Eu estava fazendo fotos para uns produtos idiotas de maquiagem. É o pior tipo de fotos porque você precisa colocar tudo do jeito apropriado e tirar fotos de produtos imóveis. As fotos pagam bem, mas são chatas pra caramba. Então, para dar uma animada, coloco música para eu e a outra pessoa da revista cantarmos junto. Estava com uma companhia de vinte anos...

— Era mulher? — interrompi, cruzando as mãos à frente do peito e tentando fingir um beicinho. Não sabia bem se tinha funcionado até ele se inclinar e me beijar. Talvez devesse fazer beicinho mais vezes.

— Não era mulher. Era um cara, e ele era obcecado por Michael Jackson, então pensei: por que não colocar MJ no celular para fazer a sessão de fotos rolar um pouco melhor?

— Eles tinham um cara ajudando a fotografar maquiagem?

— Acredite em mim, nós dois queríamos nos matar. Foi terrível. Então, quase no fim da sessão, começamos a fazer passos de MJ.

— Você sabe os passos? — perguntei, olhando-o de cima a baixo enquanto sua mão começou a acariciar minha coxa.

Eu nem precisava perguntar, ele sabia bem os passos porque Virginia estava tentando sugar a mão dele e dançar com ela. Por que me incomodei em sair com os outros caras? Deveria simplesmente ter ficado com Lance, claramente ele era a melhor opção de todos, até comparado a Greg, o cara das bolas de cachorro.

— Tenho meus passos, baby. Só espere que vou te mostrar. — Ele mexeu as sobrancelhas.

Brega, mas eu aceitaria.

— Então, o que aconteceu depois?

— Bom, o estagiário, Deus, não consigo lembrar o nome dele, isso não é horrível? Oh, bom, o estagiário vai e ergue o joelho, fazendo a coisa de balançar a perna igual MJ, e segura a virilha.

— Clássico — adicionei.

— Muito, então, claro, o que tive que fazer?

— Você soltou um "moonwalk", não foi?

— Eu tinha escolha?

— Depois da segurada na virilha? Acho que não — respondi com um sorriso.

— Foi isso que pensei. Então, para adicionar um quê a mais, girei em um círculo inteiro, segurei a virilha... senti que precisava... e então comecei a fazer o "moonwalk", na direção do cenário de maquiagem, onde derrubei tudo e caí em cima do pulso.

— Ai, como ficou a maquiagem?

Me fazendo cócegas, ele respondeu:

— É com isso que se importa mesmo?

Rindo, respondi:

— Se fosse cara, sim.

— Era. — Ele deu risada ao acalmar os dedos. — Tem um pouco delas na minha camiseta, se quiser tentar raspar.

— Tudo bem. Então foi assim que quebrou? Tentou superar um menino de vinte anos com passos do MJ?

— Tipo, eu tinha opções?

— Acho que não. Pelo menos ganhou um gesso legal por isso.

Ele o ergueu para nós dois analisarmos.

— Ganhei mesmo. Não vai acreditar no tanto de garota que veio falar comigo, perguntando do meu gesso.

— É mesmo? — perguntei, me afastando dele.

— Não. — Ele sorriu e me empurrou para baixo no sofá para ficar por cima de mim, utilizando o braço bom. — Só tem uma garota com quem me importo.

— Bom, como você é encantador.

— Gosto de pensar que sou — ele disse pertinho, logo antes dos seus lábios encontrarem os meus.

Permiti o afeto porque, francamente, eu o queria. Ele era doce, divertido, e gostava de mim.

Seu corpo pressionou o meu conforme ele se abaixou. Minhas mãos subiram por seus ombros e se enfiaram em seu cabelo, onde brinquei com os cachinhos que emolduravam seu rosto.

Por um segundo, ele se afastou, tirou os óculos e encontrou meus lábios mais uma vez, dessa vez mais exigente. Meu estômago afundou quando sua língua entrou na minha boca e começou a acariciar dentro dela.

Santa mãe das marmeladas, ele sabia como beijar, e meu corpo reconhecia isso, porque, instantaneamente, cada centímetro da minha pele pegou fogo.

Sua mão boa foi para a barra da minha camiseta, onde ele a ergueu apenas o suficiente para expor um pouco de pele. Seu polegar encontrou minha pele exposta e começou a acariciar bem de leve, acendendo algo dentro de mim, algo primitivo.

Um gemido escapou da minha boca quando sua mão deslizou um pouco mais para cima. Querendo acariciá-lo também, abaixei a mão até seu jeans, onde senti sua excitação bem grande.

Arfei quando minha mão encontrou sua ereção, que estava perfurando seu jeans. Pensar que eu conseguia provocar um homem tão atraente ainda era um conceito novo para mim.

— Desculpe — ele murmurou ao se afastar e começar a beijar meu maxilar. — Não consigo me controlar quando estou perto de você, Rosie. Esperei muito tempo para colocar as mãos em você.

Ergui o queixo para lhe dar melhor acesso assim que a campainha soou.

Suspirando pesadamente, ele apoiou a testa na minha e me olhou nos olhos.

— Hora bem ruim — ele disse, suspirando.

— Quer que eu atenda? — Me endireitei ao olhar para sua virilha. Nunca tinha visto uma ereção nos confins dos jeans, e era bem excitante, na verdade.

— Talvez seja melhor — ele respondeu, sentando-se e se ajustando. — O dinheiro está no balcão, se não se importa.

— Nem um pouco — eu disse, me levantando e arrumando a camiseta.

Estava prestes a andar até a porta quando Lance puxou minha mão.

— Volte aqui, a comida pode esperar.

É, a comida definitivamente poderia esperar.

Abri a porta e vi um menino bem baixo com uma sacola cheia de comida com um selo da padaria nela.

— Dá vinte e quatro e oitenta — declarou com uma voz aguda.

Queria perguntar quantos anos ele tinha, já que claramente ainda estava na puberdade e mal conseguia enxergar por cima da sacola que estava segurando, mas havia coisas mais importantes para fazer do que processar uma padaria por violar as leis de trabalho infantil.

— Fique com o troco — falei ao lhe dar trinta dólares que estavam no balcão.

— Uau, obrigado! — agradeceu empolgado com uma gorjeta de pouco mais de cinco dólares. Me fez pensar qual era a gorjeta dele, normalmente.

Pegando a comida e fechando a porta, voltei para dentro do apartamento e vi

Lance deitado no sofá, me esperando com um sorriso sexy.

Instantaneamente, fiquei nervosa quando o vi analisar meu corpo inteiro. Será que ele iria me acariciar e beijar até os finalmentes? Eu estava pronta para ir tão longe? Até então, eu só tinha explorado, ou pelo menos tentado, mas, naquele instante, quase pareceu sério, como se fosse aquele o momento, o dia em que iria perder a virgindade. Será que queria perdê-la com Lance?

Quando coloquei a comida no balcão, olhei para ele e percebi que era um cara bom, não iria me machucar, e parecia que gostava de mim. Provavelmente seria bem gentil e cuidadoso se contasse a ele.

Em vez de sair e dizer "Ei, Lance, antes de irmos para os finalmentes, pensei em te avisar que nunca ninguém esteve dentro de Virginia, então, se pudermos ir devagar, seria ótimo", apenas seguiria o fluxo e, se fosse acontecer, se parecesse que eu iria até o fim, para a terra prometida em que os unicórnios pulavam por cima de arco-íris com glitter, então eu o avisaria.

— No que está pensando aí? — ele perguntou com os braços no encosto do sofá e a perna direita cruzada sobre a esquerda. Parecia tão calmo e tranquilo, enquanto eu estava travando uma batalha interna, tentando resolver se deveria deixar o gato sair para brincar.

Aff, malditos gatos...

— Só estou te olhando — respondi casualmente, tentando acalmar a voz.

Agora que tivera tempo de pensar nisso, estava vacilando e conseguia me sentir começar a querer amarelar.

Querendo ser adulta, amarrei minhas bolas femininas e decidi ir direto ao ponto. Me jogar. A primeira vez seria terrível, sabia disso, talvez até já superasse isso, visse sobre o que se falava tanto. Desse a Virginia um pouco de experiência de campo na Terra do Pau e a deixasse ver qual era a maravilha em ser preenchida.

— Venha aqui — ele disse, flexionando o dedo.

Casualmente, fui até ele, tentando não tropeçar nos meus próprios pés. Conseguia enxergar agora, eu tropeçando na perna, caindo para a frente com os braços abertos, socando seu rosto e caindo em sua mesa de centro, que se quebraria com minha queda. Poderia acontecer com facilidade, levando minha sorte em conta.

— Está se fazendo de difícil, não está? — ele perguntou conforme eu me aproximava.

Estava mais para tentando não tropeçar como uma estúpida e arruinar o

Meghan Quinn

momento.

Com sucesso, consegui chegar ao sofá, onde Lance veio imediatamente para cima de mim, pegando minha mão e me fazendo sentar em seu colo. Na mesma hora, Virginia tinha um visitante à sua porta e, caramba, a pequena vadia estava bem animada em vê-lo.

— Hummm... você é do tamanho perfeito para mim, Rosie. Me odeio por demorar tanto para te chamar para sair e, depois, mais tempo para te ligar.

O que era para responder a isso? É, burro, bom trabalho? Não, parece meio bruto, então dei minha risadinha que guardava para ocasiões em que não fazia ideia do que dizer.

— Você é adorável — ele elogiou.

A risadinha funcionou, então fiz uma nota mental de manter isso em minha caixa sexual de ferramentas. Naquele momento, a única coisa naquela caixa eram a risadinha e a habilidade de colocar uma camisinha apropriadamente.

É, era uma mecânica verdadeira quando se tratava do velho tango horizontal.

Sem avisar, Lance envolveu a mão no meu pescoço e me puxou para mais perto, onde seus lábios encontraram os meus. Vou admitir, se eu tivesse que me elogiar, diria que sabia beijar. Me sentia bem beijando, era algo que não achava muito difícil. Manter a boca aberta, os olhos fechados e não bater nariz com nariz, coisas bem básicas.

Conforme nossos lábios dançavam juntos, deixei minhas mãos passearem. Por que não? Se tinha uma espécie de homem elegante diante de mim, também poderia deixar as mãos explorarem um pouco, principalmente quando as dele estavam em meus quadris e começaram a erguer minha camiseta.

Colocando as mãos em seu peito, senti a definição do seu peitoral e tentei calcular quantas vezes por semana ele ia para a academia. Deveria ser, no mínimo, três, porque tinha uns músculos bem legais.

Meus dedos passaram por seus mamilos sem querer, mas, pelo gemido dele e a forma como enrijeceram, vi que ele gostou do movimento, então deixei meus dedos voltarem para as protuberâncias eretas.

Protuberâncias eretas? Era um termo que gostaria de usar no meu livro? Parecia meio antigo. Alguém chamaria um mamilo de protuberância? Poderia ser classificado como uma protuberância...

Foco, me repreendi, falando para minhas mãos continuarem a explorar até chegarem ao cós do jeans dele. No minuto em que minhas mãos paralisaram, Lance colocou os quadris para cima, me avisando que queria que fosse mais além.

Acho que chegou a hora de ficar sério, então me mexi para fora do seu corpo e caí entre suas pernas. Olhei para ele brevemente e vi o desejo percorrendo seu rosto, apenas me esperando agir.

Jesus, eu precisava de uma bebida.

Com toda a confiança que conseguia fingir, olhei para seu jeans armado, literalmente, com barraca armada, e abri sua calça. Lentamente, desci o zíper e encontrei uma cueca boxer preta. O peito de Lance ofegava da lentidão com que eu estava indo e, provavelmente, ele pensava que eu estava tentando provocá-lo, no entanto, na realidade, eu estava tentando: um, não prender o pênis dele com o zíper, isso muda o humor; e dois, estava nervosa pra caramba.

Suspirando, peguei sua cueca boxer ao mesmo tempo em que ele se ergueu do sofá para eu poder abaixar sua calça.

Quando a calça estava em seu tornozelo, fechei os olhos por um segundo e, quando abri, vi seu pau ereto.

Puta merda!

Aquilo não estava certo, havia algo errado com o pênis dele.

O pânico me inundou quando recuei e disse:

— Vou fazer xixi na calça! Onde é seu banheiro?

— Sério? — ele perguntou, quase com dor.

— É. — Me levantei e comecei a dançar, segurando a virilha.

— Humm, ok. Segunda porta à direita no fim do corredor, mas vá rápido.

— Vou — respondi quando o vi me olhar e começar a se acariciar.

Eca!

Corri pelo corredor, peguei o celular na bolsa, que felizmente estava perto da porta, e me tranquei no banheiro.

Atrapalhada, finalmente consegui respirar e ligar para Delaney.

Tocou três vezes até ela atender.

— Você não está em um encontro?

— Delaney, o pênis dele é torto — sussurrei.

— O quê?

— Meu encontro, o pênis dele é torto e, tipo, bem torto. Como se alguém irado o tivesse pegado e entortado para a direita.

Meghan Quinn

— Rosie, já não falamos disso? Todos os paus têm formatos e tamanhos diferentes...

— Delaney, não é um pau que desvia para o lado, estou falando de reto, o cara tem o pau inteiro torto. Tipo, se eu deixasse ele enfiar em mim, a cabeça faria cócegas no meu ovário, piscando para ele.

— Sério?

— É! Nem sei como ele faz para entrar em uma mulher.

— Talvez ele tenha um truque diferente de giro. Nunca se sabe, pode ser muito bom.

Se eu quisesse fazer oral nele, teria que sentar ao seu lado para ter acesso ao pênis dele.

— Não é tão ruim. — Delaney riu baixinho.

— Delaney, não estou brincando. Parece que está quebrado. O que eu faço?

— Tira uma foto?

— Não está ajudando.

— Para pesquisa. Quero ver.

— Por que fui ligar para você? — perguntei, me sentindo desesperada.

— Porque você e Henry estão brigados.

— Não estamos — menti.

— Que seja. Só volte para lá e brinque com ele, mas lembre-se de ficar longe do tiro de gozo. Não quer que jorre no seu olho.

— Eu te odeio.

— Não odeia, não. — Ela deu risada.

Desligamos e, surpreendentemente, não me senti nada melhor depois da conversa. Lembrando-me de que tinha que fazer "xixi", dei descarga e abri a torneira para parecer que estava fazendo todo o necessário que alguém que ia ao banheiro fazia.

Jogando o celular na bolsa, voltei para a sala, onde Lance ainda estava se acariciando, mas estava mais duro do que nunca. Olhei para baixo e não consegui evitar perceber que parecia que ele estava sufocando o pobre pau, e sua cabeça estava tentando se libertar da mão. O que aconteceu com o pênis dele?!

— Aí está você, volte aqui.

Parecia um dedo quebrado, uma placa de curva à direita, um ferrinho torto, um lápis quebrado, uma minhoca com o pescoço quebrado, uma enxada de jardim.

Não era um pênis. Eu não tinha muita experiência com pênis, mas aquilo não estava certo, não era de verdade. Tinha que ser uma prótese... que foi derretida no sol.

Pode me chamar do que quiser, me chame de tradicional, mas não conseguia continuar isso com ele. Eu queria, caramba, queria finalmente romper o hímen, mas tinha zero experiência em tocar um pênis, então, manipular um que fazia jus ao termo "como está suportando?" um pouco sério demais, era algo que não conseguia lidar.

— Eu sou virgem — soltei, sabendo que isso era uma bandeira gigante vermelha para os homens. — Sou bem pegajosa. Se me cutucar com esse pênis, vou querer casar com você amanhã. Na verdade, já te amo. Não precisava ir ao banheiro, estava preparando meu discurso de noivado para você porque quero pedir sua mão e, se transarmos, vou garantir que me engravide, com ou sem camisinha. Minha vagina come camisinhas, na verdade, e meus óvulos estão mais do que dispostos a sugar seu esperma como reféns. Podemos fazer um bebê hoje, é só falar. Casamento, bebês e eu te amo. Te amo. Te amo.

É, falei todos os pontos.

Lance colocou a calça, a fechou tão rápido quanto eu conseguia dizer pau deformado e se afastou de mim.

— Rosie, eu gosto de você, mas acabamos de nos conhecer.

— É, mas não quer ter filho? Tenho trigêmeos na família.

Nem tinha, mas falaria qualquer coisa para sair daquele apartamento.

— Isso ficou estranho — ele admitiu.

Não, amigo, a merda ficou estranha quando seu pau não conseguia me olhar direto nos olhos sem me fazer debruçar no seu colo para piscar para ele.

— É, que pena que não vai dar certo. — Dei de ombros enquanto voltava para o corredor.

Sem olhar de novo para Lance, peguei minha bolsa e saí correndo.

Só quando estava chegando ao metrô foi que percebi todas as coisas que disse.

Jesus.

Balancei a cabeça ao passar o cartão do metrô na catraca. Bem pegajosa? Sério?

Pelo menos consegui sair do apartamento dele e ficar o mais longe possível do pau de bengala doce.

Meghan Quinn

13 de junho de 2014

Lembre-se: quando as pessoas dizem que existem paus de todos os formatos e tamanhos, elas não estão brincando.

Paus são individuais, não um chuveiro, podem ser gordos, magros, compridos, curtos, marrons, rosados, brancos, pretos... roxos. Têm mente própria e são cheios de veias com um olho que vai te encarar, implorando para lambê-los, prová-los, satisfazê-los. Ficam no escuro esperando para ver a luz, para serem libertados, só para serem enfiados, empurrados e acariciados no escuro de novo.

Paus são masoquistas.

Gostam de ser esfregados, puxados, batidos e engolidos.

São nudistas, só gostam de estar nus, preferem ser protegidos por um canal de pele, e é isso.

Paus são sensíveis e, se forem muito estimulados, podem cuspir em segundos. Preferem fazer isso em uma mulher, dentro de uma mulher, em qualquer lugar perto de uma mulher, até uma meia vai funcionar.

Pau é uma espécie diferente, é única e, com uma endireitadinha, está pronto para festejar.

Virginia ficou traumatizada. Qualquer vagina ficaria assustada depois de ver um pau tão torto querendo entrar nela. Ela não é burra, sabe qual é seu tamanho e o que cabe lá, e o sr. Pau Torto não iria caber.

Não sei quando ela estará pronta para fazer amizade com outro pênis depois de ser tratada por tal criatura. Ela também tinha expetativas altas.

Pobre Virginia.

Meghan Quinn

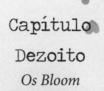

Capítulo Dezoito
Os Bloom

Alisei meu vestido ao me olhar. O dia anterior foi uma confusão. Só rezava para nunca mais ver Lance e para ele não contar para ninguém o que eu disse. Dizer que elevei a mulher louca dos gatos a outro nível era um eufemismo.

Trabalha em uma revista de gatos, trabalha com gatos, escreve sobre gatos, é virgem, confessou ser pegajosa e declarou amor no segundo encontro — é, status de solteira confirmado para os próximos quarenta anos.

Suspirando pesadamente, tirei meu cabelo do babyliss e enfiei os dedos nas mechas. Feliz com meu cabelo e o vestido branco de verão, coloquei sandálias marrons, peguei a bolsa e segui para a porta. Era hora do brunch com meus pais.

Estava na metade do caminho para a porta da frente quando alguém pigarreou atrás de mim. Me virei e vi Henry apoiado no sofá, usando short cáqui e polo branca que se ajustava perfeitamente em seu peito. Seu cabelo estava arrumado como sempre e ele usava sandálias marrons também. Deus, ele estava mais do que gostoso.

— Bom dia, amor. Aonde pensa que vai?

Chocada por Henry estar no apartamento, que dirá conversando comigo, me virei para encará-lo e respondi:

— O que está fazendo aqui? Pensei que não fosse voltar até segunda.

Ele deu de ombros e começou a andar na minha direção.

— Estava com fome e pensei que alguns pratos de torrada francesa a matariam.

— Você vai ao brunch comigo? — perguntei, um pouco chocada pela reviravolta nos sentimentos de Henry.

— Vou. — Ele sorriu em pé bem diante de mim. Pegou minha mão e beijou as costas dela. — Desculpe, Rosie...

Ele estava me pedindo perdão quando fui eu que fui uma babaca. Como pude pensar em recusá-lo naquela noite? Estava tão confusa.

— Não, pare, pare de se desculpar. Sou eu que deveria pedir desculpa. Não deveria ter sido tão, tão...

— Que tal não fazermos isso? — ele me interrompeu. — Vamos só esquecer tudo e nos divertir em Long Island, comendo torrada francesa e jogando General.

— Não é certeza de que iremos jogar General. — Dei risada.

— Amor, quando se trata dos seus pais, é sempre certeza. Só espero que eu pegue os dados verdes neon desta vez. Eles dão sorte.

— Sei que, se avisar que vai usar os neons depois do brunch, vai conseguir jogar com eles.

— É melhor, porque, da última vez, tive que jogar com os dados vermelhos e não nos entrosamos direito.

— Vermelho não é sua cor.

— Não é mesmo. — Ele abriu aquele sorriso encantador para mim e, depois, me puxou para seu peito e beijou o topo da minha cabeça. — Senti sua falta, amor.

— Eu também, Henry. Principalmente depois de ontem.

— Ah, é? — Ele pigarreou e disse com uma voz séria: — Como está suportando, amor?

— Aff, odeio você e Delaney — respondi, me afastando e indo até a porta da frente.

Henry me alcançou e me virou enquanto ria.

— Não odeia, não. Você nos ama.

— Infelizmente.

— Me diga, era muito torto mesmo?

Assenti e respondi:

— Sabe quando a cabeça de uma girafa se estende perpendicularmente com seu pescoço comprido?

— Sei...

— Imagine isso, mas na forma de pau.

— Oh, merda. — Ele deu risada. — Caramba, você tirou foto?

— Não! Qual é o problema de vocês?

— Para pesquisa!

— Você e Delaney andam muito juntos — disse, finalmente saindo do apartamento com Henry me seguindo.

Comecei a ir atrás de um táxi quando Henry me fez parar.

— Tenho um carro, amor.

Me virei e o vi indo para uma Ford Escape preta.

— Onde você arranjou isso?

— Aluguei, pensei que seria melhor dirigir do que pegar um táxi e ser praticamente assaltado. Além disso, podemos ouvir Queen e cantar gritando.

Meu coração decolou pelo cuidado de Henry. Sempre pensava à frente.

— Henry, isso é tão fofo. Obrigada, mas você quis dizer Britney Spears, certo?

— Veremos. — Ele deu uma piscadinha, abrindo a porta para mim e pegando minha mão.

Me ajudou a entrar no carro e, antes de fechar a porta, me olhou com um brilho nos olhos, algo que nunca vivi antes.

Podia ver que ele queria falar algo, mas, em vez de me falar o que estava pensando, inclinou-se, deu um beijo na minha testa e se afastou, fechando a porta.

A batida rápida do meu coração com seu pequeno gesto me pegou desprevenida conforme o esperei entrar no carro. Era Henry, ele me beijava na testa o tempo todo, não era nada de mais.

Então, por que eu estava querendo que ele fizesse de novo, por que queria que não apenas beijasse minha testa, mas meus lábios? Pensei na primeira vez que ele me beijou nos lábios. Ele foi gentil, delicioso e sexy. Pareceu certo.

Não, me repreendi, nós éramos amigos.

— Está pronta para ir, amor? — ele perguntou ao colocar a mão na minha coxa, reavivando Virginia do coma autoinduzido em que ela se colocou depois da tarde anterior. Aparentemente, ela não tinha nenhuma aversão a Henry.

— Pronta. — Engoli em seco ao observar seu polegar acariciar lentamente a parte interna da minha coxa, próximo do meu joelho.

Sua mão não estava na minha virilha, não estava nem perto, mas o fato de ele estar me tocando de forma íntima me fez suar, tremer e implorar por mais. Seria uma viagem muito longa de carro.

— Fiquei tão feliz que vocês dois puderam vir — minha mãe comemorou ao pairar sobre sua torrada francesa.

A viagem da cidade até a casa dos meus pais não foi tão ruim, exceto pelo fato de que a mão de Henry não saiu da minha perna, me deixando tremendo no banco, porém sua cantoria desafinada ajudou a amenizar a tensão.

Eu era a DJ, então, depois de ter tocado umas músicas do Queen para agradar meu motorista, passei pelas músicas de sua playlist e fiquei feliz ao ver que ele tinha todas da Britney Spears no celular.

No minuto em que comecei a tocar as músicas dela, observei Henry mudar de rock dos anos oitenta para pop star dos anos noventa, e não conseguia parar de rir. Ele chegava a toda nota, vibrava e até erguia o ombro uma ou duas vezes com a batida.

Eu tinha quase certeza de que ele nunca tinha cantado nem dançado Britney Spears para ninguém mais, e era muito honrada por ele compartilhar esse segredinho comigo. Me sentia privilegiada por saber disso e, se não estivesse tão distraída com sua mão, teria gravado sua atuação de princesa do pop com o celular.

— Obrigado por nos convidar, sra. Bloom. Quando ouvi torrada francesa, não pude resistir.

— Não precisa puxar o saco deles — sussurrei para Henry.

— Nunca se sabe, pode ser que precise. — Ele deu uma piscadinha, me fazendo pensar no que queria dizer.

— Vocês dois estão adoráveis, estão até com a roupa combinando. Fizeram isso de propósito? — minha mãe perguntou enquanto meu pai tirou os olhos de seu prato por um segundo para olhar para nós.

— Não, foi coincidência — Henry respondeu antes de jogar um pedaço enorme de torrada francesa na boca, derramando tudo em sua camisa branca.

— Ah, meu Deus, querido, você derramou geleia na sua camisa.

— Oh, droga — Henry xingou, olhando para baixo. Pegou seu guardanapo e começou a espalhar geleia para todo lugar.

— Isso não vai ajudar. Tenho certeza de que Dave tem uma camisa para te emprestar. Vocês são quase do mesmo tamanho, bom, com exceção dos músculos.

Você tem malhado, Henry?

— Hum, só um pouco — ele respondeu, modesto. — Se importa, sr. Bloom?

— Nem um pouco. Rosie, vá ajudá-lo a encontrar uma camisa. Só não dê a camisa do Bubba Gump, é minha preferida.

— Nem sonharia com isso, pai. — Me virei para Henry e disse: — Venha, desastrado.

— Não se esqueça de pôr de molho a camisa dele — minha mãe gritou. — Odiaria vê-la arruinada.

Pegando a mão de Henry, levei-o para o quarto do meu pai, mas Henry me fez parar no corredor.

— Quero ver seu quarto.

— Você já viu.

— Mas faz um tempo. Sempre gosto de olhar suas fotos.

— Não, você gosta de tirar sarro de mim com aparelho e macacão.

— Você era linda, vamos.

Ele me puxou na direção do meu quarto de infância, que era muito vergonhoso para um cara ver. Graças a Deus, eu ficava confortável o suficiente com Henry.

O quarto era malva com colcha, lençóis e cortinas azul-claros. A mobília era de carvalho e, se não fosse pelo Furby, o bichinho virtual, pôsteres de Jonathan Taylor Thomas e outros enfeites adolescentes, você poderia jurar que ali vivia uma idosa de oitenta anos.

No quadro de avisos acima da escrivaninha, havia a parede de conquistas, que era uma patética seleção de certificados inventados. Eu não tinha muito talento quando se tratava de esportes, então minha mãe decidiu criar seus próprios certificados e me premiar com eles. Tinha um de conclusão para aparelhos limpos, por vestir meu primeiro top e por usar, com sucesso, meu primeiro absorvente interno. É, conquistas enormes.

— Eu adoro isto aqui — Henry elogiou, analisando tudo, como se nunca tivesse visto.

— Por quê?

— Me mostra o que moldou você, por que é a pessoa perfeita que é hoje.

— Não sou perfeita.

— Chega bem perto. — Ele me deu uma piscadinha. — Ah, o certificado por inserir seu primeiro absorvente. Uma conquista bem importante. Realmente adoro como sua mãe usou absorventes como borda.

— Podemos não olhar para isso?

— E é laminado, ela se supera mesmo ao criar certificados.

— Talvez ela possa fazer um para você por ser xereta.

— O que mais gosto em você é que, em vez de jogar fora os certificados, você os pendurou. — Ele riu consigo mesmo.

— Bom, teria sido grosseiro. Minha mãe passou um tempo fazendo-os, embora sejam um pouco inapropriados e altamente vergonhosos.

— Tão adorável. — Indo até mim, ele segurou minhas mãos e disse: — Quer dar uns amassos na sua cama?

— Não! — praticamente gritei conforme uma onda de calor me inundou.

— Vamos, será divertido. — Ele mexeu as sobrancelhas.

— Precisamos pegar uma camisa para você antes de nos metermos em encrenca. Vamos.

Eu o arrastei para fora do meu quarto e para o quarto do meu pai, onde o tema malva continuava. Coitado do meu pai. Minha mãe era do tipo malva e babados, em que rendas eram aceitas e cores suaves, bem-vindas.

— Quer uma camiseta ou uma camisa de botão?

— Qualquer coisa serve.

Quando olhei para ele, o vi tirar a camisa e segurá-la. Não estava usando uma camiseta por baixo nem nada, então tive o privilégio de encarar seu peito e abdome definidos. Ele deve estar malhando mais vezes no horário de almoço, porque estava bem gostoso.

Acabei de falar que ele estava gostoso? Quando pensava isso do meu melhor amigo? Quase nunca, mas, agora que estava pensando nessas coisas sobre beijo, dar as mãos, etc., sentia que analisava cada aspecto sexual dele e, caramba, ele era o cara mais sexy que eu já tinha conhecido.

— Amor, não pode simplesmente me encarar assim e se safar.

— Desculpe. — Balancei a cabeça e me virei para procurar uma camisa, mas, meu Deus, não conseguia fazer meus braços funcionarem.

Senti a força de Henry atrás de mim e ele colocou as mãos na minha cintura, causando em Virginia um frenesi. Ela estava praticamente comendo minha calcinha só para se aproximar mais de Henry.

Parei de respirar quando ele se inclinou para a frente e colocou as mãos na minha barriga, me puxando para seu peito nu. A pele exposta das minhas costas encontrou seu corpo quente, provocando uma corrente de empolgação em mim.

Não deveria estar me sentindo assim, não deveria estar pensando coisas safadas sobre o meu melhor amigo, tipo como queria que ele me prensasse na parede e finalmente pegasse o que eu estava tentando oferecer.

— Vire-se, amor — ele disse baixinho, me provocando.

Minha mente e meu coração batalharam, tentando pensar no que seria melhor fazer.

Minha mente dizia "não, não faça isso, você vai arruinar tudo", mas meu coração estava batendo em uma velocidade alarmante, me falando que, se eu não cedesse, poderia perder uma das oportunidades mais maravilhosas da minha vida.

Dessa vez, meu coração venceu, então me virei em seus braços e encontrei seu olhar determinado. Suas mãos subiram por meu corpo até ele segurar meu rosto. Permaneci rígida, sem realmente saber o que fazer, como piscar, como respirar, mas, no instante em que Henry baixou a cabeça para a minha, meu corpo relaxou em seu abraço e seguiu sua direção.

Meus lábios se abriram para os dele e, bem devagar, ele deslizou a língua para dentro da minha boca com a pressão tão ideal que pensei que fosse acender uma fogueira. Ele provocou minha boca, acariciou-a, fez meus joelhos enfraquecerem. A cada movimento que ele fazia, eu derretia mais.

Minhas mãos encontraram sua cintura e, lentamente, começaram a subir até seu peito, analisando cada contorno e superfície. Sua respiração se tornou tão ofegante quanto a minha, e só me encorajou a subir mais as mãos até percorrerem seu abdome.

Em um segundo, Henry me afastou e segurou em meus ombros conforme me olhava, arfando, igual a mim.

Nos encaramos por um breve instante, pensando no que estávamos fazendo e no que era para fazermos em seguida. Eu só esperava que Henry não estivesse esperando que eu respondesse, porque não fazia ideia de como lidar com essa situação.

Saíam faíscas entre nós, acesos como se fossem fogos de artifício. Tinha algo diferente em Henry, algo erótico, tão errado e tão certo.

— Vocês dois se perderam aí em cima? — minha mãe gritou da escada.

Saindo do transe, gritei de volta:

— Não, acabamos de escolher uma camisa.

— Ok, apressem-se. Seu pai e eu queremos jogar umas partidas de General antes de vocês irem embora.

Revirei os olhos e balancei a cabeça enquanto Henry riu.

Tentando evitar a conversa estranha, me virei, escolhi uma camiseta colorida e entreguei a Henry.

— Aqui, essa vai ficar boa. Vou te encontrar lá embaixo.

Comecei a me afastar, mas Henry segurou meu braço e me puxou de volta para ele como um ioiô.

— Oh, não, não vai. Não vai se afastar de mim assim.

— Assim como?

Em vez de responder, ele segurou meu queixo com o polegar e o dedo indicador e baixou os lábios de volta para os meus. Instintivamente, eu o beijei, embora provavelmente não devesse.

Tão rápido quanto ele me beijou, me afastou de novo e vestiu a camiseta, que era um número maior e duas décadas mais antiga, mas ainda ficou bonita.

— Vamos, amor — ele disse, pegando minha mão e entrelaçando nossos dedos. — Hora de acabar com seus pais no General.

Atordoada por sua mudança drástica de humor, sussurrei enquanto descíamos as escadas, para meus pais não conseguirem ouvir.

— Então você vai simplesmente me beijar e agir como se nada tivesse acontecido?

Antes de avistarmos meus pais, Henry se virou e me prendeu na parede do corredor.

Seu corpo forte pressionou o meu enquanto suas mãos encontraram minha cintura de novo.

— Não tem como agir como se nada tivesse acontecido. No momento, estou flutuando depois daquele beijo e, em vez de discutir como você provavelmente quer, só desejo curtir e jogar General. Às vezes, você só precisa deixar as coisas acontecerem, Rosie, e não analisar demais tudo. Viva um pouco.

— Estou vivendo — eu disse, desafiando-o.

— Está mesmo, mas viva um pouco comigo, Rosie.

— O que quer dizer com isso?

— Vocês dois vão vir? — meu pai gritou dessa vez.

— Vamos — Henry respondeu, me puxando atrás dele.

Encontramos meus pais no deque, onde tinham arrumado para jogar, e havia um par de dados especial para cada pessoa.

— Veja, querida, nós encontramos dados de gatos para você — minha mãe anunciou, empolgada.

Independente de quantas vezes eu dissesse para minha mãe que não gostava de gatos, ela ainda insistia em me dar canecas, camisetas e calendários de gatos. Em sua cabeça, já que trabalhava em uma revista de gatos, era apaixonada por eles, quando, na verdade, era o oposto. Se trabalhasse em uma revista de golfe, ela provavelmente colocaria bolas de golfe na minha meia todo Natal.

— Uau, obrigada, mãe — agradeci, me sentando.

Henry se sentou ao meu lado, arrastando sua cadeira até ficar praticamente em cima de mim. Ele não ia me dar um tempo e, caramba, secretamente, eu não queria isso.

— Essa camiseta vestiu bem em você — minha mãe elogiou Henry.

— Obrigado, sra. Bloom. Tenho certeza de que o sr. Bloom fica melhor com ela.

— Diria que é verdade — meu pai disse, rindo.

— Oh, Dave, não fique com ciúme do garoto. — Ela uniu as mãos e perguntou: — Prontos para jogar o dado? O primeiro a tirar seis começa. Vamos!

Nós todos pegamos um dado e começamos a jogar até conseguir um seis.

— Ah ha! — meu pai gritou, socando o ar. — Parece que o velhote aqui tirou seis.

Na verdade, não importava quem começava, mas minha mãe insistia em jogar o dado no começo de todo jogo. Eu não ligava tanto quanto meus pais, mas, observando Henry bater na mesa, pude ver que ele ficou decepcionado ao não vencer essa primeira parte. Ele era fofo demais.

— Na próxima — sussurrei para ele, fazendo sua mão encontrar de novo minha coxa.

Era como se sua mão na minha coxa injetasse em mim um tipo de sérum estúpido porque me dava um branco e tudo à minha volta ficava embaçado. Ele causava esse efeito em mim.

— Querida, sua vez — minha mãe avisou assim que Henry apertou minha coxa e se inclinou para minha orelha.

— Sua vez, amor. Não deixe que eu te distraia.

Desgraçado, ele estava fazendo isso para vencer. Bom, eu também posso entrar nesse jogo.

Estufando o peito um pouco e ajustando as alças do meu vestido, peguei meus dados e os chacoalhei. De canto de olho, pude ver Henry espiando meu corpo e, embora dificultasse bastante para me concentrar, gostei de ouvi-lo pigarrear e se agitar em seu assento.

O restante do jogo foi de flertes descarados com Henry, tentando acabar com ele ao me curvar para o lado a fim de pegar os dados que caíram no chão, exibindo boa parte da coxa, e me inclinando, mostrando meu decote sempre que podia.

No fim do jogo, nós dois tínhamos pontuações que nem valiam a pena mencionar e meus pais venceram, ganhando de lavada da gente.

— Nossa, que jogo bom, mas estou com um pouco de sede. Dave, me ajude na cozinha. Rosie, por que não leva Henry até a praia? É só um quarteirão, tenho certeza de que ele gostaria.

— Será ótimo — Henry respondeu por nós dois ao se levantar.

Minha mãe me deu uma piscadinha quando levantei, me fazendo revirar os olhos por suas tentativas de nos juntar. Quando estávamos longe, Henry pegou minha mão e me levou para a praia. Precisava andar um pouco para as pessoas do bairro acessarem a praia, o que era bom, já que era meio difícil de encontrar.

— Você sempre ia à praia quando era jovem? — Henry perguntou enquanto tirávamos as sandálias para andar na areia.

— Não muito, mas, no verão, trazia meus livros e lia de vez em quando.

— Deus, essa imagem é muito linda. Claro que você traria seus livros. Tinha um lugar?

— Não, qualquer lugar que estivesse a fim na hora.

— Quer sentar e observar as ondas comigo? — ele perguntou, pressionando a mão na minha lombar e me guiando para um recanto privado.

— Acho que não tenho escolha. — Dei risada quando nos sentamos, ganhando um pouco de privacidade em relação aos outros da praia.

Ficamos em silêncio observando as ondas quebrarem na areia. Não era a areia branca das Ilhas Virgens, mas era bonita, mesmo que tivesse lixo em alguns lugares, graças aos locais sem senso de proteção à mãe natureza.

O sol apareceu pelo céu parcialmente nublado, nos aquecendo nas rochas onde estávamos sentados e brilhando nas ondas. Era pitoresco. Só queria saber o que estava passando na mente de Henry.

A forma como ele me tratou o dia todo foi esquisita, a forma como me tocou, como falou comigo... como me beijou.

É, nunca fomos beijoqueiros, o que eu fazia com isso? Não me entenda mal, eu o beijaria de novo, porque como iria resistir a ele? Agora que ele quebrara o pacto de "somos apenas amigos", não tinha volta, pois eu sabia qual era o gosto dele, como era ter as mãos em seu corpo, ter seus lábios pressionados nos meus. Não posso simplesmente me afastar disso, mas também não parece que tenho coragem para seguir em frente.

— Queria ter crescido aqui — Henry quebrou o silêncio. — Teria sido legal ter a praia como quintal.

— Mas você teve a selva de pedra como quintal — brinquei.

Henry nasceu e cresceu na cidade, então não tinha para onde fugir do seu lar da infância. Ele sabia de todos os lugares bons e baratos para comer quando estávamos na faculdade. Crescer em Nova York também foi um dos motivos pelos quais ele conseguiu um emprego tão bom ao se formar, porque fez contatos ao longo da vida e estágios no Ensino Médio, então seu destino estava selado.

Eu não tive essas oportunidades, mas quem não gosta de trabalhar com gatos, comer pelo de gato todos os dias e escrever sobre diferentes tipos de areia?

— Teria sido legal ter um quintal, mas acho que não posso reclamar — Henry disse. — Como está indo o livro, Rosie?

Dei de ombros.

— Bem, eu acho. Ainda não escrevi nenhuma cena de sexo. Sinto que poderia escrever uma, depois de todos os livros que li e da pesquisa que estive fazendo, porém sinto que haverá uma falta de energia, ou faísca, sabe? Sinto que, a fim de fazer jus à minha escrita, tenho que viver a coisa de verdade. Quero que haja emoção, paixão e, no momento, o mais próximo que cheguei de um orgasmo foi com um peido na cara e um vibrador preso na vagina.

Rindo baixinho, Henry assentiu.

— Entendo.

Sentindo-me um pouco desconfortável, me mexi na pedra e continuei encarando a água, esperando Henry falar mais alguma coisa, porque eu estava sem palavras.

Minhas entranhas estavam todas misturadas, minha mente, puída, e eu não era a mesma pessoa que normalmente era perto de Henry. Ele literalmente virou meu mundo de cabeça para baixo no instante em que me beijou, porque, apesar de estar sentada ao lado do meu melhor amigo, alguém para quem eu podia contar qualquer coisa, me senti perdida. Estava sem palavras, nervosa, suando, como se estivesse no primeiro encontro.

— Vamos sair daqui — Henry sugeriu depois do que pareceu meia hora.

Ele se levantou e pegou minha mão, me levando de volta para casa, ainda em silêncio.

Será que ele estava se sentindo igual? Estava ansioso como eu? Confuso como eu?

Quando voltamos para a casa dos meus pais, ambos estavam sentados no deque, aproveitando um copo de limonada, típico dos Bloom.

— Oh, aí estão vocês dois. Como estava a praia?

— Cheia de areia — murmurei ao tentar ignorar o olhar sorridente da minha mãe.

— Ah, como você é bobinha. — Minha mãe gesticulou para mim e riu.

— Estava muito linda, sra. Bloom. Boa sugestão — Henry puxou o saco.

— Que bom saber que gostou. Vocês dois gostariam de comer mais alguma coisa? Jogar mais General?

Eu estava prestes a negar quando Henry começou a falar por nós dois.

— Na verdade, sra. Bloom, acho que Rosie e eu vamos voltar para a cidade, porque temos uma pesquisa para fazer para um projeto em que ela está trabalhando, e estou louco para colocar a mão na massa.

Apertando minha mão, ele deu uma piscadinha para minha mãe e abraçou meus pais enquanto eu fiquei paralisada com seu comentário.

Colocar a mão na massa? O que ele quis dizer?

Meus pais nos levaram para o carro e me deram um abraço de despedida. Como um robô, entrei, coloquei o cinto e olhei pela janela enquanto Henry se despedia.

Eu não sabia o que dizer ou o que esperar conforme partimos.

Como um reloginho, a mão de Henry de novo encontrou minha coxa e, quando olhei para ele com seu carinho, ele apenas sorriu para mim e aumentou o volume da música, ignorando meus olhos questionadores.

Exatamente como a ida, a volta para a cidade também seria longa, e eu que pensei que a ida seria ruim... Caramba, estava enganada.

Capítulo Dezenove
O pirulito carnudo

O apartamento estava vazio quando chegamos. No caminho, ficamos presos no trânsito — que novidade —, então, quando chegamos, já estava escuro.

A volta foi cheia de tensão sexual, algo que nunca tinha realmente sentido por um período tão longo, então, em vez de tentar conversar, virei a cabeça para a janela e fingi estar dormindo. Fingir era a palavra-chave. Não tinha como dormir com a mão de Henry acariciando levemente minha coxa no caminho inteiro.

Ansiosa e inquieta, segui Henry para dentro do apartamento conforme ele acendia as luzes. Como uma covarde, fui direto para o meu quarto, onde poderia questionar meu dia com meu diário e, possivelmente, pensar em que tipo de comida chinesa queria me afogar.

— Aonde pensa que vai? — Henry perguntou ao ficar bem atrás de mim.

Sem me virar, respondi:

— Para o meu quarto, me trocar e...

— Não — ele me interrompeu. — Nós vamos para o meu quarto.

— O quê? Por quê?

Sem responder, Henry me levou ao seu quarto e, então, fechou a porta. Me virou em seu abraço e me olhou com a expressão mais séria que já tinha visto. Sua mão segurou minha bochecha conforme seu corpo invadia cada centímetro do meu espaço pessoal. Minhas costas encontraram a porta quando ele me prendeu, certificando-se de que eu não pudesse fugir, não que quisesse. Com seu polegar em meu maxilar, comecei a derreter.

Sua outra mão apertou minha cintura enquanto sua cabeça baixou até a minha. Ele era mais alto do que eu, então era meio que um longo caminho para nossos lábios se encontrarem, mas não me importava de ficar na ponta dos pés a fim de encontrá-lo na metade, o que era exatamente o que eu estava fazendo enquanto minha mão envolveu seu pescoço.

Nossos lábios se conectaram e meu estômago afundou por ter Henry me abraçando de novo. Todas as preocupações que sentira antes, a tensão, a inquietação, tudo se esvaiu no instante em que Henry me abraçou.

Ele era quente, reconfortante e sexy.

Caramba, ele era sexy, não tinha como negar, principalmente quando Virginia comemorou no instante em que seus lábios se conectaram aos meus.

Sendo um pouco aventureira, abri a boca e passei a língua em seus lábios, o que provocou um gemido saindo do seu peito. Sua mão, que antes estava em minha cintura, deslizou para baixo até a barra do meu vestido.

— Esperei tanto tempo para te beijar assim, te tocar assim. Deus, Rosie, você está realizando meus sonhos agora.

Meu coração vacilou com suas palavras conforme ele começou a erguer meu vestido até sua mão encontrar a costura da minha calcinha na coxa. Arfei quando seus dedos dançaram pela costura da minha lingerie de vovó.

Afastando-se, ele olhou para mim, como se pedisse permissão para tirar meu vestido.

Puta merda, Henry queria tirar meu vestido, e o estranho era que eu queria que ele tirasse.

Engolindo em seco, assenti com a cabeça, tirando um sorriso dele.

A mão que estava no meu rosto foi para a barra do meu vestido e, com precisão, ele o tirou, exibindo meu sutiã tomara que caia e minha calcinha branca de algodão.

O quarto pareceu frio conforme fiquei apenas de lingerie diante de Henry, meu melhor amigo. Conseguia sentir meus mamilos se enrijecendo e não sabia se era devido à temperatura do quarto ou se pelo olhar de Henry, enquanto ele me analisava de cima a baixo. Mas sabia que a palpitação que se iniciou em Virginia era por causa de Henry, definitivamente por causa de Henry.

— Você é tão linda — Henry disse, e suas mãos encontraram meus quadris.

— Obrigada — agradeci, tímida.

Segurando minha mão, ele me levou para a cama e me sentou. Aquilo estava ficando sério, pensei, conforme Henry pegou sua camiseta emprestada e a tirou, revelando aquele peitoral perfeito.

Inclinando-se, ele me pressionou contra o colchão e pairou sobre mim. Observei, fascinada, seu peito ondular, por estar se segurando. Sua pele era bronzeada, macia e lambível.

Acabei de falar lambível? Meu Senhor, estava ficando fogosa, mas, poxa, não conseguia evitar, já que Virginia estava me implorando para lamber cada parte do corpo dele.

Me sentindo um pouco descarada, segurei sua cabeça e a abaixei para meus lábios, continuando a beijá-lo, algo que sabia que fazia bem.

Ele ainda estava suspenso sobre mim, mas senti sua parte inferior relaxar, e foi quando senti a ereção dele na minha coxa. Curiosa, mexi a perna para sentir mais um pouco, para explorar sem deixar muito óbvio.

Através do seu short, senti o quanto ele estava excitado, o quanto ele era grande, e isso só serviu para fazer Virginia gritar de alegria. Erguendo e baixando a perna, eu o acariciei discretamente por cima do short e, depois da quinta vez, ele finalmente percebeu o movimento e começou a pressionar mais forte minha coxa, tornando o movimento cheio de fricção.

Conforme acariciava sua ereção com a perna e beijava o cara mais sexy que já tinha conhecido, pensei se isso era roçar. Ou era considerado afagar forte? Era difícil saber, porque parecia que eu o estava afagando — que coisa estranha de se dizer —, mas ele estava esfregando minha perna, então o que era isso? Um afago de ambos?

— Ei, para onde você foi? — Henry perguntou ao se afastar. — Sinto que simplesmente foi para outro lugar.

— Desculpe — pedi quando o calor percorreu meu corpo. Cérebro imbecil. — Estava só pensando.

— Pensando no quê? — ele perguntou com a cabeça a centímetros da minha, mas, de canto de olho, ainda conseguia ver seus braços musculosos.

Ah, músculos, por que me neguei esse prazer por tanto tempo?

Pensando melhor, decidi ser sincera e disse:

— Estava pensando se o que estávamos fazendo é classificado como roçar ou um afagar forte.

O canto da sua boca se curvou enquanto ele pensou um pouco.

— Acho que afagar forte.

— Mas você estava meio que esfregando minha perna — contra-argumentei.

Ainda sorrindo, ele balançou a cabeça.

— Não, eu estava empurrando sua perna, isso é esfregar sua perna. — Com alguns movimentos, ele me mostrou exatamente como se esfrega a perna.

— Oh — eu disse, um pouco tímida por sentir como sua ereção me excitava.

— Viu a diferença?

— Vi. — Observei seus olhos e suspirei. — Acabei totalmente com o clima.

— Não acabou, não, mas estou vendo que será uma experiência de aprendizado, já que você tem tantas perguntas, então é melhor eu fazer direito. O que quer saber?

Em vez de pairar acima de mim, ele sentou na cama e encostou na cabeceira com os braços para o lado. Seu cabelo estava um pouco amassado por mim, e seus olhos, cheios de desejo. Ele estava lindo, mas também sexy, era difícil não olhar.

— Vai, Rosie. Me fale. O que quer saber?

— Sério? — perguntei, um pouco surpresa por sua proposta.

O que iríamos fazer agora não era sexy, não era apaixonado, não era algo que eu lia em meus romances e meio que desejava poder aproveitar aquele momento todo apaixonado com o cara de quem não conseguia tirar os olhos, porém tinha perguntas demais para deixar isso acontecer.

Me sentando nos calcanhares, coloquei as mãos nas coxas e disse:

— Quero tocá-lo.

— Tocá-lo? Rosie, se vai ser uma romancista, precisa ficar confortável em falar as palavras, como pau, pênis, pinto, e vai ter que pedir direito, então, tente de novo, o que você quer?

Cerrando os dentes porque sabia que ele estava me pressionando, falei:

— Quero tocar seu pênis.

Se ele risse, eu ia dar um soco nele porque as palavras que saíram da minha boca soavam tão estranhas que precisei repassá-las na cabeça a fim de me certificar de que eram do nosso idioma.

Sendo o cavalheiro que era, ele se conteve para não me zoar e, então, assentiu conforme suas mãos desabotoaram seu short. Fiquei nervosa quando ele o tirou, revelando sua cueca boxer e sua ereção armada.

Ereção armada era uma frase que se usava? Tecnicamente, ele duro parecia que estava armado, mas isso era sexy? Ereção armada, ereção armada... não. Não era sexy, era mais uma analogia assustadora que te faz pensar em homens armados. Eca, eu deveria ir para a cadeia.

— Ei, Rosie. Ainda está comigo? É um pouco alarmante quando você está prestes a tirar a cueca e a garota que disse que queria tocar seu pau começa a viajar.

— Desculpe. Só estava pensando. Ereção armada é bom para escrever...

— Não, não, não é para escrever isso.

— Entendi. — Sorri, grata por ele não me julgar. — Desculpe por tudo isso. Talvez seja melhor deixarmos para lá, claramente não consigo me concentrar no que deveria estar fazendo.

Com um olhar amoroso, Henry pegou minha mão e me puxou para mais perto a fim de sentar em seu colo, então sua ereção ficou cutucando minha bunda. Era esquisito, como se seu pau estivesse me prendendo contra ele, mas achei estranhamente erótico.

— Olha, entendo que esteja curiosa, que vai ter perguntas e não tenho problema com isso. Eu quero você, Rosie, mas também quero te ajudar, então faça o que quiser, pergunte o que quiser, não vai me fazer fugir. Peide na minha cara, vomite no meu pau, só não chute meu saco — ele zombou, me fazendo rir.

Sentindo a necessidade, pressionei os lábios nos dele enquanto segurava seu rosto e o agradeci. Suas mãos subiram por minhas costas para o fecho do sutiã, me fazendo arfar. Podia sentir seu sorriso em meus lábios com a minha reação, mas ele não aliviou. Mexendo os dedos, ele abriu meu sutiã e o deixou cair entre nós.

Instintivamente, meus braços foram para meus seios, cobrindo-os, e, de novo, Henry sorriu.

— Ei, sem cobrir as partes boas. — Ele deu risada.

— Estou nervosa — admiti.

— Por quê? Está com medo de eu morder seus mamilos e arrancá-los?

— Não!

— Pois deveria. Gosto de mamilos.

— O quê? Sério?

Rindo mais um pouco, ele balançou a cabeça.

— Não, tipo, amo mamilos, mas não vou arrancá-los, só vou mordiscar. Acredite em mim, vai ser bom.

— Mas nunca mostrei meus seios para ninguém.

— Então quem melhor do que eu para inspecioná-los?

— Vai rir deles.

— E por que riria deles? — ele perguntou, diminuindo seu humor jovial.

— Não sei. Não são falsos e desenvolvidos, são normais.

Me olhando diretamente nos olhos, Henry respondeu:

— Não tem nada de normal com você, Rosie. Já deveria saber disso.

Simples assim, me joguei em seus braços. Minhas mãos subiram por seu rosto de novo conforme meu peito pressionou o dele, fazendo-o arfar assim que meus lábios encontraram os dele. Suavemente, nos beijamos, aprendendo a nos movermos sem defeitos juntos conforme nos explorávamos. Suas mãos, que antes estavam em meus quadris, subiram para minhas costelas, onde ficaram por um breve período, acariciando minha pele bem delicadamente.

Virginia gritou de alegria quando seus polegares foram para debaixo dos meus seios. Podia sentir meu coração acelerado contra seu peito. Meus seios doíam por seu toque, por apenas mais uma carícia do seu polegar, mas ele não subiu mais a exploração e, depois de mais algumas carícias provocantes, eu estava me contorcendo em seu colo.

— Por favor, me toque — pedi, tímida em sua boca, fazendo-o sorrir.

— Pensei que nunca fosse pedir.

Ainda sem olhar para baixo, ele permitiu que suas mãos subissem um pouco e finalmente segurou meus seios. Instantaneamente, minha cabeça caiu para trás com a sensação de suas mãos aplicando pressão onde eu precisava. A mão dele estava cheia e ele apertava com a medida certa de pressão, que me fez esfregar em sua virilha, querendo mais.

Com apenas um leve aperto, ele me fez implorar por mais. Quem diria que ter o peito apertado era uma parte tão importante para ficar excitada? Eles eram sacos de leite pendurados no corpo de uma mulher, mas, Jesus, Maria e José, eram o botão de prazer que acertava diretamente o cacto feminino com um mecanismo de hidratação.

Ele continuou a apertar meus seios, mas devagar, e começou a colocar os dedos nos mamilos.

Me deu um branco quando Virginia começou a dar as cartas, permitindo que meu peito se pressionasse em suas mãos, encorajando-o a continuar sua jornada.

Quando meus olhos se abriram, para ver por que ele ainda não estava pressionando meus mamilos, vi o olhar ardente nos olhos de Henry, que estavam grudados no meu peito exposto. Em vez de me cobrir, estufei mais o peito, permitindo uma visão mais ampla. Lambendo os lábios, a cabeça de Henry mergulhou e ele chupou um dos meus mamilos.

— Filho de biscoito salgado! — gritei quando o prazer me percorreu.

Henry me olhou por um segundo com uma sobrancelha questionadora, mas voltou ao trabalho.

Vou ser sincera, nunca pensei que chupar um seio fosse algo que eu permitiria, já que parecia esquisito um homem adulto me sugar como uma criança, mas, caramba, era o paraíso.

Ele afastou a boca, me deixando trêmula em suas mãos, mas, como o homem justo que era, foi para o outro mamilo e lhe deu a mesma atenção especial.

Eu queria gritar, queria gemer, queria ir para a igreja e agradecer a Deus, Jesus e tudo que era sagrado pela ideia milagrosa de sugar o peito das mulheres.

Virginia ficou tensa e uma pressão profunda começou a crescer com a língua habilidosa de Henry, que continuava provocando meu mamilo. Minhas mãos foram instintivamente para sua cabeça, encorajando-o a fazer mais e, quando suas mãos desceram para minha barriga, para o cós da calcinha, fiquei rígida, e não de um jeito bom.

— Uau — eu disse, tirando meu mamilo da boca.

— O que foi?

— Você estava se aproximando das minhas partes femininas.

— Esse é meio que o objetivo. — Ele deu risada ao encarar meus seios. Meus braços os cobriram rapidamente, mas foram retirados por Henry. — Não se cubra diante de mim. É um insulto. Deveria se orgulhar de me mostrar seu corpo.

— É que é novidade para mim — eu disse, resistindo ao desejo de pressionar meu peito nu no colchão, certificando-me de que apenas o colchão pudesse ver minha metade superior.

— Relaxe, Rosie. Você é absolutamente linda de tirar o fôlego.

Fui percorrida por pura alegria ao aceitar seu elogio. Olhei para sua virilha, que estava meio molhada na ponta, onde sua boxer se esticava com a ereção, e analisei por um segundo.

— Você... gozou? — sussurrei, olhando para seu membro.

— Não, é só um pouco de pré-ejaculatório.

— Pré-ejaculatório, hum, não sabia que existia isso. Posso tocar agora?

— Acabamos com a parte de te tocar por enquanto? — ele perguntou, parecendo um pouco chateado. O sentimento fez meu coração flutuar.

— Só um pouco, mas juro que vamos voltar a isso porque sua boca em meus seios é maravilhosa.

Uma gargalhada gutural saiu de Henry, enquanto balançava a cabeça e colocava as mãos no cós da cueca. Em câmera lenta, observei-o abaixá-la e libertar seu pau. Ele tinha zero vergonha, o que me excitou ainda mais.

É verdade, puta merda, parecia que tinha uma peça de salame entre suas coxas. Será que era de verdade? Estiquei a mão e fiquei a centímetros de tocá-lo. Não parecia de verdade.

Antes de tocá-lo, me inclinei para a frente mais um pouco e analisei mais de perto. Seu pênis estava bem ereto e a pele quase parecia tensa, esticada de uma ponta a outra. Havia veias, sem pelo — bem cuidado por Henry — e suas bolas, bom, vamos apenas dizer que minha visão de um escroto se formou.

— Só quero que saiba que o jeito que está encarando meu pau está me deixando mais duro do que uma porra de poste de luz — Henry admitiu.

Olhei para ele e vi suas mãos segurando os lençóis e seu peito se movendo rapidamente.

Era tudo o que precisava? Só um olhar e ele estava prestes a explodir? Homens eram muito fáceis.

— Vou tocá-lo agora — anunciei, erguendo a mão.

— Não precisa anunciar, pode simplesmente tocar.

— Ok, só queria te avisar. Vou tocar meu primeiro pênis. Este é o primeiro pênis que acaricio — eu disse, nervosa. — Aqui vou eu, estou prestes a tocar. — Minha mão se aproximou, mas recuou por um segundo, porque pensei em qual seria a sensação.

— É pele — Henry disse. — Não uma cobra viscosa, apesar de, depois que tiver acabado com você, com certeza estará viscoso...

— Eca, Henry!

Ele deu risada e vi seu corpo chacoalhar com isso. Seu pau se movia com seus movimentos. Era fascinante. Pensei se homens pensavam a mesma coisa de peitos. Mas peitos não se contraíam sozinhos e com certeza não tinham pré-ejaculatório, graças a Deus.

— Eu te desafio a tocar. — Ele sorriu.

— Vou tocar. Viu? — eu disse, cutucando a lateral dele. Moveu-se um pouco, mas retornou à posição. — Ahh! — gritei. — Eu toquei, toquei o pênis. Oh, Deus, é como um daqueles sacos de pancada cheios de ar em que você bate e ele cai, mas depois volta à posição original.

— Tenho quase certeza de que nenhum pau no mundo quer ser conhecido como saco de pancada — ele zombou.

Eu o ignorei e voltei a mão ao seu pênis, desta vez envolvendo os dedos nele.

— Uau, é bem duro. Pensei que talvez parecesse duro, mas fosse mole no meio. — Apertei e testei a força do seu pau. — É, não é mole, mas a pele é um pouco solta, só um pouco, o que me surpreende, já que parece prestes a sair do invólucro.

— Não chame de invólucro — Henry ralhou um pouco sem fôlego.

— Tipo, olha para isso. — Acariciei de leve, passando o dedo por uma das veias. — É como se tivesse mente própria. Tipo, se eu desse um comando, ele iria fazer o que digo porque tenho a vagina, que é o objetivo dele. — Baixei a cabeça e olhei por debaixo do seu pau. Passei o dedo pelo comprimento, analisando as laterais, e foi quando vi Henry prender a respiração.

Olhei para ele e vi um brilho de suor acima do seu lábio superior. Me sentei e o analisei.

— Você está bem?

— Estou, só estou tentando não explodir no seu olho.

— Do que está falando?

— Rosie, não pode simplesmente ficar perto de um pau, acariciá-lo e analisá-lo e pensar que o cara não será afetado.

— Estou te excitando? — perguntei, meio perplexa.

— Está! Tenho uma visão maravilhosa dos seus seios, seus lábios estão perigosamente perto do meu pau e você o está acariciando parecendo uma pena. Rosie, está me matando.

— Oh, nossa. Não fazia ideia. Quer que eu fale outra coisa?

— Não, por favor, explore, mas, se me vir arfando, sabe por quê.

— Certo. — Sorri.

Com a confiança renovada pelo efeito que eu tinha em Henry, baixei a mão por seu pau até as bolas.

— Cuidado. — Ele se mexeu na minha mão. — As bolas são bem diferentes do pau, tem que ser gentil.

— Ah, está bem, esqueci. Elas são sensíveis. Pode deixar.

Com dedos cuidadosos, acariciei de leve suas bolas e senti o peso delas. Não eram gigantes e ele era todo raspado, então não tinha problema. Na verdade, era meio que divertido brincar com elas, parecia meio que bolinhas de gude em um saquinho cheio de água. Lembrando-me do que Henry tinha me falado sobre o períneo, sorri e deslizei a mão para trás de suas bolas, mas parei quando vi que ele estava se sentando muito ereto.

— Pode deitar um pouco e abrir mais um pouco as pernas? — perguntei.

— Você não vai fazer um exame médico nem nada, vai?

— Não, por que eu faria isso?

— Não faço ideia. — Ele deu risada ao fazer o que pedi.

Naquele instante, olhei-o enquanto ele colocou as mãos atrás da cabeça e seus olhos pousaram nos meus. Estava cedendo todo o seu corpo para minha análise, para meu estudo, e eu não conhecia nenhum outro homem que seria metade da maravilha, da paciência e da compreensão que Henry estava sendo em todo esse processo. Levara o papel de melhor amigo a outro nível.

Bem quando estava prestes a subir as mãos por minhas coxas, meu celular tocou na bolsa, que agora estava no chão. Olhei para ela, pensando quem estaria me ligando, mas, com um puxão no braço, Henry me trouxe de volta.

— Fique comigo, Rosie.

Assentindo, me posicionei entre suas pernas e baixei a cabeça até seu pau.

— Vou tentar colocá-lo na boca, mas não posso prometer nada. Da última vez que fiz isso, vomitei.

— Bom, se sentir que vai vomitar, me avise. Vou segurar seu cabelo. — Ele deu uma piscadinha para mim, fazendo meu coração acelerar.

Ah, instantaneamente, comecei a ver que estava me apaixonando por ele, simples assim, com uma piscadinha, e eu era dele. Balancei a cabeça com esses pensamentos e me concentrei na tarefa à mão... bom, acho que à boca agora.

Segurei seu pau com uma mão e baixei a boca até ele estar a um sussurro dos meus lábios. Com uma lambidinha para molhar meus lábios agora secos, abri a boca e desci até seu membro. Pude sentir a boca tentando se esticar em volta dele e pensei como as mulheres conseguiam manter o maxilar aberto por tanto tempo. O meu estava no pau dele por um segundo e meu maxilar já estava gritando.

Pude sentir os dentes em sua pele e, sabendo que não era uma boa ideia morder o pau, respirei fundo, relaxei o rosto e abri mais a boca.

Para minha surpresa, consegui colocar mais do seu pau na boca. Não era nojento como pensei que seria, só parecia que eu estava tentando chupar um pirulito quente e carnudo.

Pirulito carnudo provavelmente não era o melhor dos termos para usar no meu livro, mas exato para conversas de amigas. Guardei isso para quando falasse com Jenny ou Delaney.

Respirando pelo nariz, chupei levemente o pênis de Henry. Não diria que era a melhor nisso, nem diria que era abaixo da média, já que não conseguia controlar a baba que escorria da minha boca ou o reflexo de engasgo constante que me ameaçava a cada instante que seu pau estava parado em minha boca, mas pude ver, pela forma como os músculos de Henry se flexionavam, que estava realmente lhe dando prazer, de alguma forma.

Querendo usar alguns dos truques que Henry me ensinou para impressioná-lo e lhe mostrar que estava atenta, resolvi fazer o humm.

Agora, não sabia nada sobre o humm, não li sobre ele em nenhum dos meus romances, então não tinha certeza de como realizar esse ato sexual, mas, pelo que Henry me descreveu, era só fazer humm enquanto estava com o pau na boca. Simples.

Inspirando um pouco de ar pelo nariz, comecei a fazer hum.

— Hum, hum, humm, hum, hum, humm, hum, hum, humm, hum, hummmm.

No meio do humm, Henry se sentou e olhou para mim com uma sobrancelha questionadora.

— Está cantarolando... *Jingle Bells*?

— É, qual é u croglema? — perguntei, ainda com o pau na boca.

— Ei, não fale com a boca cheia de pau — Henry me repreendeu, tirando minha boca do seu pau e rindo.

— Qual é o problema? Não gostou da música? Foi a primeira que me veio à cabeça. Posso tentar Britney Spears, se achar melhor.

— Isso não é o jogo Cranium, Rosie. Não estou tentando adivinhar que música está cantarolando no meu pau. É só para fazer hum, sem nada em particular.

— Bom, qual é a graça nisso? Acho que é um novo jogo que deveríamos apresentar ao mundo, para adivinhar a música. A garota faz humm no pau do cara e ele tem dois palpites. Se errar, ele tem que fazer humm nos mamilos dela. Caramba, aposto que seria muito bom.

— Aposto que seria melhor no seu clitóris — Henry disse, mexendo as sobrancelhas.

— Humm — murmurei, fazendo-o rir.

— Só faça hum, Rosie. Sem música.

— Entendi — concordei, quando nós dois voltamos à posição.

Sem cantarolar uma música desta vez, voltei ao trabalho conforme Henry me guiava.

— Agora, quando estiver com um pênis que não consegue colocar inteiro na boca, use uma das mãos e masturbe a base do pau, assim, o cara terá prazer completo. É legal brincar com a cabeça, mas apertar a base... porra, isso, assim mesmo — Henry elogiou conforme apertei a base dele e acariciei enquanto fazia humm em seu pênis.

— Caralho, isso, Rosie — ele disse, apertando a cabeça no travesseiro.

Sentindo-me confiante de novo, minha outra mão começou a ir para baixo a fim de encontrar o períneo. Acariciei as bolas dele por um segundo, dando-lhes um pouco de amor até meus dedos irem mais para trás, procurando aquele ponto especial. Observei, fascinada, os olhos de Henry se fecharam e suas mãos, que antes estavam atrás da cabeça em posição casual, agora estarem segurando a cabeceira.

Passando de suas bolas, meus dedos deslizaram em uma região quente, que parecia o que Henry tinha falado, até algo apertar meus dedos e Henry praticamente sair voando da cama. Minha boca foi esvaziada do seu pau e minha mão caiu conforme Henry recuou.

— Rosie! O que está fazendo procurando na minha bunda?

O brilho de suor, que antes estava agraciando seu lábio superior, agora estava em seu corpo delicioso.

— Era sua bunda? Aff, que vergonha.

— O que estava procurando?

— Seu períneo — revelei, tímida, desejando não ter estragado a surpresa.

Com um olhar suave, ele assentiu e se deitou de novo na cama. Abriu as pernas em volta de mim e pegou minha mão. Guiando-a para baixo de suas bolas, ele apertou meu dedo bem onde queria.

— Aí. — Ele respirou com dificuldade. — É isso que está procurando.

— Oh — eu disse, observando seu pau endurecer mais.

Assumindo a posição, voltei a chupar seu pau, com minha outra mão na base e, no ritmo perfeito que pensei ser apropriado, movia a cabeça e as mãos. Minha língua fazia humm na parte de baixo do seu pau, e uma das minhas mãos brincava com a base, apertando torturantemente enquanto a outra brincava com seu local secreto.

— Porra, porra, porra — Henry repetiu enquanto se mexia na cama, agora segurando os lençóis. — Caralho, Rosie, tipo... porra. Nossa, vou gozar, Rosie, precisa parar.

— Por quê? — perguntei contra seu pau.

— Porque vou gozar — ele disse com a voz estrangulada.

Me afastei, mas não tão rápido o suficiente conforme minha mão mexeu em seu períneo uma última vez. Podia ver que ele iria explodir, então, para impedir que o jato se espalhasse por todo o lugar, coloquei o dedo no buraco do seu pênis e rezei para a ejaculação, que estava prestes a ocorrer, não sujasse tudo.

Para meu desânimo, minha ideia de impedir a explosão de gozo foi contra-atacada pelo janto de alta pressão que Henry soltou, porque o que pensei ser uma boa ideia se tornou uma bagunça gigante conforme meus dedos ajudaram a espalhar tudo.

Voou gozo para todo lado, em mim, em Henry, na cama e, infelizmente, direto no meu olho.

— Aff, você me acertou! — reclamei, cobrindo o olho com a mão e caindo de costas na cama, pensando que o líquido branco e grudento fosse me cegar.

Meu olho queimava pelo ataque do leiteiro que não estava esperando me acertar, quando ouvi Henry rindo no fundo.

— O que é tão engraçado? — perguntei, ainda cobrindo o olho. — Pode ser que eu fique cega.

— Não vai ficar cega. — Ele deu risada. — Mas, caramba, não achei que fosse fazer o truque do pirata com você. Bom, o truque do pirata, tirando o chute na canela.

— O que é o truque do pirata? — questionei, começando a piscar, torcendo para voltar a enxergar.

— Quando um cara goza no seu olho e, depois, chuta sua canela, aí você sai pulando e segurando o olho, parecendo uma pirata. É para eu falar arghhh quando fizer, perdi a deixa. Não sabia que você faria tudo hoje.

— Te odeio.

— Não odeia, não — ele argumentou enquanto saía da cama e corria para fora, nu.

Voltou rápido com uma toalha molhada e quente. Observei-o se inclinar para mim, com o pau ainda balançando — meu Senhor —, e limpar meu olho. Devagar, minha visão começou a voltar e consegui enxergar de novo, então ele nos limpou mais.

Quando estávamos limpos, ele me puxou para seu peito e disse:

— Quando falo que vou gozar, é para você se afastar, amor.

— Mas as mulheres não engolem geralmente?

— Podem engolir, mas nunca te pediria para fazer isso.

— O gosto é ruim?

— Bem, não é tipo um milkshake descendo por sua garganta. É salgado, eu acho, e quente. Não é a melhor coisa do mundo.

— Parece nojento.

— É tipo cerveja, ou você ama ou odeia.

— Já provou?

— Não posso dizer que sim. — Ele deu risada. — Não fico com homens, porque amo peitos — ele explicou, puxando um mamilo, acordando Virginia de sua soneca. — Agora, acredito que seja sua vez, amor.

Capítulo Vinte

O sacrifício do cordeiro

— O que vai fazer? — perguntei, meio nervosa.

— Bom, planejo provar seu gosto e, depois, se você estiver a fim, quero finalmente tirar esse seu selo.

A forma como ele disse me fez encolher um pouco, como se ele estivesse esperando para ganhar um troféu e colocar em seu manto do sexo, mas deixei rolar, apesar de a voz de Delaney continuar soando em minha cabeça.

Caçador de virgens.

Não, Henry não era assim, não mesmo.

— Quer fazer oral em mim?

— É, quero fazer muito mais do que isso, Rosie, mas vamos devagar. — Ele me virou para o meu lado ao ficar acima de mim. — Mas primeiro... hora de ficar totalmente nua.

Suas mãos encontraram minha calcinha, seguraram as laterais e a puxaram até sair do meu corpo, deixando-me completamente nua. Queria me esconder, me curvar e cobrir as partes, mas, depois de ver a análise que Henry estava fazendo com desejo nos olhos, um novo senso de confiança cresceu em mim. Ele queria ver meu corpo nu, gostou de vê-lo e isso realmente o excitou. Era um novo conceito para mim, e eu gostava de cada segundo disso.

Sua mão passou por sua boca conforme ele me olhava.

— Sou muito idiota — ele confessou.

— Por quê?

— Por esperar esse tempo todo. Deveria ter feito isso no dia em que nos conhecemos.

Com isso, Henry baixou a cabeça e colocou os lábios macios nos meus. Enquanto eu lhe dava prazer, era mais uma experiência para mim, um pouco de aprendizado. Daquela vez, quando Henry estava no comando, tratava-se mais de paixão, algo que eu desejava.

Enquanto me beijava, suas mãos subiam por meu corpo até chegarem aos meus seios. Com carícias gentis, seus polegares brincaram com a parte de baixo dos meus seios, algo que Virginia absolutamente adorou.

Suas mãos tocaram meu corpo como um instrumento, provocando ondas de prazer rolando por meu corpo. Ele sabia o que tocar, quando tocar e o tipo de pressão necessária. Quando seus polegares acariciaram meus seios, seus beijos ficaram mais intensos e, então, retirou os polegares e os lábios. Era uma tortura pura, uma tortura fantasticamente maravilhosa.

Ficando impaciente pela pressão que estava se formando dentro de mim, estava quase encorajando-o a chupar meus mamilos de novo, mas não tive chance, porque ele estava tão sintonizado com meu corpo que começou a descer para meus seios antes de eu conseguir falar alguma coisa.

Sua boca encontrou um dos meus mamilos, fazendo minhas costas arquearem na cama pela leve mordida aplicada.

— Nossa, nossa, isso é bom — eu disse, vocalizando meu prazer, algo que nunca pensei que faria, porém, com as sensações que me percorriam, não conseguia controlar o que saía da minha boca. Delaney tinha razão: quando estava no auge da paixão, não era possível controlar o que saía de você.

Dando atenção ao outro mamilo, me contorci com seu toque, seu carinho, sua sugada, até me sentir totalmente exausta e com a necessidade desesperadora de amenizar a dor entre as coxas.

Lentamente, ele levantou a cabeça, sorriu diabolicamente para mim e beijou meu esterno, depois minha barriga, então logo acima do meu osso púbico. Arfei quando ele se abaixou completamente e posicionou minhas pernas sobre seus ombros. Ele tinha me colocado na posição e eu deveria estar nervosa, deveria estar sofrendo sob ele, possivelmente suando com a simples chance de eu soltar um pum de novo, mas não estava, porque estava com Henry, e me sentia segura.

Relaxando na cama, fechei os olhos e permiti que Henry me provasse, como falou. Seus dedos me tocaram, me abrindo e, com um movimento, sua língua lambeu meu clitóris.

— Ãããããããhhhhh.

Deus, queria poder soar eloquente quando um cara fazia oral em mim, mas, em vez de ser sexy, soava como uma foca se afogando.

Sorrindo, ele continuou sua missão, enterrando a cabeça entre minhas coxas e enfiando a língua em Virginia. Batendo suas camadas, ela comemorava a língua bem-vinda de Henry em sua área apertada.

Havia momentos, na vida de uma garota, em que ela sabia que se lembraria de certo evento e, naquele instante, com a cabeça de Henry entre minhas coxas, sua língua me lambendo como se fosse um cachorro lambendo pasta de amendoim, eu sabia que nunca me esqueceria disso, porque, conforme a pressão aumentava dentro de mim, sabia que Henry seria o primeiro homem a me dar um orgasmo. Quando pensei que não conseguia mais aguentar a língua dele, seu dedo entrou em Virginia e sua língua pressionou meu clitóris.

Naquele momento, minha visão ficou totalmente escura, como se cada nervo do meu corpo estivesse dentro de Virginia e explodissem todos de uma vez, me deixando sem palavras. Meu corpo se enrijeceu como uma placa, meus dedos do pé se curvaram e essa sensação estarrecedora de completude e extremo prazer tomou meu corpo conforme a língua de Henry continuava a se mover em meu clitóris, fazendo meu corpo convulsionar de forma embaraçosa em diferentes direções, até eu saber que estava começando a interromper a circulação do seu pescoço à cabeça, já que minhas pernas estavam lhe aplicando um golpe fatal.

— Ah, ah, porra... caraaaaalho — gritei quando meu corpo finalmente se acalmou e restaram apenas alguns espasmos.

Vi Henry lentamente se afastar e viajar pelo comprimento do meu corpo. Sua cabeça baixou para a minha e, com um sorriso, ele me beijou, me deixando sentir meu próprio gosto em seus lábios.

Eu já tinha lido isso nos livros e, deixe-me te falar, não fiquei excitada como todas as outras mulheres ficavam. Na verdade, fiquei perplexa por ver que Henry sentiu a necessidade de me fazer provar a mim mesma, ou ver que meu gosto estava nele.

Quando o beijei, será que fiquei com boca de pau? Será que ele gostou do pau dele na minha língua?

Agora que estávamos nos beijando, e seu pau esteve na minha boca e a minha vagina, na dele, significava que estávamos inadvertidamente fazendo sexo sem penetração?

— Te perdi, não é? — Henry perguntou.

— Não, mais ou menos, só estava pensando em como estava me beijando depois de ter feito oral em mim.

— Sabe o que é mais importante do que isso?

— O quê?

— Foi seu primeiro orgasmo? — ele questionou, quase desesperado para saber a resposta.

— Foi — admiti.

— E gostou?

Dando-lhe um olhar desafiador, respondi:

— Sabe muito bem que gostei, pelo som obsceno que fiz. Jesus, tem como soar menos atraente?

— Eu gostei. — Ele sorriu. — Como se sente lá embaixo?

— Molhada.

— Que bom. Acha que está a fim de mais coisa? — Ele olhou para seu pau.

Encarei sua ereção, que estava bem dura, e arfei. Senhor, ele estava pronto.

Será que eu estava pronta? Quero dizer, realmente queria isso mais do que qualquer coisa, mas, caramba, estava nervosa. Os livros falavam que era um leve beliscão, mas as mulheres amavam depois da barreira inicial ser quebrada, então não poderia ser tão ruim, certo?

Querendo finalmente descobrir, assenti e puxei a cabeça de Henry até a minha, querendo beijar seus lindos lábios e me afundar em seu abraço.

Seu corpo se espalhou no meu, me permitindo, de novo, sentir seu pênis contra minha coxa, algo que estava começando a me acostumar, e rápido. Que coisa estranha de se gostar, pênis contra coxa. Rosie Bloom: gosta de escrever, odeia gatos, adora comida chinesa e pênis contra sua coxa.

Suas mãos subiram, brincando com meus seios e me provocando, enquanto minhas mãos passeavam tanto quanto as dele, mas nunca realmente encostando em seu pênis. Eu também poderia jogar esse jogo.

— Não me provoque — pediu em meu pescoço, me beijando de cima a baixo.

— Por que não? Você está me provocando — eu disse, sem fôlego, conforme ele beliscou meu mamilo. — Nossa, meus mamilos te amam.

— Bom saber. — Ele deu risada assim que sua boca envolveu meus seios e chupou forte.

Minhas costas arquearam, meus dedos dos pés flexionaram e minha mente ficou vazia conforme ele pressionou mais a cabeça em meus seios. Era patético, eu sabia, porém, no instante em que descobri que meus mamilos controlavam o início e o fim do prazer, eu queria que brincasse com eles todas as vezes.

Como um profissional, Henry sugou, mordiscou, lambeu e os beliscou, nunca parando, nunca dando atenção demais a um único mamilo. Em cinco minutos, ele fez Virginia sair de sua masmorra, implorando para brincar.

— Não sei mais quanto tempo vou durar, vendo você se contorcendo assim debaixo de mim — Henry disse ao meu seio.

Ele se afastou e me olhou de um jeito questionador, como se dissesse "realmente quer que eu faça isso?".

Assentindo rapidamente, dei-lhe permissão.

Com isso, ele se inclinou para o criado-mudo e pegou uma camisinha. Se não estivesse tão saciada, teria oferecido para colocá-la, para praticar minhas habilidades com preservativo, mas o deixei cuidar disso.

Quando ele colocou, posicionou-se acima de mim de novo e colocou minhas pernas sobre seus ombros.

— O q-que está fazendo? — perguntei, me sentindo incrivelmente nervosa.

— Facilitando o máximo possível para você. Confia em mim, Rosie?

— Mais do que em qualquer pessoa que conheço — admiti com sinceridade.

— Ok, então serei honesto. Não vai ser muito bom, talvez doa bastante, já que sou bem grande e você é apertada.

— Você se acha, né? — perguntei, tentando aliviar o clima.

— Sabe que é verdade. — Ele sorriu malicioso. Tinha razão, ele tinha um tronco de árvore. — Pronta? Vou devagar.

Assenti e me abracei. Suas mãos percorreram meu corpo ao falar:

— Relaxe, amor. Quanto mais relaxada estiver, mais fácil será. Curta o momento comigo.

Relaxando a mandíbula, tentei respirar fundo enquanto uma de suas mãos foi para meu mamilo direito. Sua outra mão segurou seu pau, que agora se esfregava na minha entrada. Surpreendentemente, eu estava muito molhada, então, quando ele passou o pau em mim, realmente agradou Virginia, bastante.

— Oh, faça mais disso — pedi ao unir as mãos acima da cabeça.

Rindo, ele fez o que pedi e me deleitei com a sensação da cabeça macia do seu pau percorrendo meu centro. Era simplesmente incrível esquecer o fato de que Henry inseriu a cabeça do seu pau na minha vagina.

— Ah — eu disse conforme me ajustei, porém, a cada movimento, ele entrava mais lentamente.

— Não se mexa, amor — Henry pediu, parecendo sentir um pouco de dor.

— Você está bem? — perguntei, tentando regularizar minha respiração.

— Você é muito apertadinha, amor.

— Desculpe, é melhor pararmos.

— Não! Não se desculpe, é mais do que maravilhosa. Se não tiver problema, vou um pouco mais fundo. Tudo bem?

— Acho que sim — respondi, cautelosa, prendendo a respiração.

— Acha que sim? — ele questionou com um sorriso.

— Bom, acho que sim, já que você já passou da soleira, agora deve entrar com tudo. Acho que, com você, posso falar "entre com tudo ou vá embora".

Rindo, ele balançou a cabeça, olhando para mim.

— Me lembre de falar sobre conversa no quarto depois, estouramos o limite do que é padrão.

— Tipo como? — perguntei, curiosa para saber o que falei de errado.

— Agora não, Rosie — ele disse um pouco com dor. — Estou com um pouco de dificuldade para cutucar você.

— Cutucar. Ãh, isso se fala mesmo?

— Agora não, amor.

Estava prestes a me desculpar quando seus lábios encontraram os meus de novo, mas, dessa vez, em vez de ser gentil, foi mais exigente. Mordeu meu lábio, enfiou a língua na minha boca e, novamente, acariciou meus seios. O ataque de atenção ao meu corpo me fez esquecer o que ele estava fazendo lá embaixo e, quando vi, uma dor aguda inundou Virginia, fazendo meu corpo arquear do colchão e um gemido escapar dos meus lábios.

— Você está bem? — Henry quis saber ao paralisar acima de mim. Sua respiração estava penosa e eu sabia que isso era difícil para ele.

Meus olhos se fecharam firmes com a dor que me rasgou, mas, assim que o choque inicial passou, relaxei o corpo e abri os olhos. A preocupação de Henry foi reconfortante conforme ele me analisou para qualquer indicação de que deveria parar.

Estranhamente, não estava doendo como achei que doeria, além do "beliscão" inicial que era falado. Apenas me sentia cheia, de uma maneira boa. Me sentia esticada, mas satisfeita, como se fosse mesmo para Henry estar enfiando o pênis em mim. Deus, não deveria pensar nessas coisas.

Voltando ao presente, assenti e disse:

— Me sinto preenchida, mas de uma maneira boa.

— Que bom.

Agora gentilmente, Henry começou a mexer os quadris e entrar e sair de mim, formando um tipo de fricção em Virginia que nunca senti antes, mesmo quando o vibrador ficou preso lá. Seus lábios começaram a acariciar minha mandíbula levemente, transformando um momento estranho em um íntimo.

Suas mãos percorriam devagar meu corpo de cima a baixo, provocando arrepios em minha pele. Seus dedos traçaram o contorno das minhas costelas e, a um ritmo de lesma, subiram para meus seios, onde senti meu peito pressionado em sua mão quando ele o segurou. Agora eu estava sem vergonha.

Os movimentos dos seus lábios e dedos combinados com investidas gentis entrando e saindo de mim fizeram meu corpo querer mais, precisar de mais, desejar mais. Senti que o que quer que estivesse fazendo não estava satisfazendo a pressão que começava a se formar em Virginia, até uma de suas mãos percorrer minha barriga e segurar meu osso púbico.

Desesperada, aguardei seu próximo passo, querendo ver o que ele tinha guardado porque estava me xingando por não participar da relação sexual até agora. Deslizando o dedo, ele pressionou meu clitóris, aplicando a pressão exata a fim de fazer o mundo à minha volta entrar em uma escuridão e manter apenas Henry e mim à vista.

— Vou gozar, amor — Henry avisou entre dentes.

Eu queria responder, queria lhe dizer que estava tudo bem, mas o orgasmo épico percorrendo minhas veias assumiu e me deixou sem fala. Mais duas investidas, um beliscão no mamilo e a pressão no clitóris me fizeram gritar seu nome, puxar seu cabelo e flexionar as pernas em volta da sua cintura, empurrando os quadris para ele como um cachorro com tesão.

— Henry! — gritei ao senti-lo enrijecer acima de mim, emitindo um gemido baixo.

— Nossa! — ele murmurou conforme seus quadris voaram nos meus, aproveitando cada sensação de prazer que estávamos sentindo.

Quando não conseguimos mais extrair prazer da nossa união, ficamos parados e apenas encarando um ao outro. Henry se equilibrou acima de mim de maneira perfeita, dando-me aquele sorriso sexy e ali, bem ali, eu me senti feliz, realmente feliz.

— Pelos pelos do mamilo de um gnu, essa foi a melhor coisa que já fiz — confessei ao erguer a mão e passá-la no cabelo de Henry.

Com meu toque, Henry se apoiou nos cotovelos para ficar a apenas alguns centímetros acima de mim. Suas mãos foram para meu rosto e acariciaram minhas bochechas. Apreciei a sensação dele em cima de mim, me acariciando, sendo íntimo de um jeito totalmente diferente. Será que era assim o pós-sexo? Provavelmente não com todo mundo, algumas pessoas provavelmente só faziam o que tinham que fazer e seguiam com suas vidas, porém eu gostava muito mais daquele jeito. Gostei de ver os olhos de Henry me absorvendo, me amando; era um momento do qual nunca me esqueceria.

Meu celular apitou, me avisando que eu tinha uma mensagem, e foi quando me lembrei que me ligaram no meio do meu momento apaixonado.

Pensei em responder a fim de evitar o momento estranho, mas esqueci disso quando Henry perguntou:

— Foi tudo bem?

— Foi perfeito, Henry. Doeu um pouco no começo, mas você me ajudou a esquecer. Você beija bem demais.

— Devo dizer o mesmo de você. Faz um negócio com a língua que me faz perder todo o autocontrole.

— Sério? — perguntei, meio que orgulhosa de mim mesma.

— Sério. — Henry deu risada. Acariciando minha bochecha, continuou: — Você é tão linda, sabia disso?

— Obrigada — respondi, tímida. — Você é meio que bem sexy.

— Só meio? — ele zombou.

— Só meio. — Sorri.

Meu celular apitou de novo, o que me fez pensar. Ninguém me deixava mensagem a não ser que fosse importante, o que me levou à minha imaginação supercriativa, me fazendo surtar ao pensar se minha mãe ou meu pai estava morrendo em uma vala em algum lugar.

— Se importa se eu verificar meu celular? — perguntei, sabendo que tinha arruinado o momento.

— Tudo bem — ele disse, saindo de cima de mim.

Me sentei e olhei para baixo, vendo que os lençóis limpos e cheirosos em que estávamos antes agora estavam cobertos de sangue.

— Puta merda, parece que alguém sacrificou um cordeiro — comentei, pensando se Virginia estava bem. Sabia que, se ela não estivesse bem, me enviaria uma mensagem de SOS com os músculos, então, aparentemente, pela falta de comunicação, presumi que estivesse em segurança. Ela era muito boa em se comunicar com o código Morse de vagina, felizmente.

— Espere, deixe-me pegar uma toalha quente para limpar tudo.

Observei Henry sair da cama, tirar a camisinha e colocar um short de ginástica, o tempo todo com a visão de sua bunda dura. Nunca pensei que olharia a bunda do meu melhor amigo, mas agora não conseguia evitar.

Em segundos, Henry reapareceu com uma toalha úmida. Assumindo o controle, abriu minhas pernas, me fazendo corar, e começou a me limpar. Dizer que estava morrendo de vergonha era eufemismo. Li sobre homens limpando mulheres e como era um gesto gentil, o que era mesmo, porém, para uma garota que acabou de começar a abrir as pernas para o homem limpando-a, senti vontade de fechá-las, sem me importar se sua mão ficasse lá dentro, mas me contive.

— Pronto, está limpa.

Querendo cobrir meu corpo, me inclinei e peguei sua camisa, a fim de me esconder dos seus olhos curiosos, que encaravam meus seios.

— Não se cubra por minha causa. — Ele riu enquanto eu peguei meu celular da bolsa e apertei para ouvir a mensagem de voz. A ligação perdida era de um número que não reconheci, então fiquei ainda mais preocupada.

A mensagem de voz começou e ouvi cuidadosamente, sentada ao lado de Henry em sua cama.

— Oi, Rosie, é o Atticus, sabe, o cara que você chutou na virilha. Ãh, desculpe por ter demorado tanto para te ligar. Estava viajando e também tentando criar coragem para te ligar de novo. Embora as coisas tenham acabado esmagadas — ele riu —, ainda gostaria de sair com você. Eu me diverti, tirando o pé na virilha, então, se estiver querendo sair comigo de novo, me ligue. Ok, até mais.

Fiquei ali sentada, sem me mexer, enquanto ouvia a voz de Atticus do outro lado da linha. Ele ainda queria sair comigo? Depois de eu acabar com suas joias de família? Atticus provavelmente era a última pessoa que eu esperava ligar, principalmente depois de tudo que aconteceu.

Agora eu estava confusa. Olhei para Henry, cuja testa estava franzida, e encarava as mãos apoiadas em seu colo.

— Humm, era Atticus, sabe, o cara que chutei.

— É, nas bolas, certo?

— É, ele, ãh, quer sair de novo.

O silêncio preencheu o quarto conforme Henry ficou sentado na cama, pensando no que eu estava falando. Estava confusa, não sabia o que fazer. Obviamente, se fosse do meu jeito, estaria deitada com Henry, me deliciando com a sensação do seu abraço, porém, naquele instante, não sabia o que ele queria. Por todos os seus sinais e a forma como me tocou e falou comigo, pensei que fosse querer começar um relacionamento mais sério em vez de sermos apenas amigos, contudo, pelo jeito que estava se distanciando, talvez eu estivesse enganada.

Unindo as mãos, Henry se levantou e virou de costas para mim.

— Parece que deveria ligar de volta para ele. Tenho que tomar banho e sair. Eu, ãh, te vejo depois.

O tempo parou conforme observei Henry pegar sua toalha e kit de banho, como se mal esperasse para tirar meu cheiro dele. Fiquei sentada em silêncio, tentando entender o que tinha acabado de acontecer.

— O q-que está fazendo? — gaguejei.

— Indo tomar banho — ele repetiu, me olhando dessa vez, o rosto totalmente sem expressão, como se o que tínhamos acabado de fazer não fosse um ato mágico de prazer.

— Você simplesmente vai embora?

— É, quer dizer, você tem coisas para fazer, coisas para escrever, agora que conseguiu o que queria.

— Do que está falando? — perguntei, um pouco confusa por seu tom.

— Sua virgindade não é mais um mistério. Vá escrever sobre isso.

Me levantei e coloquei as mãos na cintura, tentando não ficar irritada, mas não gostei da maneira como ele estava falando comigo.

— Por que está sendo babaca? Está tentando me ignorar?

— Não, só seguindo a vida, só isso.

— Seguindo? — As palavras de Delaney soaram na minha mente, me lembrando da obsessão dele. — Ah, meu Deus, Delaney estava certa. Você é um caçador de virgens.

— O que disse? — Henry pareceu mais bravo do que nunca, mas não o deixei me intimidar.

— Você é um caçador de virgens. Fica aficionado por virgens e as leva para seu covil até conseguir o que quer. Por isso você foi tão bom, sabia exatamente o que estava fazendo.

As palavras doeram ao sair da minha boca, porém, pelo jeito que ele estava me ignorando, precisava salvar meu coração de alguma forma, pois o que compartilhamos seria marcado na história como um dos melhores momentos da minha vida, e eu não queria estragar isso. Que pena que não dava para impedir de acontecer.

— Uau. — Ele pausou ao passar a mão no cabelo. — Fico feliz por pensar tão bem de mim.

— Me diga que não é verdade — contra-ataquei, desejando que me dissesse que sou uma idiota, que estava enganada, que sou a cretina mais imprudente que ele já conheceu.

— Acredite no que quiser, Rosie. — Foi tudo que ele respondeu, deixando-me acreditar que era verdade o que eu estava dizendo.

— Você é um otário! — gritei. — Mal posso acreditar que sacrificou nosso relacionamento, nossa amizade, por um momento em sua cama, porque tem uma obsessão esquisita. Por que fez isso?

Minha respiração estava prendendo na garganta conforme as lágrimas ameaçaram cair. Entretanto, me recusava a chorar. Não queria sair como a pegajosa ex-virgem e, se chorasse por ele, pareceria uma pegajosa de verdade.

Respirando fundo, Henry foi até a porta e se virou para mim a fim de responder minha pergunta.

— Porque, de acordo com você, aparentemente, não dou a mínima para nossa amizade e prefiro transar com você e jogar fora tudo que tivemos. — Ele balançou a cabeça ao se afastar, então disse: — Te vejo depois, Rosie. Boa sorte com Atticus, espero que ele te trate melhor do que eu.

Com essas últimas palavras, as lágrimas que estavam se acumulando finalmente caíram. Saí para meu quarto e bati a porta, desejando voltar no tempo, desde o começo do dia. Nunca deveria tê-lo beijado, nunca deveria tê-lo deixado me tocar e nunca deveria ter cedido à sedução dele. Tudo estava arruinado agora.

Peguei meu diário e o encarei por um tempo até escrever a única coisa da qual me lembraria pelo resto da vida.

---

14 de junho de 2014

Lembre-se: nunca durma com seus amigos. Nunca termina bem, independente de quantas comédias românticas você assista.

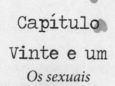

Capítulo Vinte e um
Os sexuais

O som da língua arenosa do sr. Se-Lambe-Muito ecoou pelas paredes do meu escritório conforme o assistia erguer a perna como um ginasta e ir com tudo em suas minibolas. Seu lugar favorito para se limpar em minha sala era em cima do meu armário de arquivos, onde podia ser visto do escritório inteiro e hoje, de novo, ele estava se aproveitando da vista da minha sala.

De vez em quando, ele tirava a cabeça da virilha e a balançava, como se tivesse bolas de gato presas na língua, mas, depois, voltava a se lamber. Era como se estivesse fazendo oral em si mesmo, exatamente como Bear. Era desconfortável e estranho ficar por perto.

Tentei expulsá-lo para não precisar ouvir sua língua áspera causando uma fricção ofensiva em suas partes íntimas, mas tudo que ele fez foi me empurrar com seus dedos. Coincidência que seu dedo do meio se esticou mais? Acho que não, o desgraçado sabia o que estava fazendo.

Fazia dois dias que não falava com Henry. Ele não ficou no apartamento e nem eu, para ser sincera. Trabalhei um pouco a mais nos dois últimos dias só para evitá-lo.

Agora que era quarta-feira, estava começando a ficar maluca por evitar o apartamento. No dia anterior, quando cheguei em casa, Delaney tentou conversar comigo, mas fingi uma dor de cabeça e fui direto para a cama, evitando jantar e qualquer motivo para frequentar os espaços comuns. Até escovei os dentes no meu quarto com uma garrafa de água, depois cuspi pela janela. Não foi a opção mais elegante, mas, quando ouvi a voz de Henry no espaço comum, jurei não pôr o pé para fora do meu quarto.

Falar que foi um erro ir para a cama com Henry seria eufemismo. Provavelmente foi o maior erro da minha vida, porque, para meu desânimo, depois de apenas dois dias, vi que Henry já estava procurando um novo apartamento após ver a lista guardada debaixo do seu computador, que estava no balcão da cozinha.

Não apenas nos afastei, mas praticamente o expulsei de casa. Bom, fomos nós dois que fizemos isso, eu acho. Eu não podia levar a culpa por tudo que aconteceu. Foi ele que me persuadiu, cheio de mãos para cima de mim e... perfeito.

Droga.

Sentia falta dele. Por que as coisas tinham que ter se transformado em uma merda?

Repassei o momento depois de verificar a mensagem no celular repetidas vezes, tentando entender o que tinha acontecido de errado. Ele ficou bravo com a ligação de Atticus? Porque, depois que ouvi a mensagem, seu humor mudou completamente. O Henry carinhoso que antes me abraçava, me amava, se transformou em um homem bravo, cheio de comentários maldosos e ódio.

A deturpação do meu melhor amigo me fez desabar em lágrimas depois de voltar ao meu quarto. Ainda não conseguia acreditar no jeito como ele falou comigo, como me olhou.

Uma batida na porta do escritório me tirou dos pensamentos. Jenny estava do outro lado e entrou.

— Oi, Rosie. Sinto que não conversamos há muito tempo.

— Como foram suas miniférias? — perguntei, sabendo que ela e Drew tinham tirado um fim de semana estendido de folga para ir a New England.

— Foi tão lindo lá, mas estou cheia de fudge. Você não acredita no tanto de lojas especializadas em fudge que tem lá. Toda cidadezinha tem o próprio fudge, e você sabe quem precisava provar cada um deles?

— Drew? — perguntei, claramente sabendo a resposta.

— É, ficou um pouco enjoativo depois da sétima parada, mas ele precisava provar cada sabor único que encontrava.

— Qual foi seu preferido? Deve ter tido um que chamou sua atenção.

— Napolitano. Parece simples, mas, acredite, depois de provar sabores, como Oreo, noz-pecã e marshmallow, napolitano foi o vencedor. O sabor de morango te ganha, sabe? Bem suave.

Dei risada.

— Estou vendo que virou perita em fudge em seu tempo livre. Estou impressionada.

— Não fique. Agora passo cada minuto de folga na academia malhando toda caloria que comi no fim de semana. Drew pode comer o que quiser e ainda ter um corpo perfeito, mas eu, se comer um amendoim, tenho que malhar por horas.

Jenny tinha o corpo perfeito, porém, sendo justa, ela malhava sempre e ficava paranoica se não coubesse na mesma calça que vestia desde o Ensino Médio. Não a usava em público por causa do brilho na bunda que foi popular dez anos atrás, mas a guardava para testar, para garantir que estivesse na linha.

— Como está a calça? — perguntei, verificando se ela a provou.

— Bem, mas juro que está um pouco mais apertada do que ontem.

— Você é louca.

— Eu sei.

Um espirro alto escapou do sr. Se-Lambe-Muito conforme afastou a cabeça da virilha, espirrando de novo, quase caindo do armário.

— Está com um pouco de pó de gato no nariz? — Jenny perguntou, me fazendo rir.

O sr. Se-Lambe-Muito se alongou no armário, depois saltou de lá, caindo na minha mesa, derrubando minha água bem no colo de Jenny, fazendo-a se levantar rápido da cadeira. Pulando da mesa, o sr. Se-Lambe-Muito foi até a porta, mas antes virou a cabeça para olhar para nós duas e ciscar as pernas para trás, como se estivesse nos cobrindo com terra imaginária.

— Esse cretininho — Jenny resmungou, alisando a calça.

— Pelo menos era água, não café.

— Viu a risada nos olhos dele? Sabia exatamente o que estava fazendo. Porra de gato do demônio.

— Como se esperasse algo diferente dele. Não pode insultá-lo e escapar ilesa. Vai, Jenny, você já sabia.

— Tem razão — ela concordou. Unindo as mãos, inclinou-se para a frente e disse: — Agora me conte por que está trabalhando até mais tarde. Marian, da edição, ficou de olho em você enquanto estive fora.

— O quê? Por quê? Não preciso de babá.

— Precisa, já que está saindo com bonitões. Então, me conte, por que está ficando até tarde? Está esperando um encontro à meia-noite?

— Bem que eu queria — resmunguei, focando em meu computador e deixando as palavras diante de mim sangrarem.

— Ok, isso não é bom. O que aconteceu?

A empolgação que antes envolvia a voz de Jenny agora se transformou em profunda preocupação.

"Não vou chorar, não vou chorar", repetia em minha mente conforme as lágrimas começaram a se acumular nos olhos.

— Rosie, você vai chorar?

Droga. Era só o que faltava. Lágrimas começaram a escorrer por meu rosto, descontroladas. Não tinha o que fazer, eu estava com a emoção destruída e não tinha como durar esse acúmulo de sentimentos.

— Nós fizemos — anunciei entre lágrimas.

— Quem? — Jenny perguntou, confusa, ao pegar uns lenços e me entregar.

— Henry e eu. Nós fizemos sexo.

Jenny encostou na cadeira por um segundo ao analisar minha confissão. Ela conhecia nossa amizade e o quanto ele significava para mim, então deve ter sido um choque para ela ouvir isso sair da minha boca.

— Uau, não estava esperando você falar isso. Quando?

— No domingo, depois de irmos ao brunch na casa dos meus pais. Ele estava cheio de mãos e gentil e, não sei, só aconteceu.

— Presumo que o pós-sexo não foi muito bom.

— Não. — Funguei. — Pensei que estivesse tudo bem, ele estava acariciando meu rosto, cuidando de mim como se fosse a coisa mais preciosa para ele e, então, como se tivesse dupla personalidade, simplesmente mudou. Ficou grosseiro e frio.

— Que estranho. Tipo, não gosto muito dele, mas não parece ser algo que ele faria. Algo aconteceu entre...

Antes de Jenny conseguir terminar a frase, minha porta se abriu e Delaney apareceu na porta, parecendo bem brava.

Batendo a porta e se convidando para entrar, ela se sentou diante de mim e colocou a bolsa no chão.

— Que porra está havendo? — Delaney perguntou ao olhar rapidamente para Jenny, acenar e voltar a atenção para mim. — Então, o que está havendo entre você e Henry?

— Estávamos falando agora nisso — Jenny respondeu por mim. — Aparentemente, eles se tornaram sexuais no domingo.

— O quê?! — Delaney quase cuspiu e seus olhos se arregalaram. — E não me contou porque...

Me sentindo culpada, afundei na cadeira e disse:

— Não queria te envolver nisso tudo.

— Como assim? As coisas não foram bem?

— O sexo foi bom...

— Mas o pós-sexo foi ruim — Jenny terminou por mim. — Ele virou meio que um otário depois.

— Sério? — Delaney questionou, meio confusa. — Não parece que Henry faria isso.

— Foi o que falei! — Jenny respondeu, dando um tapinha no ombro de Delaney. — E nem conheço o cara tão bem, mas sei que não é o estilo dele.

— O que aconteceu depois de vocês transarem? — Delaney tentou descobrir a fonte do problema.

— Era disso que estávamos falando — Jenny complementou quando ambas se inclinaram para a frente e esperaram que eu respondesse.

Me sentindo um pouco pressionada, me endireitei na cadeira e repassei o momento para elas.

— Bom, depois de fazermos as coisas, ele me segurou por um tempo, conversou comigo, me disse que era linda, acariciou meu cabelo, coisas gentis assim.

— Esse é o Henry — Delaney apontou.

— Mas meu celular ficava apitando com mensagem, então, para fazer o som irritante parar e garantir que não tinha acontecido nada com meus pais, já que minha mente é criativa, ouvi a mensagem de voz enquanto Henry estava sentado ao meu lado. Ele não viu problema nisso, mas, quando acabou, era como se ele fosse uma pessoa completamente diferente.

— Qual era a mensagem? — Jenny perguntou.

— Lembra daquele cara, o Atticus?

— O que você chutou na virilha? — Delaney tentou.

— É, ele. Me ligou e me convidou para sair de novo, o que achei estranho porque, com certeza, pensei que tivesse acabado tudo depois de ter usado a virilha dele como saco de pancada. Fiquei chocada e não sabia como reagir, e foi quando Henry ficou todo estranho.

Suspirando pesadamente e se recostando na cadeira, Delaney balançou a cabeça para mim.

— Deus, Rosie, você é tão sem noção às vezes. Você obviamente magoou Henry com essa mensagem de voz. O cara é louco por você e, logo depois de transarem, você fala sobre a possibilidade de sair com outro cara. Ele foi um babaca porque estava protegendo o coração dele.

— O q-quê? Não...

A expressão de Henry veio à minha mente quando comecei a falar sobre Atticus, e foi quando percebi. Delaney estava certa: Henry ficou chateado com a mensagem de voz. Era a única explicação porque, depois disso, seu comportamento mudou totalmente.

— Oh, Deus, sou sem noção — eu disse, enterrando a cabeça nas mãos. — Acham mesmo que ele gosta de mim assim?

— Deus, até eu vi que ele gosta de você — Jenny comentou. — É tão óbvio, Rosie.

— Ela tem razão. É óbvio, querida. Desde o primeiro ano da faculdade ele te ama, mas você sempre quis que fossem só amigos, então foi isso que ele te deu: amizade. Só posso imaginar o quanto ele te quis conforme o tempo passou e, depois de te ver sair com todos aqueles caras em um curto período de tempo, ele surtou.

— Não sei o que dizer. Tipo, o que eu faço agora?

— Fale com ele — Delaney sugeriu. — Vai sair com Atticus?

— Não, nem liguei de volta para ele.

— Então fale para ele. Você gosta de Henry? Tem sentimentos por ele?

Essa era uma pergunta fácil de responder. Claro que tinha sentimentos por Henry. Tive sentimentos por ele desde que o conheci, porém sempre pensei que ele fosse fora da minha alçada, por isso o mantinha como amigo, porque, independente disso, o queria na minha vida, e aceitaria qualquer coisa. Mas agora o queria mais. Queria ser quem lhe dava beijo de boa noite, quem dormia em seus braços, para quem ele enviava flores em ocasiões especiais. Queria cada centímetro de Henry só para mim, mas estava aterrorizada de realmente me entregar.

— Gosto — admiti, fazendo Delaney gritar. — Só não sei se ele ainda me quer.

— Nunca saberá se não sair e perguntar. Hora de assumir sua vida, Rosie — Delaney disse conforme Jenny assentia, concordando. — Ele estará em casa esta noite, não espere mais, faça acontecer.

— Sinto que vou vomitar.

— Bem-vinda ao mundo do amor, Rosie. É uma droga, nauseante às vezes e irritante, mas vale muito a pena quando você tem alguém ao seu lado, te apoiando, te amando e sendo seu porto seguro. Não há nada igual.

Porto seguro, é, era isso que Henry era para mim, porque, naquele instante, sem ele, eu podia me sentir deteriorando lentamente, perdendo a capacidade de ser feliz, de comer, de dormir. Ele era meu porto seguro, sem dúvidas, ele era o motivo pelo qual eu respirava.

Mais tarde naquela noite, quando cheguei em casa do trabalho, fiquei parada em frente à porta do apartamento, pensando no que iria dizer para Henry, como abordaria o assunto sem ser incrivelmente estranha.

Geralmente, nesse momento nos livros, foi o cara que estragou tudo e vai reconquistar a garota, explicando que foi um idiota, e faz um grande gesto, como pedi-la em casamento.

Bom, isso estava fora de questão, não tinha como eu fazer o pedido, seria um erro épico. Eu adoraria simplesmente pular nele e fazer as pazes assim, pois li um livro em que isso era totalmente aceitável, mas meu instinto estava me dizendo que não era a melhor ideia.

Conversar obviamente era a melhor escolha, mas como começar a conversar com ele era o problema.

Falava simplesmente algo como "Então, quanto à nossa relação pós-coito...".

Não, ninguém fala coito, a não ser que seja um médico de cinquenta anos que gosta de desviar de palavras, como sexo e foda. Eu nem sequer falava foda, embora às vezes as pessoas simplesmente fodessem. Não que eu tenha tido a experiência, só tive inserção de pênis uma vez, mas, em alguns dos livros que lia, aqueles personagens fodiam, puta merda, como fodiam. Pressionados nas paredes, em banheiras, balcões de cozinha, cadeiras e, meu preferido, em cima de cavalos. Isso é foda, o que Henry e eu fizemos foi... Deus, fizemos amor.

Sou tão idiota. Sou esse tipo de garota!!!

Sou aquela que, em um romance, você quer chacoalhar descontroladamente e falar "Sua burra! Ele é o homem perfeito para você!".

Houve muitas vezes em que li um livro e pensei, Deus, no que o autor estava pensando? Bom, dãh, aquilo era vida real. Pessoas são burras na vida real e não enxergam o que está bem diante do nariz delas, até que perdem. A vida não é apenas raios de sol e arco-íris, não, as pessoas cometem erros, não conseguem enxergar além para encontrar o único homem que fora uma constante na vida delas e que realmente foi feito para elas.

Sam Smith tinha razão quando falou "Coisa boa em grande quantidade não é tão boa", principalmente se não der a atenção que precisa.

Minha barriga se revirava ao pensar em perder Henry para sempre, se realmente não conseguisse consertar tudo que fiz. Não achava que aguentaria viver sem Henry.

Sem querer perder mais tempo, entrei no apartamento e vi pilhas de caixas espalhadas pela sala.

O que era aquilo?

Dei a volta nas caixas até a porta de Henry, que estava fechada, mas consegui ouvir vozes do outro lado. Batendo de leve, esperei Henry abrir.

As caixas eram dele? Não tinha como ele ter encontrado um lugar tão rápido. Talvez fossem de Delaney, talvez ela não tivesse me contado que iria morar com Derk ou talvez Derk iria morar conosco.

A porta de Henry se abriu e, do outro lado, estava Tasha, a namorada dele da faculdade. Estava usando uma das camisetas de Henry e seu cabelo estava amassado. Atrás dela, estava Henry, deitado na cama com as cobertas sobre sua metade inferior, mas exibindo seu tronco nu.

Meu coração desmanchou pelo que estava vendo. Henry e Tasha?

— Rosie! Oh, meu Deus, faz tanto tempo — Tasha disse, me abraçando. Involuntariamente, senti meus braços a envolverem e participarem do abraço espontâneo. — Estou tão feliz que esteja aqui. Senti sua falta. Acredita que Henry e eu vamos morar juntos? Quando ele me ligou no domingo, falando que queria voltar, fiquei surpresa, mas não podia estar mais feliz. Deus, isso não é divertido?

Engolindo o nó na garganta, assenti ao olhar casualmente Henry atrás de Tasha, mas ele não fez contato visual comigo. Covarde.

— Isso é ótimo. Estou feliz por vocês dois.

— Quer ajudar a encaixotar? Estamos querendo marcar a mudança para sábado, mas vamos ver. Ele vai se mudar para o meu apartamento por um tempo e, depois, vamos tentar encontrar um lugar no Upper West. Vamos torcer. — Ela cruzou os dedos e os balançou diante de mim. Ela era perfeita com seu cabelo

Meghan Quinn

caramelo, pele bronzeada e olhos azuis brilhantes. Ela era a garota que você escolhe odiar apenas baseado em sua aparência, mas era muito doce. Eu a desprezava.

— Vamos torcer — comentei, sentindo que ia vomitar. — Hum, parece que peguei vocês dois em uma hora ruim. Vou, ãh, deixar vocês voltarem a fazer o que estavam fazendo.

— Que gentil. Foi muito bom te ver, Rosie.

— Você também, Tasha.

Ela fechou a porta na minha cara, deixando meu coração partido e espalhado no chão. Ele ligou para ela no domingo? Domingo?!

Não deve ter sentido o que senti para ter ligado para Tasha tão rapidamente depois do que fizemos.

Cada nervo do meu corpo doía conforme me obrigava a andar até a cozinha para pegar uma garrafa de água. Bem quando pensei que pudesse consertar as coisas, estourou tudo na minha cara. Só podia culpar a mim mesma.

Enquanto estava pegando uma garrafa da geladeira, ouvi a porta de Henry abrir e fechar. Me recusava a virar e ver se era Henry, mas, quando senti seu peito em minhas costas, sabia que era ele, não tinha como errar.

— Oi, Rosie — ele disse com aquela voz grave.

— Oi — respondi sombriamente enquanto fechava a geladeira e começava a me afastar.

— Podemos conversar? — ele perguntou, soando meio desesperado.

Criando coragem suficiente, olhei para cima e vi que ele estava usando só um short de ginástica, o mesmo que usou na outra noite, depois que nós...

Droga, meu coração estava sendo arrancado do meu peito.

— O que foi, Henry?

Seus olhos analisaram meu rosto, rasgando a última parte do meu coração com aqueles olhos lindos dele.

— Por que foi ao meu quarto?

Para falar que te amo, para falar que estou apaixonada por você, que te quero mais do que qualquer coisa. Que sonho em ficar nos seus braços desde que te conheci.

Embora as palavras estivessem na ponta da língua, não podia falar isso, não podia arriscar a rejeição. Claramente, ele seguiu em frente, estava com outra pessoa e subindo a outro nível com ela.

— Hum, vi as caixas e pensei em te avisar que a camiseta que peguei emprestada estará limpa amanhã para você levar.

Droga, merda... porra.

Seu olhar carrancudo me disse que não era isso que ele queria ouvir, mas, sinceramente, o que era para eu falar naquele momento? Minhas opções tinham acabado. Eu não ia destruir um relacionamento e, pela expressão de Tasha, eles estavam felizes.

— Só isso? — ele perguntou, desacreditado.

— Só.

Ele assentiu, desviando o olhar, e passou a mão pelo cabelo. Pude ver a frustração tomando conta dele, mas não sabia o que ele queria de mim, o que queria que eu dissesse.

— Vai sair com ele? — Henry perguntou, soando mais bravo a cada minuto.

— Quem?

— Atticus. Não se faça de besta comigo, Rosie.

Recuei com seu ataque de palavras. Não gostava nada desse lado de Henry. Me assustava.

— Não é da sua conta.

— Pensei que fôssemos amigos — ele disse com um tom sarcástico.

— É, também pensei, até você começar a agir como um completo babaca — retruquei.

— Eu sou o babaca? Foi você que falou do cara no minuto em que tirei meu pau de você.

A fúria me percorreu quando falei.

— Não conversei com ele, só verifiquei a mensagem de voz e não falei que ia sair com ele. Nem liguei de volta para ele, porque, na minha cabeça, pensei que talvez pudesse acontecer algo entre nós, mas claramente eu estava enganada. Você só queria minha virgindade.

— Quer saber, vá se foder, Rosie. Vá se foder.

Escorreram lágrimas por meu rosto com suas palavras grosseiras. Em todos os anos que convivi com Henry, ele nunca disse aquilo para mim. Suas palavras me atingiram forte, acertando diretamente no peito, onde havia um vazio agora.

Entre lágrimas soluçantes, ouvi ao fundo Tasha falar algo para Henry e ele apenas falando para ela voltar para o quarto.

Balancei a cabeça e sequei as lágrimas. Com toda a coragem em meu corpo, ergui o queixo e olhei nos olhos de Henry.

Minha voz estava fraca, mas ainda tentei falar com determinação.

— Sinto muito que as coisas tenham acabado assim, Henry. Sinceramente, queria que isso nunca tivesse acontecido, que nunca tivéssemos ficado íntimos, porque o que sofre, em tudo isso, é nossa amizade, a única coisa que eu mais valorizava no mundo. Fico enjoada só de pensar em não sermos mais amigos, que não vou poder mais contar com você quando mais precisar, mas acho que tudo isso faz parte do jogo, de tentar ter algo íntimo entre nós. Eu sabia das consequências e ainda tentei, mesmo assim. Erro meu. Aprendi a lição.

Me virei e comecei a andar para o meu quarto, quando Henry gritou meu nome, me fazendo parar.

— Rosie, por favor, vamos conversar sobre isso.

— Não tem conversa, Henry. Boa sorte com a mudança e espero que você e Tasha sejam felizes juntos. Lembro de como ela era boa para você na faculdade.

Com o coração partido, um buraco no peito e falta de propósito, voltei para o meu quarto e joguei meu corpo exausto na cama. Era assim que era ter o coração partido. Era isso que todos aqueles livros estavam tentando descrever, mas nenhum realmente fez jus, porque, naquele instante, eu só queria rastejar para um buraco negro e nunca mais ver a luz do dia. A sensação de vazio completo me envolveu conforme a escuridão assumiu e eu fechei os olhos, permitindo que o mundo à minha volta se mexesse enquanto eu ficava ali deitada, frágil e quebrada.

Meghan Quinn

Capítulo Vinte e dois
O cheiro

Do peitoril da minha janela, observei Henry direcionar o pessoal da mudança que estava carregando o caminhão. Os dias voaram em um borrão. Tirei o resto da semana de folga, fingindo estar doente e só ficando deitada na cama, me perguntando quando a dor no meu coração iria passar, mas, infelizmente para mim, nunca passou, só piorou, principalmente quando chegou sábado e Henry estava se mudando.

Eu não tinha visto Tasha desde aquele dia, mas, na verdade, apenas tomei banho e saí do quarto pela primeira vez hoje, desde então.

O cheiro saindo do meu corpo estava muito insuportável naquela manhã, então me rendi e tomei banho, o que foi uma má ideia, já que vi a lâmina de barbear de Henry no banho e chorei pelo fato de que não veria mais aquela lâmina no banheiro. Pensei em roubá-la para meus próprios objetivos doentios, porém me contive de agir como doida com ele. Em vez de fazer isso, simplesmente esvaziei o xampu restante que estava no meu tubo e preenchi com o de Henry, assim, pelo menos, sentiria o cheiro dele nos dois banhos seguintes.

Patética? É, essa era eu, patética com P maiúsculo.

Quando não estava deitada, estava escrevendo, consertando o problema na minha vida por meio das palavras no meu livro. Me certifiquei de que os dois personagens principais estivessem sempre juntos; independente do que enfrentassem, acabariam juntos. Não haveria término, não haveria clímax na história quando tudo desaba, eu estava muito sensível para escrever tal coisa. Não, eles ficariam juntos para sempre. Se não conseguia fazer isso na vida real, então com certeza faria acontecer isso no meu livro.

No momento, eu era essa garota sonhadora que ia e voltava, amando e odiando Henry. Eu o odiava porque ele seguiu em frente alguns minutos depois de gritarmos um com o outro no domingo, mas também fui eu que comecei, então eu tinha mesmo o direito de culpá-lo? Não tinha, não.

Delaney tentou entrar no meu quarto e me convencer a falar com Henry, mas, depois da segunda vez que ela entrou, comecei a bloquear a porta com uma cadeira. Não queria visitas, só queria feder e ficar sozinha deitada no escuro.

Derk foi até Henry e deu um tapa nas costas dele, cumprimentando-o. Detestava que Derk e Delaney o estavam ajudando. Tipo, eu entendi o motivo, eles eram amigos, mas a pessoa amarga vivendo no meu corpo queria que eles odiassem Henry, o que era maluquice. Henry não fez nada para eles, não, ele só me envolveu, fez amor comigo e depois me descartou.

Isso era mentira, ele não me descartou, essa era minha parte amarga falando. A parte amarga inventava mentiras na minha cabeça quanto ao que aconteceu, tentava convencer meu cérebro de que tudo isso era culpa de Henry, de que ele arruinara tudo, não eu. Mas meu lado sensível sabia que a amargura só estava tentando conseguir vingança.

Os homens da mudança fecharam a porta do caminhão e começaram a se afastar da calçada. Delaney deu um abraço em Henry, depois ergueu os ombros ao se afastar. Os três, ao mesmo tempo, olharam para minha janela, fazendo com que eu me escondesse atrás da cortina. Minha furtividade me disse que eu não tinha sido detectada, porém, pelo jeito que os três estavam balançando a cabeça depois de eu espiar, vi que fui mais lenta do que pensava.

Não me importava. Se me vissem, me viram. Qual seria a utilidade disso agora?

Vi Henry pegar o celular e começar a digitar, provavelmente ligando para Tasha para ver se queria algo para almoçar. Esse era o tipo de cara que Henry era, sempre pensando à frente e garantindo que você fosse bem cuidada.

Droga.

Meu celular apitou com uma mensagem de texto, me tirando dos meus pensamentos. Verifiquei e vi que era de Henry.

Henry: Rosie, desça aqui e me dê tchau. Não fique só olhando aí de cima.

Fiquei irritada por ele ter me chamado.

Dar tchau para ele? É, não, obrigada. Essa era a última coisa que eu precisava no momento. Embora estivesse com o cheiro de Henry, graças ao xampu, não tinha como ser forte o suficiente para falar tchau para ele e não chorar, não me agarrar em sua perna e implorar para não ir. Vivi com Henry por tanto tempo que não tê-lo no quarto ao lado do meu seria estranho; ainda não conseguia encarar a realidade.

Em vez de ser adulta e descer, respondi a mensagem.

Rosie: Desculpe, não consigo. Provavelmente não é a melhor ideia. Feliz casa nova para você e Tasha.

Lágrimas recomeçaram a cair dos meus olhos conforme desliguei o celular e fui para a cama me enterrar novamente no colchão, me separando do mundo. Era o único jeito que eu sabia de viver no momento.

A camisa emprestada de Henry estava debaixo do meu travesseiro. Nunca devolvi porque era a única coisa que tinha guardado, a última parte dele que poderia segurar, e não a soltaria.

— Rosie, não estou brincando. Se não me deixar entrar nesse quarto, vou arrombar a porta e você pode explicar para o proprietário por que ela está quebrada.

Resmungando, me levantei da cama e abri, encontrando Delaney e Derk do lado de fora, casualmente vestidos, com os braços cruzados à frente do peito.

— O que vocês querem? — perguntei com minha voz falha e os olhos tentando se ajustar à luz.

Que horas eram e em que dia estávamos?

— Você está fedendo! — Delaney comentou, apertando o nariz.

— Obrigada, era só isso que queria falar?

— Não, hoje é segunda, e Jenny disse que, se não aparecer para trabalhar amanhã, Gladys vai ter um ataque.

— Estou com pneumonia. — Fingi uma tosse.

— Não está, não. Agora, venha. Vamos colocar você no banho, porque, caramba! E depois vamos te levar para jantar. Acho que não come há dias.

— Comi uns salgadinhos que encontrei embaixo da cama — confessei.

Derk franziu o nariz ao me analisar. Eu estava usando calça legging, camisetona roxa, meia, e meu cabelo estava grudado na cabeça, já que não tomava banho há dois dias. Não era meu momento mais chique.

— Chega de se arrastar. Vamos.

Sem permissão, Delaney pegou minha mão e me levou para o banheiro, onde abriu o chuveiro e me encarou. Ergui as mãos conforme recuei até a parede.

— O que pensa que vai fazer?

— Tirar sua roupa. Não ligo se a vir nua, você precisa ficar limpa.

— Bom, eu ligo — dei um gritinho.

— Então aja como adulta e tome banho sozinha, ou vou ter que fazer por você. Vou ter escolhido sua roupa quando sair. Apresse-se porque Derk e eu estamos ficando com fome.

— Certo — concordei e esperei Delaney sair, mas, em vez disso, ela se sentou na privada e cobriu o olho.

— Vai, não vou olhar.

— Por que não vai sair?

— Oh, para poder me trancar para fora do banheiro e se afogar? É, acho que não.

— Eu não ia me afogar — zombei enquanto me despia rapidamente e entrava no chuveiro. — Ahhh! Está congelando!

— É, eu sei. É bom para acordar.

Desesperadamente, abri a água quente, sabendo muito bem que não poderia sair do chuveiro porque Delaney me veria nua, aquela menina má, muito má. Quando a água aqueceu, comecei a fazer minha rotina de banho, tentando esquecer o fato de que a lâmina de Henry não estava mais lá. Não, não pensaria nisso.

Tomei banho rápido, levei só dois minutos para limpar o corpo todo porque, quanto mais ficasse ali, mas sentia que iria enfraquecer e querer me encolher para a posição fetal no fundo da banheira.

Fechei a água e peguei a toalha pendurada ao lado do chuveiro.

— Lavou suas partes femininas? Foi um banho bem rápido — Delaney declarou.

— Sim, lavei minhas partes femininas. Deus, não sou Neandertal.

— Tenho certeza de que as Neandertais lavavam as partes femininas.

— Está tornando esta experiência bem agradável — falei, sarcástica, ao envolver meu corpo na toalha e puxar a cortina.

— Pensei que fosse escolher as roupas para mim.

— Oh, é, bom, vamos para seu quarto. Pode pentear o cabelo lá e colocar pelo menos uma máscara de cílios.

Revirando os olhos, segui Delaney para o quarto, enquanto Derk estava sentado no sofá, assistindo aos destaques dos esportes. Minha mente foi para muitas noites em que via Henry e Derk assistindo aos destaques juntos, falando sobre seus times e as vitórias e derrotas.

Meu coração doeu.

— Você está meio depressiva — Delaney notou depois de instantes de silêncio enquanto eu penteava o cabelo e ela escolhia uma roupa.

— Obrigada, você é bem gentil.

— Bom, quero dizer, vamos, Rosie. Você poderia, pelo menos, abrir um sorrisinho.

— Não estou a fim — eu disse, triste. — Sabe, Delaney, nunca percebi o quanto alguém precisa de outra pessoa até Henry ir embora. As pessoas sempre falavam sobre ter outra metade, mas nunca realmente entendi isso, até agora. — Respirei fundo e olhei para ela. — Será que a dor vai diminuir?

Delaney me deu um sorriso triste, mas assentiu.

— Vai, Rosie. Eu juro. Só é novidade agora. Vai melhorar.

— Espero que sim. Posso só fazer um coque com o cabelo? Não estou a fim de fazer nada especial no momento.

— Tudo bem, mas pelo menos use sua faixa.

— Bom, claro. — Sorri um pouco.

Delaney escolheu meu jeans preferido e uma blusinha preta básica justa. Combinei-a com uma faixa preta que tinha uma florzinha vermelha, passei delineador — sim, que loucura — e apliquei máscara de cílios. Era o melhor que ficaria.

— Aconselho usar desodorante — Delaney complementou ao me ver indo para a porta.

— Aff, axilas idiotas.

Apliquei desodorante e um pouco de perfume — as coisas estavam ficando doidas mesmo — e peguei minha bolsa.

— Ok, vamos.

Derk nos encontrou na sala, com as mãos nos bolsos.

— Pronta? — ele perguntou, puxando Delaney para seu lado.

— Pronta — respondi relutante, já sabendo que eu ia ficar de vela nessa saída. — Aonde vamos?

— Que tal Shake Shack? Simples, mas bom, e a cura perfeita para esse seu coraçãozinho partido — Delaney disse.

— Pode ser, mas você vai pagar? — Bati os cílios, tentando me fazer de vítima.

— Vou. — Derk piscou para mim. — Mas isso significa que vamos parar na casa do meu amigo rapidinho para pegar o jogo de frisbee. A casa dele é bem do lado de um Shake Shack.

— Aff, me mate.

Sendo os ricos que éramos — só que não —, entramos em um táxi e nos ajustamos um ao lado do outro no banco de trás, enquanto Derk falava a localização ao taxista. Eu não ia pagar, então não reclamaria de pegar um táxi. Derk tinha bastante dinheiro, e não estava preocupada em dividir.

As ruas cheias de Nova York passaram por mim conforme dirigíamos pelas vias engarrafadas, chegando quase perto demais de outros carros às vezes. Pegar um táxi em Nova York era, definitivamente, uma versão automobilística de roleta russa. Será que você ia conseguir se safar ou atiraria, quer dizer, bateria no carro da frente, do lado ou de trás. Era um risco que você corria toda vez que entrava em um táxi.

— Pensando em qual milkshake vai pedir? De morango? — Delaney me perguntou, cutucando meu ombro.

— É, algo assim — respondi.

O caminho até a casa do amigo de Derk foi, surpreendentemente, sem complicações. Paramos em um prédio onde havia um porteiro do lado de fora, esperando para receber novos visitantes. Chique.

Eu tinha inveja da localização, era bem ao lado do distrito de teatro, onde eu sempre quis morar. A história de Nova York e a sensação de antiguidade sempre me chamaram a atenção, principalmente qualquer coisa que tivesse a ver com a Broadway. Eu não era nada boa em cantar, mas era só colocar um musical na minha frente, que eu assistiria por dias. Tinha uma alma antiga.

— Uau, estou com inveja do seu amigo — admiti conforme Derk assentiu para o porteiro, que abriu a porta para nós.

O lobby era lindo, cheio de mármore branco e colunas. Era quase chique demais, como se Donald Trump fosse sair de trás de uma porta a qualquer minuto.

Derk nos levou aos elevadores, onde apertou o botão para o décimo andar, a metade do prédio. Seu amigo era chique, mas não tão chique, já que não estava na cobertura, mas quem era eu para julgar? Estive usando minha meia como tampão de olho nos últimos dias.

— Lugar legal — eu disse ao subirmos.

— É, foi difícil alugar. O cara tem conexões.

Andamos até o fim do corredor, encontrando uma porta amarela-dourada com um número oito. Derk bateu algumas vezes e esperamos pacientemente a porta abrir, mas tudo que ouvimos foi "Entrem" de longe.

Derk abriu a porta e o segui, junto com Delaney, me sentindo meio estranha por entrar no apartamento de um estranho.

O piso era de um carvalho escuro e as paredes, acinzentadas. Não era minha cor preferida, mas combinava com o piso. A sala era no canto do prédio, oferecendo uma linda vista envidraçada do que estava acontecendo nas ruas abaixo. É, eu estava oficialmente com inveja. Analisei a sala e gostei do sofá vermelho que parecia ser um paraíso sentar e a lareira branca que ficava no meio da sala.

Só quando vi os porta-retratos com fotos minhas e de Henry em cima da lareira foi que percebi que estava no novo apartamento dele.

Comecei a recuar, mas não percebi que Delaney era uma traíra e me fez parar de fugir.

— Oi, pessoal — Henry disse ao entrar, mas parou imediatamente quando me viu.

Eu queria me enfiar em um buraco, enterrar a cabeça na areia, fazer alguma coisa para me afastar dos olhos chocados de Henry.

— Ãh, o que está fazendo aqui? — Henry me perguntou.

Meus olhos flutuaram da lareira, onde todas as fotos eram de mim e dele, e era a única decoração do lugar, de volta para seus olhos, aqueles lindos e cativantes olhos.

— Pegando frisbees — eu disse como uma idiota.

— Frisbees? — Henry perguntou, agora olhando para Delaney.

— Nossa, olhem isso, nós temos que ir, Derk. Temos aquele compromisso com o guru de yoga e sexo. Desculpe não podermos ajudar a desencaixotar, mas, oh, ei, veja, Rosie está livre. Vá em frente, Rosie. — Delaney me empurrou pela sala. — Ajude Henry. A gente se vê mais tarde.

Simples assim, Derk e Delaney saíram do apartamento de Henry, nos deixando totalmente sozinhos.

Fiquei ali parada, esquisita, mexendo na bolsa, tentando pensar em qualquer desculpa que me daria uma opção de sair, mas me deu um branco. Branco total.

— É bom te ver — Henry disse, aproximando-se, fazendo minhas glândulas sudoríparas trabalharem a todo vapor.

— Você também. Lugar legal — elogiei.

— Obrigado.

— Como está Tasha? Ela já se mudou também?

Por que Delaney me levaria ali? Por que estava sendo tão cruel? Entendi, precisava seguir em frente, mas me jogar no tanque de tubarões enquanto ainda estava sangrando não era coisa de amiga, era coisa de traíra.

Henry olhou para baixo ao falar.

— Tasha foi um erro. Eu, ãh, terminei com ela no começo da semana.

— Então por que se mudou? — perguntei antes de conseguir me impedir.

— Estou olhando lugares há um tempo, agora que Delaney e Derk vão se mudar para morar juntos. Este apartamento ficou disponível e eu não podia deixar passar.

— Oh — respondi, sentindo que meu coração iria cair do peito diante de Henry, só para ele poder pisar um pouco mais.

Ele estava planejando se mudar esse tempo todo, por isso decidiu finalmente apenas transar comigo, porque iria embora e não haveria nada que o prendesse.

Precisando sair do apartamento para conseguir respirar de novo, comecei a andar de costas até a porta.

— Bom, não estou me sentindo muito bem. Acho que vou indo. — Não era mentira. Literalmente sentia que ia vomitar.

— Rosie, espere — Henry pediu ao vir rápido até mim e me segurar pela mão.

Instantaneamente, senti o calor sair dele, me fazendo querer me esconder e chorar. Sentia uma saudade terrível dele.

— Por favor, só sente e converse comigo por um segundo.

Eu era fraca, era patética, faria de tudo para passar apenas mais alguns minutos com ele, então assenti e permiti que me guiasse para seu sofá vermelho que parecia o paraíso em minha bunda. Eu tinha razão, era superconfortável.

— Sofá legal.

— Obrigado, comprei na promoção. Adorei a cor, me lembrou de você.

É, não queria que ele dissesse essas coisas porque só me fazia sofrer mais.

— Ok — eu disse, sem jeito.

Às vezes, eu realmente queria ser mais profunda, mais criativa, mas, quando meu coração estava pendurado por um fio e meu cérebro estava bagunçado pelo homem sentado ao meu lado, eu não tinha capacidade de formar uma frase.

Passando a mão pelo cabelo, observei seus músculos se flexionarem sob a camiseta, os mesmos músculos que uma vez coloquei as mãos.

Então percebi... Oh, meu Deus, eu era uma virgem pegajosa.

Não!

Não, não era pegajosa, era uma garota que se apaixonou por um garoto bem antes de ter intimidade com ele, só negava os sentimentos para proteger meu coração. Isso era de muita ajuda, pensei enquanto estava sentada no sofá novo de Henry, imaginando se iria ou não ter um ataque do coração com sua proximidade.

Suavemente, sua mão pegou a minha, e ele me obrigou a olhar em seus olhos. Meu coração martelava no peito, me deixando consciente de que ele estava se segurando. Virginia parou de chorar por um segundo e percebeu que o homem que roubou nossa alma estava agora nos encarando.

— Rosie, preciso te falar uma coisa.

— Você está morrendo? — perguntei, deixando minha mente pensar no pior.

— O quê? Não — ele respondeu, confuso, mas então riu baixinho. — Não estou morrendo. Eu só... droga, pensei que fosse ser mais fácil.

— Você não está grávido, está? — zombei, tentando aliviar a pressão em meu peito.

— Não. — Ele deu risada. — Mas tive um susto por um segundo, na segunda-feira.

— Parece assustador. Nunca ficou tão feliz em ver o sangue descendo, não é?

— Isso é muito esquisito. — Ele riu mais um pouco e, então, respirou fundo. Sua mão se esticou e segurou minha face, me fazendo suar ainda mais. Eu estava com muito calor. — Deus, Rosie, sou tão apaixonado por você que é ridículo.

Não apenas te amo, mas sou apaixonado por você, tipo, desesperadamente, irremediavelmente, não sei viver sem estar apaixonado por você.

Arrepios percorreram meu corpo conforme meu estômago se revirou e Virginia começou a se bater, empolgada.

— Sei que fui um babaca e que não fui a pessoa mais fácil de se lidar ultimamente, mas a culpa é sua. — Ele sorriu. — Você virou minha vida de cabeça para baixo no minuto em que decidiu que queria ir a encontros. Não suportava pensar em você com outra pessoa porque, lá no fundo, eu sabia que você pertencia a mim. Rosie, desculpe por tudo, a forma como te tratei, por envolver Tasha nisso, eu só estava... perdido. Pensei que quisesse sair com aquele Atticus, logo depois de termos compartilhado um dos momentos mais maravilhosos da minha vida.

— Um dos momentos mais maravilhosos? — perguntei, conforme as lágrimas escorriam por meu rosto.

— É, o mais maravilhoso foi quando te conheci.

Dei risada e enxuguei uma lágrima.

— Isso foi muito brega.

— Sim, mas é verdade. — Me olhando nos olhos, ele perguntou: — Você se sente igual, Rosie?

Seus olhos suplicavam para os meus, imploravam para eu dizer sim, e foi quando percebi que ele realmente me amava. Não estava brincando comigo, não estava tentando apenas ser gentil, não, aquele homem, sentado ao meu lado, buscando em meus olhos uma resposta, sem dúvida me amava com cada centímetro do seu ser. A revelação foi intensa, comovente e tão estarrecedora que eu só conseguia pensar em jogar meu corpo no dele e beijar aqueles lábios com os quais fiquei sonhando a última semana.

Sem aviso, me lancei em seu colo e segurei seu rosto.

— Henry, você não faz ideia do quanto sou apaixonada por você.

Um sorriso enorme se abriu em seu rosto assim que meus lábios encontraram os dele. Suas mãos foram direto para minha cintura, onde ele me segurou firme, como se eu fosse flutuar. Lentamente, sentia suas mãos subindo por debaixo da minha camisa, mas não de uma maneira sexual, apenas de um jeito de me carregar tocando minha pele; ele estava ficando o mais próximo possível de mim.

Meus lábios dançaram com os dele conforme nós dois apreciamos estar juntos, nos rendendo a toda ansiedade, os obstáculos e as dúvidas do nosso relacionamento. Passamos por tudo isso, colocamos nosso coração à mostra e arriscamos.

Me afastei por um segundo e encarei seus olhos enquanto acariciava sua face com os polegares.

— Senti tanta saudade de você.

— Também senti, Rosie. Não ter você por perto esses últimos dias foi uma tortura. Realmente pensei que tinha te perdido.

— Eu também — disse, triste. — Mas, se estava apaixonado por mim, por que se mudou? Por que não brigou?

Ele me deu um sorrisinho e subiu as mãos até meus ombros, onde me segurou firme.

— Este apartamento apareceu e eu sabia que não podia perdê-lo porque é seu apartamento dos sonhos. Se não conseguisse te reconquistar, estava esperando que o apartamento fizesse isso.

— Espere, o que está dizendo?

Ele beijou meu nariz e anunciou:

— Rosie, quero que more comigo. Só você e eu. Sem Delaney, sem Derk, sem idas de metrô até o Brooklyn. Quero você aqui, comigo, quero uma vida com você.

Meu coração flutuou e lágrimas escorreram de novo dos meus olhos. Dessa vez, lágrimas de alegria.

— Está falando sério?

— Mais do que sério, amor. Vem morar comigo?

— Venho! — respondi, envolvendo os braços nele e o abraçando forte. — Não consigo acreditar.

— Acredite, amor. Somos só você e eu agora.

— Significa que somos namorados? — perguntei, tímida.

— É melhor que sim. — Ele se aconchegou no meu pescoço. — Você é minha, amor.

— Uau. Está tirando todas as minhas virgindades. Primeiro namorado, primeiro apartamento que divido só com um cara, primeira visita lá embaixo.

— Lá embaixo? — ele perguntou, rindo. — E o cara do elevador em quem você peidou?

— Sabe o que quero dizer. — Bati no ombro dele, brincando, fazendo-o rir mais.

— Acha que tem material suficiente para terminar seu livro agora?

— Humm, não sei. Talvez tenha que fazer mais pesquisa no quarto. Testar algumas coisas que li.

— Sou seu, amor. Pode testar.

Seu sorriso fofo me acertou em cheio quando voltei a olhar para ele. Eu era uma garota muito sortuda. Como Henry foi ser meu, eu não fazia ideia, mas, agora que era meu, não o soltaria.

O amor é engraçado. Vem de formatos e tamanhos diferentes. Às vezes, é difícil encontrar e, às vezes, está sentado bem diante de você, esperando para ser reconhecido. O que aprendi com todos os livros que li e com o que estou escrevendo é que, não importa o que aconteça, você precisa trabalhar para encontrar o amor. Não é dado e nem é instantâneo. É um privilégio encontrá-lo e nunca deve ser vivido de forma superficial.

Todos merecem um final feliz, só estou grata por ter encontrado o meu. Agora, só tenho que transformar esse final feliz em um livro. Com Henry ao meu lado, não tenho dúvida de que conseguirei fazer isso acontecer.

Epílogo
Virginia insaciável

— Henry, você tem que ficar parado. Não consegue enfiar uma linha se a agulha fica se mexendo.

— Desculpe, mas seu olhar está tão sério que é difícil não rir.

Henry e eu estávamos morando juntos há uma semana e passávamos a maior parte do tempo na cama, explorando o que ambos gostavam. Compramos uma cama juntos, encontramos os lençóis mais macios disponíveis e escolhemos uma manta neutra com a qual nós dois ficamos felizes. O quarto era o único cômodo decorado de todo o apartamento, mas estávamos felizes assim e, francamente, era o único cômodo em que ficávamos.

Tinha lido que, quando faziam sexo, os personagens transam como coelhos, e sempre me perguntei se isso era verdade na vida real. Bom, se os personagens tivessem uma vagina comedora de pênis como a minha, então, sim, era verdade.

Virginia era insaciável e não se cansava. Não sabia como ela conseguia, mas era como uma máquina cuspidora de orgasmo. Henry fazia oral em mim, orgasmo, Henry enfiava o dedo em mim, orgasmo, Henry usava um consolo, orgasmo, baixava as calças... isso, orgasmo. Ela era uma vadia com tesão, mas eu a amava.

— Só estou concentrada.

— Não é tão difícil, amor. Só coloque.

— Não vai caber. Como pensou que isso iria caber?

— Amor, vai caber, é só colocar.

Me sentei de joelhos, analisei o anel peniano na minha mão e olhei para o pênis ereto de Henry. Ele conseguia ficar ereto por dias, até quando ria.

— Deveria ter pego um pneu, assim caberia.

— Caramba, amor. Você realmente sabe como elogiar um homem.

Instintivamente, ele começou a se acariciar, fazendo minha boca aguar.

Então, já fui uma virgem que cutucava um pênis para ver se era de verdade, mas agora eu era uma namorada com tesão com a necessidade de satisfazer todas as fantasias sexuais que me vinham à mente. Meu último experimento era de uma cena de sexo que comecei a escrever no livro sobre um anel peniano e montar em Henry no estilo cowgirl, enquanto ele estava com o anel, como meu consolo particular, mas no formato de Henry. Não sei de onde veio a ideia, mas, a fim de conseguir escrever, queria experimentar primeiro. Henry agradecia bastante por minha escrita. Na verdade, adorava, porque ele se beneficiava de todos os experimentos.

Por favor, lembre-se, transar contra a parede não é tão fácil como escrevem. Há muita trapalhada envolvida. Além disso, sexo no chuveiro é igualmente estranho, principalmente quando o chuveiro começa a te afogar. Sexo no estilo cachorrinho em cima de um sofá é empolgante, mas cuidado com o pum vaginal.

— Você está babando — Henry comentou, tirando-me dos pensamentos.

— Não estou — eu disse, limpando a boca, percebendo que estava babando.

— Estava, sim. Não fique com vergonha, é excitante.

— Babar? Que excitação esquisita, Henry.

— A excitação vem do fato de eu conseguir fazer você babar só de tocar meu pau, que, por sinal, se pudermos apressar isso, seria ótimo. Poseidon está ficando meio angustiado.

É, Poseidon. Foi esse nome que Henry deu ao pênis dele. Infelizmente, Virginia gostou bastante do nome e do membro em questão, então não tinha como mudar.

— Ok, mas, se rasgar a camisinha, a culpa é sua.

— Você lubrificou, vai dar certo.

Me inclinei para a frente e coloquei o anel na cabeça do seu pau e, lentamente, desci até a base, temendo que estivesse cortando sua circulação.

— Puta merda — Henry gemeu e jogou a cabeça para trás. — Amor, por favor, preciso entrar em você agora.

Nunca me cansaria desse pedido.

Meghan Quinn

Dando o que nós dois queríamos, fui para cima dele e me posicionei para recebê-lo. Devagar, permiti que a cabeça do seu pau brincasse com meu centro já molhado — obrigada, Virginia. A vibração do anel subiu por seu comprimento e me atingiu, me deixando fraca e me fazendo cair em cima dele, sem ir devagar, como ele queria.

— Porra! — ele gemeu ao segurar meus quadris e começar a investir. — Nunca me canso, amor. Você foi feita para mim.

Não podia concordar mais. Nós éramos perfeitos juntos.

Com pequenas estocadas, Henry entrava e saía de mim conforme o anel vibrava em nós dois. A sensação era intensa, magnífica e tão surpreendente que minhas mãos foram para a frente e seguraram no peito dele conforme senti o orgasmo já se formando.

— Oh, nossa, Henry, isso é bom demais.

— Porra, é.

Henry era fofo, porque, quando estava na intimidade comigo, sua língua escorregava e ele xingava mais do que o normal. Era fofo que eu conseguia fazê-lo se soltar assim.

— Amor, estou muito perto.

— Eu também — disse entre dentes conforme meu cabelo caiu no rosto, bloqueando minha visão de Henry.

— Você é muito linda — ele elogiou conforme enrijeceu embaixo de mim.

Era tudo que eu precisava. Juntos, nós dois chegamos ao clímax e empurramos um ao outro, construindo nosso orgasmo até não restar mais anda.

Meu corpo desabou no dele enquanto ele tirava a camisinha e o anel, jogando-os no chão. Era um hábito que eu não gostava muito, mas poderia ser consertado por anticoncepcional ou um cesto de lixo ao lado da cama. Simples.

As mãos de Henry subiram e desceram por minhas costas conforme ele beijava meu ombro, lentamente me puxando para o presente.

— Vai servir para o livro? — Henry perguntou, esperançoso.

— Vai com certeza servir para o livro.

— O que mais podemos tentar? — ele quis saber, me fazendo rir.

— Que tal se fizermos uma pausa por um segundo?

— Vamos, você sabe que Virginia quer mais.

Ele tinha razão, porque Virginia estava enviando um sinal com os músculos, falando que sim, em um ritmo acelerado, mas eu a bloqueei. Ela não podia tomar todas as decisões.

— Ela quer, mas lhe dê alguns minutos.

— Certo — Henry concordou, beijando minha mandíbula. Eu sabia exatamente o que ele estava tentando fazer e, droga, estava funcionando.

Pressionada contra o peito dele, me levantei e olhei Henry nos olhos.

— Eu te amo, Henry.

Seus olhos suavizaram conforme ele segurou minha bochecha.

— Eu te amo, Rosie. Mais do que tudo.

E, simplesmente assim, tive meu final feliz, assim como Virginia e Poseidon.

Entre em nosso site e viaje no nosso mundo literário.
Lá você vai encontrar todos os nossos
títulos, autores, lançamentos e novidades.
Acesse www.editoracharme.com.br

Você pode adquirir os nossos livros na loja virtual:
loja.editoracharme.com.br

Além do site, você pode nos encontrar em nossas redes sociais.

https://www.facebook.com/editoracharme

https://twitter.com/editoracharme

http://instagram.com/editoracharme